भारत
एवं
विश्व के महान् दिवस

पुष्पा सिन्हा

ग्रंथ अकादमी, नई दिल्ली

प्रकाशक : **ग्रंथ अकादमी**
भवन संख्या–19, पहली मंजिल, 2, अंसारी रोड, दरियागंज, नई दिल्ली–110002
 / संस्करण : 2026 / मूल्य : पाँच सौ रुपए
मुद्रक : नरुला प्रिंटर्स, दिल्ली ISBN 978-81-932956-1-8

BHARAT EVAM VISHVA KE MAHAN DIVAS
by Smt. Pushpa Sinha ₹500.00
Published by **GRANTH AKADEMI**
Building No. 19, First Floor, 2, Ansari Road, Daryaganj, New Delhi-110002

महान् दिवसों की बात

देश और दुनिया में दिवसों को सदियों से महत्त्व देते आए हैं। दिवस ही आदमी को कर्म में संलग्न करते हैं, जबकि रातें विश्राम और नींद के लिए होती हैं। यूँ तो इसे हम सामान्य-सी बात कह देंगे, लेकिन जब इन्हीं दिवसों में से कोई एक किसी परिघटना के कारण यादगार बन जाता है, तो हम उसे अपने जीवन का आदर्श बना लेते हैं, उसे नमन करते हैं और उसे जयमाला पहनाकर सदा-सदा के लिए अपने मन-मस्तिष्क में महानता के आसन पर विराजमान कर देते हैं। इस तरह वह दिवस हमारे लिए पवित्र और पूजनीय बन जाता है। ये दिवस किसी-न-किसी उद्देश्य के लिए लोगों के महान् त्याग, बलिदान और तपस्या की याद दिलाते हैं तो किन्हीं क्षेत्रों में उनके अद्भुत, चमत्कारी कार्यों की बानगी को रेखांकित करते हैं। कहीं शौर्य, खेल, स्वास्थ्य, संस्कृति, करुणा, प्रेम, भाईचारा के लिए समर्पित योगदान को याद किया जाता है, तो कहीं गुलामी की जंजीरें तोड़कर आजादी के खुले आकाश में साँस लेनेवाले देश को स्मृति के पटल पर अंकित कर उसकी याद का हर साल जश्न मनाते हैं। यहाँ तक कि देश और दुनिया को नई दिशा देने के लिए, नए समाज की रचना के लिए, नई रीतियों और परिपाटियों की शुरुआत के लिए भी इन्हें याद किया जाता है। चारों तरफ फैली विकृतियों, विसंगतियों, अपराधों, अंधविश्वासों और कुरीतियों को दूर करने के लिए जो महान् कार्य किए गए उनकी महानता को भी हम याद करते हैं।

'भारत एवं विश्व के महान् दिवस' ऐसी ही एक महत्त्वपूर्ण पुस्तक है, जो देश

और दुनिया के 191 महान् दिवसों की याद दिलाएगी, जिन्हें प्रत्येक वर्ष एक खास तिथि को उत्सव और समारोहपूर्वक मनाया जाता है।

यह पुस्तक निश्चित रूप से हर पाठक को ज्ञान का पाठ पढ़ाएगी और हर महान् दिवस की रोमांचक जानकारी देगी। साथ ही यह छात्रों, शोधार्थियों, प्रतियोगी परीक्षाओं में भाग लेनेवालों, प्रवक्ताओं एवं शिक्षकों के लिए भी उपयोगी सिद्ध होगी।

अनुक्रम

मार्च

अप्रैल

मई

जून

जुलाई

अगस्त

सितंबर

अक्तूबर

नवंबर

दिसंबर

जनवरी

नववर्ष दिवस

(1 जनवरी)

'नववर्ष का गान, हो शांति की पहचान।'

1 जनवरी प्रतिवर्ष पूरी दुनिया में 'नववर्ष दिवस' के रूप में मनाया जाता है। जनवरी के महीने का नाम प्राचीन रोम के देवता 'जेनस' के नाम पर पड़ा। माना जाता है कि 'नववर्ष दिवस' सर्वप्रथम रोम के लोगों ने मनाया था, परंतु कुछ लोगों का मत है कि नववर्ष सबसे पहले चीनवासियों ने मनाया था। कुछ लोगों का यह भी मत है कि नववर्ष सबसे पहले जर्मनवासियों ने मनाया। कुछ भी हो, यह नववर्ष अब पूरी दुनिया में साल के पहले दिन हर्षोल्लास के साथ मनाया जाता है।

प्राचीन जर्मनवासी 1 जनवरी को बदलते मौसम के लिए 'नववर्ष उत्सव' के रूप में मनाते थे, परंतु प्राचीन चीनवासी खलिहानों से फसल उठाकर नए पकवान बनाते थे और छुट्टी के साथ 'नववर्ष दिवस' मनाते थे। सन् 1752 में स्कॉटलैंड में 1 जनवरी से नया कैलेंडर साल शुरू हुआ था।

कैथोलिक ईसाई 1 जनवरी को 'विश्व शांति दिवस' के रूप में मनाते हैं। पोप इस दिन चर्च से भाषण देते हैं और विश्व शांति की कामना करते हैं। वे इस दिन यह बताते हैं कि धर्म ही ऐसा मार्ग है, जिस पर चलकर हम सही-गलत की पहचान कर सकते हैं।

नववर्ष का उत्साह 31 दिसंबर की शाम से ही शुरू हो जाता है। रात्रि के 12 बजे के बाद लोग एक-दूसरे को नववर्ष की शुभकामनाएँ देने लगते हैं।

~~~~❖❖●❖❖~~~~
~~~~

ब्रेल दिवस

(4 जनवरी)

'ब्रेल लिपि का आविष्कार, नेत्रहीनों के लिए पुरस्कार।'

ब्रेल दिवस प्रतिवर्ष 4 जनवरी को लुई ब्रेल के जन्मदिवस पर मनाया जाता है। तीन साल की उम्र में ही इस सुंदर संसार को देखने में सदा के लिए असमर्थ हो जानेवाला लुई ब्रेल, अपने साहस और कौशल के बल पर नेत्रहीनों का उद्धारक साबित हुआ। उसने ब्रेल-लिपि का आविष्कार करके दुनिया-भर के नेत्रहीनों के लिए ज्ञान के द्वार खोल दिए। लुई ब्रेल ने अपने जीवन के आरंभिक काल में ही अपने गुरु की उदारता, सहनशीलता, दया और निःस्वार्थ सेवाभाव से प्रेरित होकर अपना जीवन दूसरों की भलाई के लिए समर्पित करने का संकल्प ले लिया। लुई ब्रेल ने नेत्रहीनों के लिए एक नई लिपि विकसित की, जो उसी के नाम पर ब्रेल लिपि के रूप में सारे संसार में प्रसिद्ध हुई।

लुई ब्रेल की ब्रेल लिपि को सरकारी मान्यता सन् 1852 में उसकी मृत्यु के बाद ही मिल पाई। इसके बाद फ्रांस, इंग्लैंड और यूरोप के अन्य देशों में भी ब्रेल लिपि प्रचलित हो गई और धीरे-धीरे यह समूचे संसार के नेत्रहीनों की शिक्षा का सशक्त माध्यम बनी।

4 जनवरी को ब्रेल दिवस पर नेत्रहीनों के उत्थान के लिए कई कार्यक्रम आयोजित किए जाते हैं। यह दिवस नेत्रहीनों की कमियों को नहीं, उनके सपनों एवं हौसलों को उजागर करने का दिन है। उन्हें कोई सहायता दया के भाव से नहीं, बल्कि कर्तव्य भाव से दी जाती है, ताकि उनमें हीनभावना न पनप सके तथा समाज उनकी क्षमताओं से लाभान्वित हो सके।

~~~~❖❖●❖❖~~~~

प्रवासी भारतीय दिवस

(9 जनवरी)

'प्रवासी भारतीय, भारत के लिए उत्थान-पथ।'

सन् 2003 में 9 जनवरी को पहली बार भारत में प्रवासी भारतीय दिवस मनाया गया। यह दिवस प्रवासियों द्वारा भारत में आर्थिक उत्थान की सहायता के
~~~~

मद्देनजर मनाया गया था। साथ ही यह दिवस उन लाखों प्रवासियों को 'प्रणाम-दिवस' है, जिनका विश्व-रंगमंच पर सराहनीय योगदान है।

9 जनवरी का दिन ऐतिहासिक है, क्योंकि इसी दिन सन् 1915 में महात्मा गांधी दक्षिण अफ्रीका में 20 वर्ष तक रहने के बाद स्वदेश लौटे थे। वे देश-सेवा की भावना से प्रेरित होकर आए थे। गांधीजी के लौटने से अंग्रेजों की गुलामी से त्रस्त नेताओं और दबे-घुटे भारतीयों को नई ऊर्जा मिली, जिससे वे स्वतंत्रता संग्राम में कूद पड़े और 1947 में देश को आजादी मिली।

9 जनवरी, 2003 में प्रवासी भारतीयों की पहली बैठक में लगभग 46 देशों से बुलाए गए प्रवासियों ने अपनी भारतीयता की पहचान को मनाया। तीन दिनों तक चलनेवाली सभाओं में उन्होंने एक-दूसरे तथा देश के प्रतिनिधियों के साथ चर्चा की कि विदेशों में रहते हुए वे किस प्रकार स्वदेश की प्रगति में सहभागी हो सकते हैं। साथ ही यह भी चर्चा हुई कि आवश्यकता या संकट के समय देश प्रवासियों की सहायता करेगा। इन कार्यों के लिए 'प्रवासी भारतीय आयोग' गठित करने की सलाह दी गई, जो प्रवासियों से संबंधित मामलों, दोहरी नागरिकता तथा समुद्र पार विनिवेश जैसे विषयों पर राय बनाएगा।

~~~~❖❖●❖❖~~~~

विश्व हास्य दिवस

(11 जनवरी)

'हास्य एक कला, जो बन जाती दवा।'

हँसना साधारणतः खुशी प्रदर्शन की एक कला है। हास्य शांति देता है, तनाव दूर करता है। हँसने का हमारे शरीर पर मनोवैज्ञानिक प्रभाव पड़ता है। जीवन में हँसी के महत्त्व को देखते हुए कई हास्य-क्लब खुलते जा रहे हैं तथा शारीरिक व्यायाम और योग में भी दिल खोलकर हँसने की क्रिया को बढ़ावा दिया जा रहा है, परंतु हमें यह ध्यान रखना चाहिए कि किसी की मजबूरी पर हँसना अनुचित होगा और यह हँसी का नकारात्मक प्रयोग होगा।

भारत में हास्य दिवस पहली बार 1988 में 11 जनवरी को मुंबई के महालक्ष्मी मैदान में कुछ लोगों ने खुले वातावरण में खुली हँसी हँसकर मनाया था। हँसने के लिए हमें कुछ देना नहीं पड़ता, उलटे हमें सुख, सुकून और शांति मिलती है। हँसने के लिए
~~~~

कुछ मुद्दे ही काफी हैं, जो हमें गुदगुदा देते हैं और अनायास ही हम खिलखिला उठते हैं। हँसने से हमारे शरीर की मांसपेशियाँ मजबूत होती हैं और मन हलका हो जाता है। हास्य हमारे नकारात्मक भाव जैसे भय, उदासी, गुस्से को दूरकर हमें शारीरिक तथा मानसिक आराम पहुँचाता है। कभी-कभी अपने-आप पर भी हँसना तनाव और परेशानी को कम कर देता है, जैसे महानायक चार्ली चैपलिन अपने-आप पर हँसने का अभिनय कर दुनिया को हँसाते थे। हँसने के बाद हमारे शरीर के अंदर कुछ लाभकारी रसायन अंत:स्रावी ग्रंथियों द्वारा विकसित होते हैं, जिससे हमारा रक्तचाप ठीक हो जाता है। यह निकलनेवाला रसायन हमारे शरीर के अंदर मरहम का काम करता है और हम फिर से तरोताजा हो जाते हैं।

हँसने की क्रिया के विभिन्न लाभों को देखते हुए, हास्य दिवस एक हास्य समारोह है, जो हमें उसके गुणों के बारे में बताता है। इस दिन लोग क्लबों में, दफ्तरों में और अनायास कहीं पर भी खिलखिलाकर हँस उठते हैं और खुशी-शांति का पैगाम पाते हैं, लेकिन यह हमेशा ध्यान रहे कि हँसने के लिए उचित समय, स्थान और वातावरण जरूरी है, अन्यथा इसका गलत परिणाम भी निकल सकता है। हास्य, तनाव और हृदय की बीमारियों से बचने का एक कारगर उपचार है।

~~~~❖❖●❖❖~~~~

राष्ट्रीय नवयुवक दिवस

(12 जनवरी)

'नवयुवक देश की शान, देंगे देश को नई पहचान।'

नवयुवक दिवस 12 जनवरी को स्वामी विवेकानंद के जन्मदिवस (12 जनवरी, 1863) के उपलक्ष्य में मनाया जाता है। सन् 1885 में इसी दिन विवेकानंद ने देशवासियों, खासकर नवयुवकों को सदुपदेश देकर उनसे अपनी सही शक्ति को पहचानने की अपील की थी। स्वामीजी की यह गूँज कश्मीर से कन्याकुमारी एवं कच्छ से कलिंगपोंग तक चारों दिशाओं में गूँजी थी। उन्होंने कहा था, 'आज देश को नवयुवकों की ताकत की जरूरत है, इसलिए उन्हें अपनी क्षमता तथा ऊर्जा पर विश्वास करना चाहिए। देश को उनकी लोहे जैसी ताकत और स्टील जैसी नाड़ियों की जरूरत है।'

दो सौ साल तक अंग्रेजों की गुलामी में रहने के बाद भारतीय हर समस्या का समाधान अंग्रेजों द्वारा दिए गए विचारों और चीजों से करने लगे थे। वे अपनी पहचान खो चुके
~~~~

थे। इस विचार ने स्वामीजी को झकझोरकर रख दिया। अपने भाषण में उन्होंने देशवासियों को समझाया कि इस प्रकार वे अपनी प्रगतिशील सोच को आगे नहीं बढ़ा पाएँगे और अपनी समस्याओं को अपने ढंग से, अपने हित में नहीं सोच पाएँगे। स्वामीजी ने देशवासियों को सावधान किया कि अपनी संस्कृति एवं सभ्यता के मद्देनजर समस्याओं का हल और प्रगति का मार्ग ढूँढ़ना चाहिए।

आज भारत की लगभग आधी आबादी नवयुवकों की है। अत: प्रतिवर्ष यह नवयुवक दिवस मनाना एक प्रगतिशील मंत्र होगा। नवयुवकों की ऊर्जा एवं दृढ़ शक्ति देश को विकसित बनाएगी। हमें इस दिन युवकों एवं युवतियों में नई स्फूर्ति एवं स्वाभिमान जगाना होगा।

~~~~❖❖●❖❖~~~~

स्नान दिवस

(14 जनवरी)

'गंगा का स्नान, करे तन-मन शांत।'

हिंदुओं के लिए स्नान-दिवस बहुत ही पवित्र दिन माना जाता है। यह दिन शुभ कार्यों के लिए नए वर्ष की शुरुआत होता है तथा सूर्य की एक राशि से दूसरी राशि में प्रवेश करने के उपलक्ष्य में मनाया जाता है। इस तरह प्रवेश करने में सूर्य को पूरे एक वर्ष का समय लगता है। इस प्रकार 12 राशियों की परिक्रमा करने में सूर्य को 12 साल लगते हैं और 12 वर्षों के बाद कुंभ-स्नान आता है।

प्रत्येक 12 वर्षों के बाद कुंभ-स्नान दिवस पर कुंभ का आध्यात्मिक मेला लगता है, जिसमें लाखों हिंदू एवं अन्य धर्मावलंबी विभिन्न नदियों में स्नान करते हैं। ये मेले इलाहाबाद, नासिक, हरिद्वार और उज्जैन में लगाए जाते हैं। हिंदू धर्म में ऐसा माना जाता है कि गंगा नदी भगवान् शिव की जटा से निकलती हुई पहाड़ों से गिरती, अपने साथ अमृत्व लाती है और मनुष्य उसमें स्नान कर अपने पापों से मुक्ति पाता है। इस दिन लोग नए अन्न का भोजन बनाते हैं और जीवन में नई चेतना व ऊर्जा भरते हैं।

~~~~❖❖●❖❖~~~~

सेना दिवस

(15 जनवरी)

'बहादुरी और देशभक्ति, भारतीय सेना की शक्ति।'

प्रतिवर्ष हमारे देश में 15 जनवरी को सेना दिवस मनाया जाता है, क्योंकि इसी दिन सन् 1949 में जनरल के.एम. करिअप्पा ने स्वतंत्र भारत की सेना की कमान सँभाली थी। इन्होंने ब्रिटिश जनरल 'सर रॉय बूचर' से भारतीय सेना का कार्यभार लिया और 14 जनवरी, 1953 तक कार्यरत रहे।

भारतीय सेना दुनिया की अच्छी फौजों में गिनी जाती है। हमारी सेना का स्वर्णिम इतिहास है। चाहे बाहरी आक्रमण हो अथवा घुसपैठ या फिर आंतरिक आपदा, सेना अपनी बहादुरी और चतुराई का रंग दिखाती रहती है। 1971 का पाकिस्तान के साथ युद्ध हो या फिर 2000 का कारगिल युद्ध, भारतीय सेना ने दुश्मनों को परास्त किया।

चाहे गरमी हो या सर्दी, दिन हो या रात, सियाचिन ग्लेशियर की ऊँचाई हो या फिर कोई भी जगह, रक्षा के लिए मुस्तैद भारतीय सेना का एक ही मंत्र होता है, 'मृत्यु तक युद्ध'। भारतीय सेना वीरतापूर्ण कार्यों के लिए सैनिकों को पुरस्कार और सम्मान से नवाजती है। देश का सबसे बड़ा सैनिक सम्मान 'परमवीर चक्र' है, जो अदम्य साहस और कर्तव्यपरायणता के लिए दिया जाता है। सर्वप्रथम मेजर सोमनाथ शर्मा को मरणोपरांत परमवीर चक्र से नवाजा गया था, जो पाकिस्तानी आक्रमण से श्रीनगर की रक्षा करते हुए शहीद हुए थे।

भारतीय सेना का इतिहास और गौरव 15 जनवरी के अलावा 26 जनवरी को गणतंत्र-दिवस की झाँकियों में भी दिखाया जाता है। सेना दिवस सेना के प्रतिष्ठानों में मनाया जाता है और इस दिन कई रंगारंग कार्यक्रम आयोजित किए जाते हैं, ताकि यह सेना को कर्तव्यपरायणता और देशभक्ति की याद दिलाता रहे।

~~~~❖❖●❖❖~~~~

कोश दिवस

(18 जनवरी)

18 जनवरी, 1779 को लेखक पीटर रोगेट का जन्म हुआ। उन्होंने 'रोगेट शब्दकोश' की रचना की थी, अत: उनकी स्मृति में उनके जन्मदिवस को
~~~~

'कोश दिवस' के रूप में मनाया जाता है।

कोश सैकड़ों वर्षों से एक अमूल्य संदर्भ पुस्तक के रूप में हमारा साथी रहा है। विद्यार्थी एवं लेखक उसकी सहायता से अपने साहित्यिक कार्य को सुधाकर बेहतर बनाते हैं। कोश की सहायता से हम एक ही शब्द के अनेक अर्थों से परिचित होते हैं और अपने लेख अथवा साहित्यिक कार्य में शब्दों की पुनरावृत्ति से बच सकते हैं। कोश में पर्यायवाची शब्दों के अतिरिक्त विलोम शब्द, स्त्रीलिंग, पुल्लिंग के संकेत भी दिए जाते हैं, जो हमारे भाषा-ज्ञान को समृद्ध बनाते हैं।

अत: आइए, आज 18 जनवरी कोश दिवस के दिन पीटर रोगेट को याद करें और कोश में से कुछ बिलकुल नए शब्द ढूँढ़कर उन्हें याद करें और व्यवहार में लाएँ।

~~~~❖❖●❖❖~~~~

अंतरराष्ट्रीय सीमा-शुल्क दिवस

(26 जनवरी)

'सीमा शुल्क, देश का प्रगति धन।'

सीमा-शुल्क दिवस पूरे विश्व में 26 जनवरी को जागरूकता दिवस के रूप में मनाया जाता है, जो हमें यह बताता है कि किस प्रकार विदेशों से आए हुए तथा देश से बाहर जानेवाले माल पर आयात-निर्यात कर द्वारा देश की आर्थिक स्थिति को मजबूत किया जाता है। यह दिवस अंतरराष्ट्रीय सीमा-शुल्क सहयोग को बढ़ावा देता है और सीमा-शुल्क प्रबंधन के रिश्तों को मजबूती प्रदान करता है। सीमा-शुल्क एक ऐसी व्यवस्था है, जिससे प्राप्त धन देश के आर्थिक हित में लगाया जाता है। देश को इससे काफी मात्रा में मुद्रा प्राप्त होती है।

अंतरराष्ट्रीय सीमा-शुल्क दिवस 'विश्व सीमा शुल्क संस्था' का स्थापना दिवस है। इस दिन सीमा-शुल्क अधिकारी आपस में मिल-बैठकर सीमा-शुल्क का लेखा-जोखा करते हैं और इससे देश की आमदनी बढ़ाने के उपायों पर विचार करते हैं। साथ ही यह भी विचार किया जाता है कि विदेश व्यापार की वस्तुएँ बिना शुल्क दिए देश के अंदर न आने पाएँ। इसके लिए व्यवस्था और कठिन करनी पड़ती है और चौकसी भी बढ़ानी पड़ती है।

आजकल विश्व-व्यापार काफी बढ़ गया है, इसलिए मुस्तैदी की अधिक जरूरत है। सीमा-शुल्क सिर्फ देश की वार्षिक आय में ही बढ़ोतरी नहीं करता, बल्कि अंतरराष्ट्रीय
~~~~

सीमा-शुल्क इकट्ठा करने और बढ़ोतरी करने के नए-नए तरीके एवं नियम-कानून समय-समय पर मुहैया कराता रहता है। हमारा देश भी 'विश्व सीमा-शुल्क संस्था' का सदस्य है, जिसके द्वारा सीमा-शुल्क संबंधी नई-नई जानकारियाँ प्राप्त करता रहता है। भारत सीमा-शुल्क प्रबंधन को अनुशासित और मजबूत करने की दिशा में निरंतर काम कर रहा है।

~~~~❖❖●❖❖~~~~

गणतंत्र दिवस

(26 जनवरी)

'गणतंत्र दिवस, पूर्ण स्वराज्य दिवस।'

26 जनवरी को मनाया जानेवाला गणतंत्र दिवस हमारे देश का एक राष्ट्रीय त्योहार है। दरअसल यह त्योहार पूर्ण स्वराज्य की खुशियों के लिए मनाया जाता है। यह वही ऐतिहासिक दिवस है, जब 1950 में भारत एक गणराज्य घोषित किया गया था और भारत का संविधान लागू हुआ था।

सन् 1930 में 26 जनवरी के दिन भारतीय नेताओं ने पहली बार अंग्रेजों से अपना देश आजाद कराने के लिए संघर्ष की शुरुआत की थी। पूरे देश में एकजुट होकर स्वतंत्रता के लिए सभाएँ हुईं एवं जुलूस निकाले गए थे।

हालाँकि गणतंत्र दिवस देश के सभी राज्यों में मनाया जाता है, लेकिन मुख्य कार्यक्रम दिल्ली के इंडिया गेट के पास आयोजित होता है, क्योंकि इंडिया गेट शहीद सैनिकों का स्मारक है। सबसे पहले भारत के प्रधानमंत्री इंडिया गेट पर जल रही अमर जवान ज्योति पर शहीदों को श्रद्धांजलि देते हैं। उसके बाद नेतागण, विदेशी राजनीतिज्ञ, सेना के आला अफसर तथा देश की साधारण जनता विजय चौक पर एकत्रित होते हैं। भारत के राष्ट्रपति तिरंगा फहराते हैं और राष्ट्रीय गान 'जन-गण-मन…' गाया जाता है। 26 जनवरी की परेड यादगार होती है। इसके बाद विभिन्न राज्यों तथा संगठनों की झाँकियाँ निकलती हैं। स्कूली बच्चों का कार्यक्रम भी काफी आकर्षक होते हैं। पूरे देश में स्कूल, दफ्तर एवं दुकानें बंद रहती हैं, ताकि बच्चे, बड़े एवं बूढ़े सभी इस उत्सव में शामिल हो सकें। मुख्य सरकारी भवनों को रात में बत्तियों से सजाया जाता है और सब सरकारी इमारतों पर तिरंगा लहराता है। यह हमारे देश के लिए एक गौरव-दिवस है।

~~~~❖❖●❖❖~~~~

जीवनसाथी दिवस

(26 जनवरी)

पति या पत्नी एक-दूसरे के जीवनसाथी होते हैं। दोनों एक साथ मिलकर घर-गृहस्थी की गाड़ी चलाते हैं। इनमें से एक के भी शिथिल पड़ने से गृहस्थी की गाड़ी डगमगाने लगती है—यह हम भली-भाँति जानते हैं।

अपने जीवनसाथी को मान-सम्मान देने, उसकी प्रशंसा करने के लिए ही 26 जनवरी का दिन नियत किया गया है। इस दिन अपने जीवनसाथी—पति या पत्नी—को उपहार दें, लेकिन इसे उपहार देने तक ही सीमित न रहने दें। यह दिन जीवनसाथी के प्रति पूरी श्रद्धा प्रस्तुत करने का दिन है—ऐसी श्रद्धा जो अनमोल हो, जो बिना व्यक्त किए ही अपने निर्मल मनोभावों को प्रकट करे।

आज के दिन साथ गुजारे अच्छे-बुरे पलों का स्मरण करें। जो अब तक एक-दूसरे को दे चुके हैं और जो आगे देंगे—उसके प्रति आभार प्रकट करें—एक-दूसरे की सराहना करें। एक-दूसरे को एक ही स्तर का मानने का वचन लें और परस्पर सम्मान देते हुए इस दिन का आनंद लें।

~~~~❖❖●❖❖~~~~

जनसंहार दिवस

(27 जनवरी)

'जनसंहार, मानवता पर कलंक का टीका।'

27 जनवरी मानवता के इतिहास में जनसंहार दिवस के रूप में याद किया जाता है। यह प्रतिवर्ष इस दुःख के साथ याद किया जाता है कि जर्मनी के नाजियों ने यहूदियों की पूरी जाति को ही समाप्त करने का बीड़ा उठाया था। यह इसलिए भी मनाया जाता है, ताकि भविष्य में कभी ऐसी जनसंहार की घटना न घटे। इतिहास गवाह है कि जर्मनी में हिटलर की नाजी पार्टी ने 60 लाख यहूदियों को मौत के घाट उतार दिया था। यह यहूदियों के लिए एक भयंकर हादसा था, क्योंकि यहूदी अकारण ही हिटलर की तानाशाही के शिकार हुए थे। यह एक प्रकार का जातिवादी नरसंहार था, जिसमें यहूदियों का कोई कसूर नहीं था।

यह जनसंहार दिवस सिर्फ यहूदियों के लिए ही नहीं, बल्कि प्रत्येक मनुष्य के
~~~~

लिए एक यादगार दिन है। यह हिटलर की नफरत का परिणाम था, क्योंकि हिटलर की सेना में ज्यादातर यहूदी सैनिक थे और हिटलर का मानना था कि यहूदियों की वजह से ही जर्मनी प्रथम विश्वयुद्ध में हार गया था, जिसके कारण जर्मनी पर इतना आर्थिक संकट आया।

जनसंहार दिवस पर हम कामना करते हैं कि पूरे विश्व में भाइचारे की भावना फैले।

~~~~❖❖●❖❖~~~~

कुष्ठ निवारण दिवस

(30 जनवरी)

'कुष्ठ रोग अब, निवारणीय और साध्य।'

कुष्ठ निवारण दिवस 30 जनवरी को प्रतिवर्ष हमारे देश में इस बीमारी के प्रति जागरूकता अभियान के तौर पर मनाया जाता है। यह कुष्ठ निवारण दिवस महात्मा गांधी के शहीद दिवस (30 जनवरी) पर ही मनाया जाता है, क्योंकि बापू कुष्ठ रोगियों की सेवा करते थे। उनका कहना था कि 'बीमारी से डरो, बीमार से नहीं'। कुष्ठ निवारण दिवस हमें यह सीख देता है कि हर मर्ज की एक दवा है—सही खान-पान और शरीर की सफाई।

कुष्ठ रोग एक जीवाणु से होनेवाली बीमारी है, जो शरीर की रोग-प्रतिरोधक क्षमता की कमी तथा अस्वच्छता के कारण होती है। इस बीमारी के जीवाणु का पहली बार सन् 1874 में सी.ए. हानसेन ने पता लगाया था। यह रोग पहले त्वचा पर पीले या लाल रंग के धब्बे के रूप में उभरता है और बाद में अगर सही इलाज नहीं हो, तो हाथ-पैर की अँगुलियों को खराब करने लगता है।

कुष्ठ रोग एक साध्य बीमारी है। यह ठीक हो जाती है, अगर सही समय पर जाँच एवं मल्टी थैरैपी के तहत लगभग एक वर्ष तक दवाई ली जाए। हमारी सरकार कुष्ठ रोग के निवारण के लिए कृत-संकल्प है और कुष्ठ निवारण के लिए एक योजनाबद्ध कार्यक्रम बनाया गया है। यह बात ध्यान देने की है कि इस बीमारी के लक्षण दिखते ही स्वास्थ्य अधिकारी से सलाह लेनी चाहिए और उसकी सलाह पर अमल करना चाहिए। हमें यही तो सिखाता है कुष्ठ निवारण दिवस।

~~~~❖❖●❖❖~~~~

शहीद दिवस
(30 जनवरी)

'शहीद दिवस पर, शहीदों को सलाम।'

महात्मा गांधी की पुण्यतिथि 30 जनवरी को शहीद दिवस के रूप में मनाया जाता है। इसी दिन राष्ट्रपिता महात्मा गांधी की नाथूराम गोड्से ने गोली चलाकर हत्या कर दी थी। बापू इतने सरल और दयालु थे कि उनकी अंतिम साँस भी 'हे राम' के साथ निकली और अपनी मातृभूमि को आजाद कराकर इसी देश के लिए उन्होंने अपने प्राण त्याग दिए। शहीद दिवस के दिन हम प्रतिवर्ष दो मिनट का मौन रखकर महात्मा गांधी को याद कर अपने को धन्य समझते हैं।

महात्मा गांधी सत्यप्रिय और अहिंसक व्यक्ति थे। जिस मनुष्य का हृदय जितना सरल होता है, वे न्याय के लिए उतने ही कठोर होते हैं। एक तरफ तो सत्य और अहिंसा और दूसरी तरफ बिना बंदूक के इतनी बड़ी ताकत, अंग्रेजी हुकूमत से देश को स्वतंत्र करा लेना, यह काम बापू जैसे अहिंसा के पुजारी ही कर सकते थे। बापू ने देश तो आजाद करा लिया, लेकिन देश को दो टुकड़ों, हिंदुस्तान और पाकिस्तान में बटना पड़ा। लाखों मुसल्मान बेघर हो अपना बोरिया-बिस्तर लेकर पाकिस्तान जाने लगे। इस दयनीय स्थिति पर गांधीजी की आत्मा रो पड़ी।

देश के बटवारे की वजह से कुछ लोगों की नजरों में बापू खटकने लगे और एक दिन! अंतत: 1948 में 30 जनवरी के दिन नाथूराम गोडसे ने बापू पर गोली चला दी। बापू ने अपना जीवन मातृभूमि के लिए बलिदान कर दिया और जीवन का अंत भी मानवता के सुपुर्द कर दिया। ऐसा महामानव संसार में दुर्लभ है।

शहीद दिवस के अवसर पर बापू की समाधि राजघाट पर प्रतिवर्ष भजन-कीर्तन होता है और हम बापू के साथ-साथ हजारों शहीदों को नम आँखों से सलाम करते हैं। यह दिवस देश ही नहीं, विदेशों में भी मनाया जाता है। 'धन्य है हमारी भारतभूमि, जहाँ ऐसी वीर संतानें पैदा हुईं।'

□

फरवरी

तटरक्षक दिवस

(1 फरवरी)

'तटरक्षक सागर प्रहरी, रात हो या दोपहरी।'

1 फरवरी को तटरक्षक दिवस मनाया जाना तटरक्षकों को सम्मान देना एवं सलाम करना है। यह दिवस भारतीय तटरक्षक बल का स्थापना दिवस भी है। तटरक्षक बल अपने गौरवमय इतिहास को यादकर अपने आपको गौरवान्वित महसूस करता है। तटरक्षक समुद्र की सीमाओं पर तैनात भारतीय सैनिक हैं, जो मछुआरों के दोस्त और समुद्री डाकुओं के दुश्मन हैं। इनकी पैनी निगाहें समुद्री सीमा के चारों तरफ तथा दूर समुद्र तक पहुँचती हैं। ये समुद्रतट पर तैनात सिर्फ नागरिकों की मदद ही नहीं, बल्कि समुद्री जीव-जंतुओं की निगरानी भी करते हैं। अब ओलिब रिडले कछुए लुप्तप्राय हो रहे हैं। उनकी रक्षा व निगरानी में भी तटरक्षक मुस्तैद रहते हैं।

इस प्रकार तटरक्षक दिवस मनाकर हम उनकी प्रतिभा का आकलन कर खूब प्रशंसा भी करते हैं। समुद्री सीमा के आस-पास संकट को भाँपते ही ये चौकन्ने हो जाते हैं। इनकी चौकसी पर देश को इतना भरोसा है कि हम दिन में निश्चिंत रहते हैं और रात में आराम की नींद सो सकते हैं।

तटरक्षक हर वक्त देश और नागरिकों की रक्षा में मुस्तैदीए लगे रहते हैं। ऐसे तटरक्षक बल को इस दिवस पर नमन!

~~~~❖❖●❖❖~~~~
~~~~

संग्रहालय दिवस

(1 फरवरी)

'संग्रहालय का पैगाम, इतिहास के नाम।'

1 फरवरी को प्रतिवर्ष संग्रहालय दिवस एक नया नारा लेकर हमें संग्रहालय के माध्यम से अपने इतिहास, सभ्यता और परंपरा के प्रति जागरूक बनाने चला आता है। वर्ष 1977 में 1 फरवरी के दिन दिल्ली में रेल संग्रहालय की स्थापना की गई थी। इसका उद्देश्य था लोगों को भारतीय रेल की कहानी बताना और रेल की परंपरा और विकास-यात्रा से हमें आवगत कराना।

संग्रहालय एक ऐसी इमारत में होता है, जहाँ ऐतिहासिक महत्त्व की वस्तुएँ प्रदर्शित की जाती हैं, ताकि लोग प्रदर्शित चीजों को देखकर अनुभवी बनें और इतिहास के साथ-साथ संस्कृति को भी जानें। सच में संग्रहालय जाना अपने आप में एक अद्भुत अनुभव होता है, जो हमें शिक्षा, आनंद, उत्साह और न जाने क्या-क्या लाभ देता है। अत: 'संग्रहालय सभी के लिए', नारा होना चाहिए, क्योंकि अपनी सभ्यता को जानना हर मनुष्य का अधिकार है।

संग्रहालय भी कई तरह के होते हैं। इनका उद्देश्य होता है—शिक्षित करना तथा इतिहास के बारे में जानकारी देना। रेल संग्रहालय, राष्ट्रीय संग्रहालय, विक्टोरिया मैमोरियल संग्रहालय, निजाम का संग्रहालय, प्राकृतिक-ऐतिहासिक आदि महत्त्वपूर्ण संग्रहालय हैं। आजकल संग्रहालयों के प्रदर्शन और रख-रखाव पर विशेष ध्यान दिया जा रहा है, क्योंकि अब इनका महत्त्व बढ़ रहा है। यह एक शिक्षक की तरह होते हैं। संग्रहालय दिवस हमें जागरूक बनाता है। हमें संग्रहालय जरूर देखना चाहिए, ताकि हम जान सकें कि किस प्रकार सभ्यता का विकास होता है।

~~~~❖❖●❖❖~~~~

विश्व दलदल दिवस

(2 फरवरी)

'दलदली जमीन की भी अहमियत है हमारे लिए।'

दलदल एक ऐसे भू-भाग को कहते हैं, जो वर्ष-भर पानी से आर्द्र रहता है। ऐसी जमीन पर न तो हम घर बना सकते हैं, न खेती कर सकते हैं और न ही
~~~~

कोई कारोबार। दलदली जमीन हमारे पर्यावरण को प्रभावित करती है। इस जमीन पर खास प्रकार के पेड़-पौधे उगते हैं और जीव-जंतु भी पनपते हैं, जो पूरे जीव-मंडल को संतुलित करते हैं।

विश्व-भर में दलदल दिवस 2 फरवरी को मनाया जाता है। इसी दिन 1971 में 'वेटलैंड्स कन्वेंशन' को ईरान में कैस्पियन समुद्र तट पर बसे रामसार शहर में अपनाया गया था। कैस्पियन समुद्र के आस-पास की दलदली जमीन वहाँ के जीव-जंतुओं के लिए विशिष्ट है।

सन् 1977 के बाद से प्रत्येक वर्ष यह दिवस सरकारी प्रतिनिधियों, गैर-सरकारी संस्थाओं और नागरिक समुदायों द्वारा दलदली जमीन के महत्त्व के बारे में लोगों को जानकारी देने के लिए मनाया जाता है। दलदली जमीन पर खास प्रकार के पक्षी निवास करते हैं, जो हमारे जीव-मंडल में पर्यावरण की महत्त्वपूर्ण कड़ी होते हैं। ये कुछ ऐसी चीजें खाते हैं, जिनकी संख्या बढ़ जाने पर जीव-मंडल को खतरा हो सकता है। साथ ही यहाँ विशेष प्रकार के पेड़-पौधे लगते हैं, जिनकी जड़ें मिट्टी को जकड़कर वहाँ की जमीन को दृढ़ता प्रदान करती हैं, जिससे तूफान के समय सागर का पानी जमीन पर दूर तक नहीं आ पाता और वहाँ के निवासियों की रक्षा होती है। पश्चिम बंगाल का सुंदरवन इलाका ऐसी ही दलदली जमीन में है, जहाँ प्रकृति के अनमोल जीव-जंतु पाए जाते हैं।

विश्व दलदल दिवस के दिन दलदली जमीन से संबंधित नई नीतियाँ बनाई जाती हैं और पिछले अनुभव का आकलन किया जाता है। सच में यह जमीन बेकार दिखनेवाली चीज है, पर हमारे जीवन को प्रभावित करनेवाली भी है। दलदल दिवस हमें एक तरह से यह समझने को प्रेरित करता है कि 'किसी को कभी भी छोटा नहीं समझना चाहिए।'

~~~~❖❖●❖❖~~~~

वैलेंटाइन दिवस

(14 फरवरी)

'वैलेंटाइन प्यार और सौहार्द का उत्सव।'

वैलेंटाइन डे, यानी प्रेमी-दिवस पूरे विश्व में युवाओं द्वारा मनाया जाता है। प्रतिवर्ष 14 फरवरी को वैलेंटाइन दिवस संत वैलेंटाइन की याद में मनाया जाता है। यह
~~~~

प्रेमियों और मित्रों के साथ मिल-बैठकर मनाया जाता है और चाहनेवालों को प्यार-भरी अनुभूति दे जाता है, जो पूरे वर्ष उन्हें याद रहती है; क्योंकि प्यार एक ऐसी संवेदना है, जिसके दम पर इनसान बड़ी-से-बड़ी मुसीबत झेल जाता है। प्यार सिर्फ मनुष्य को ही नहीं, बल्कि जानवरों और पौधों को भी सहला जाता है।

वैलेंटाइन दिवस की कहानी तीसरी शताब्दी की घटना है। उन दिनों रोम में सम्राट् क्लाउजियस राज्य करते थे। वे एक महत्त्वाकांक्षी सम्राट् थे, जिन्हें हमेशा अपनी राज्य सीमा को बढ़ाने की लालसा रहती थी। इसके लिए उन्हें एक बड़ी फौज की जरूरत थी। इसलिए ढिंढोरा पिटवा दिया कि राज्य में जितने भी नवयुवक हों, वे शादी न करें, बल्कि उनकी सेना में भरती हो जाएँ, क्योंकि शादीशुदा लोग अपना परिवार छोड़कर सेना में नहीं जाना चाहते थे। नवयुवक यह आज्ञा सुनकर भड़क उठे और उनकी आज्ञा की अवहेलना करते हुए चुपके-चुपके गिरजाघरों में शादियाँ करने लगे। संत वैलेंटाइन प्यार के पुजारी थे, अत: वे भी उनकी शादियाँ कराने लगे, लेकिन रात के अँधेरे और मोमबत्तियों की रोशनी में। एक दिन सम्राट् के गुप्तचरों ने उन्हें देख लिया और रात्रि की वेला में संत वैलेंटाइन एक जोड़े को शादी करवाते पकड़े गए तथा बंदी बना लिये गए। लोग संत वैलेंटाइन के प्रति सद्भावना में न जाने कितने गुलाब, पैसे और संदेश भरे कार्ड लिख-लिखकर जेल भेजते रहे, परंतु वैलेंटाइन को सम्राट् की आज्ञा न मानने के जुर्म में कैद में ही रखा गया और एक दिन जेल में ही उनकी मृत्यु हो गई।

तभी से यह दिन उनकी याद में प्यार में न्योछावर होने के दिन के रूप में मनाया जाता है। इस दिन खासकर युवक और युवतियों को आपस में प्यार बाँटने का एक अच्छा मौका मिल जाता है। अब यह त्योहार सिर्फ युवक-युवतियों तक ही सीमित नहीं है, बल्कि इस दिन सभी उम्र के लोग आपस में मिल-बैठकर खाने-पीने और प्यार बाँटने का मौका पा लेते हैं। प्रतिवर्ष इस वैलेंटाइन दिवस का युवकों और युवतियों को बेसब्री से इंतजार रहता है कि कब 14 फरवरी आए और 'हैप्पी वैलेंटाइन डे' कहा जाए। यह दिन प्रेमी और प्रेमिका के बीच प्यार के इजहार का दिन है, जो लाल गुलाब या उपहार से जताया जाता है।

युद्ध विरोध दिवस
(15 फरवरी)

'युद्ध है विभीषिका, यह नहीं किसी का सगा।'

15 फरवरी, 2003 को पूरी दुनिया के लोगों ने अमेरिका के खिलाफ नारा लगाकर युद्ध का विरोध किया था, क्योंकि उसने इराक पर जबरदस्ती युद्ध थोपा था। बात कुछ ऐसी थी कि 14 फरवरी को जैसे ही हथियारों की जाँच करनेवाले इंस्पेक्टरों ने अस्पष्ट रिपोर्ट दी कि इराक के पास सामूहिक विनाश वाले हथियार हैं या नहीं, यह स्पष्ट तौर पर पता नहीं चल पाया है। यह सद्दाम हुसैन की नीति की वजह से निश्चित नहीं हो पाया था। इतना सुनते ही अमेरिका के तत्कालीन राष्ट्रपति जॉर्ज बुश आगबबूला हो उठे और कहने लगे कि पहले भी कई बार इराक के राष्ट्रपति ऐसा मजाक कर चुके हैं। सद्दाम हुसैन को अपने बेटों सहित 24 घंटे के अंदर इराक छोड़ने की चेतावनी दी गई या फिर युद्ध के लिए तैयार रहने के लिए कहा गया। पहले की तरह इस बार भी सद्दाम हुसैन को यह चेतावनी सामान्य लगी, लेकिन राष्ट्रपति बुश ने इराक के प्रति युद्ध का एलान 14 फरवरी की रात को ही कर दिया। यह एलान सुनते ही दुनिया-भर के देश 15 फरवरी को युद्ध का विरोध करने लगे, क्योंकि यह तीसरे विश्वयुद्ध का रूप भी ले सकता था।

15 फरवरी को विश्व के अनेक देशों ने अमेरिका व उसके सहयोगी राष्ट्र ब्रिटेन, जर्मनी, फ्रांस के खिलाफ प्रदर्शन किए, नारेबाजियाँ कीं और 'नो वार' का नारा विश्व के आसमान में गूँज उठा था, लेकिन अमेरिका ने, जो एक सुपर-पावर देश है, संयुक्त राष्ट्रसंघ के फैसले की परवाह न करते हुए 20 फरवरी को इराक के विरुद्ध मिसाइल और रॉकेट से हमला बोल दिया। दुनिया के देश सहम उठे और अमेरिका की इस कार्रवाई से अलग-थलग हो गए, जैसे उन्होंने यह ठान लिया हो कि वे किसी भी हाल में युद्ध में शामिल नहीं होंगे। अंततः सद्दाम हुसैन की सरकार ध्वस्त हो गई और वह बंदी बना लिए गए, जबकि उनके बेटे मारे गए।

इस प्रकार युद्ध थम गया और दुनिया तीसरे विश्वयुद्ध के संहार से बच गई। आक्रमण के शुरुआत में ही अनेक देशों ने युद्ध का विरोध किया था और उसमें भाग न लेने की कसम खाई थी। युद्ध-विरोध दिवस हमें युद्ध का परिणाम याद दिलाकर युद्ध न करने की नसीहत देता है। इसका परिणाम बड़े पैमाने पर जान-माल की हानि, आतंक,

चीख-पुकार ही होता है, जो कोई भी मानवीय सभ्यता नहीं चाहती। आधुनिक परिप्रेक्ष्य में, युद्ध विरोध दिवस सार्थकता का यह पैगाम देता है कि किसी भी विवाद का हल युद्ध नहीं है।

~~~~❖❖●❖❖~~~~

अंतरराष्ट्रीय मातृभाषा दिवस

(21 फरवरी)

'मातृभाषा की बोली, पहुँचे दिल तक।'

मातृभाषा किसी वंश या जाति के लोगों की अपनी मूल भाषा होती है, जो जबान से निकलकर सीधी हृदय तक पहुँचती है। 21 फरवरी को मातृभाषा दिवस मनाया जाना मातृभाषा के प्रति सम्मान है। यह दिवस हमें जागरूक बनाता है कि किस प्रकार मातृभाषा में कही, लिखी और समझी गई बातें मनुष्य के जीवन को प्रभावित करती हैं तथा उसके मस्तिष्क को सींचती हैं। 21 फरवरी का दिवस एक यादगार दिवस भी है, जब पूर्वी बंगाल में लोगों ने यह कहते हुए जान गवाँ दी कि बँगला उनकी मातृभाषा है। उन्होंने पुलिस की लाठियाँ खाईं, जुल्म सहे, लेकिन अडिग रहे कि बँगला बोलना और लिखना उनका अधिकार है।

संयुक्त राष्ट्र संघ की संस्था यूनेस्को ने भी मातृभाषा की अहमियत जताई और 21 फरवरी को मातृभाषा दिवस घोषित किया। यह दिवस 1991 से मनाया जा रहा है, ताकि हर देश की सरकार मातृभाषा को स्वीकार ले। मातृभाषा वह भाषा है, जिसके माध्यम से हम अपने विचार स्पष्ट रूप से व्यक्त कर सकते हैं। साथ ही यह एक संस्कृति है, एक सभ्यता भी है, जिसे सींचना चाहिए।

दुनिया के जितने भी विकसित देश हैं, वहाँ के बच्चे प्रारंभिक शिक्षा अपनी मातृभाषा में ही ग्रहण करते हैं। मातृभाषा बोलने और लिखने के लिए विशेष आवश्यकता नहीं होती, बल्कि यह स्वतः फूटती और निकलती है। संयुक्त राष्ट्र भी मातृभाषा का पक्षधर है। रवींद्रनाथ टैगोर का कहना है कि 'मातृभाषा, माँ के दूध के समान हैं, जो बच्चों को पुष्ट बनाती है। यह शहद की तरह है, जो बोलनेवालों को शांति और सुकून प्रदान करती है।'

~~~~

विश्व चिंतन दिवस

(22 फरवरी)

'चिंतन की कला, मानवमात्र की विद्या।'

यह चिंतन दिवस एक महापुरुष का जन्मदिवस है, जिन्होंने यह साबित कर दिखाया कि मानव की किसी भी समस्या का समाधान गहरे चिंतन से शुरू होता है। इस व्यक्ति का नाम लॉर्ड बेडेन पॉवेल था, जिन्होंने एक अंतरराष्ट्रीय विद्यार्थी संस्था 'ब्वॉयज स्कॉउट' को अपनी चिंतन-कला द्वारा स्थापित किया था। इनका जन्म 22 फरवरी, 1857 को ब्रिटेन में हुआ था। पल-बढ़कर ये ब्रिटिश सेना के आला अफसर बने और बाद में इन्होंने एक समस्या के समाधान हेतु स्कॉउट आंदोलन चलाया। इस तरह 22 फरवरी, 1926 को यह दिवस आरंभ हुआ।

स्कॉउट आंदोलन का मुख्य उद्‌देश्य था, नवयुवकों का चरित्र निर्माण एवं किसी भी समस्या का हल पाने के लिए हर पल तैयार रहने की कला सीखना। उनका मानना था कि समस्या का हल पाने की चतुराई शारीरिक पुष्टता, मानसिक जागृति एवं नैतिक सत्यता से प्राप्त की जा सकती है। वे अपनी संस्था 'ब्वॉयज स्कॉउट' में नामांकन करते वक्त लड़कों को शपथ दिलवाते थे कि 'मैं अपना कर्तव्य अपनी सर्वोत्तम क्षमता के साथ कर भगवान् को समर्पित करूँगा। मैं दूसरों की सहायता किसी भी परिस्थिति में करूँगा।' स्कॉउटों को जीवन के विविध आयामों से संबद्ध शिक्षा दी जाती है।

वर्तमान समय में हमारे देश में भी 'ब्वॉयज स्कॉउट और गर्ल्स गाइड' की संस्थाएँ कार्यरत हैं, जो लड़के-लड़कियों को विभिन्न प्रकार के जीवन-कौशलों का प्रशिक्षण देती हैं और जरूरत पड़ने पर उनकी सहायता ली जाती है। हमारे देश में इसका मुख्य कार्यालय दिल्ली में हैं। यह संस्था अपने कार्यकर्ताओं को विशिष्ट सेवा के लिए 'सिलवर एलीफैंट अवार्ड' से नवाजती है। यह चिंतन दिवस लोगों में जागरूकता अभियान के बतौर इस उद्‌देश्य से मनाया जाता है कि, 'हर पल जागते रहो और समस्याओं के प्रति चिंतनशील रहो।' नए आविष्कारों का आधार भी चिंतन ही है।

केंद्रीय उत्पाद शुल्क दिवस

(24 फरवरी)

'उत्पादन शुल्क, देश की आर्थिक कमर।'

24 फरवरी ही वह दिन है जब केंद्रीय उत्पाद विभाग की स्थापना हुई थी। यह वही विभाग है, जो भारत सरकार के लिए सबसे ज्यादा वार्षिक कर उत्पाद शुल्क के रूप में इकट्‌ठा करता और सरकारी कोष को समृद्ध करता है। यही धन देश की योजनाएँ पूरी करने के काम आता है। अतः यह दिन केंद्रीय उत्पाद विभाग के कर्मियों और अफसरों को तहे दिल से धन्यवाद ज्ञापन करने का दिन है, जो मुस्तैदी से अपना काम कर देश की उन्नति के लिए उत्पाद शुल्क जमा कराने में तल्लीन रहते हैं।

केंद्रीय उत्पाद कर से देश की वार्षिक आय का लगभग 35 प्रतिशत धन प्राप्त होता है। यह धन देश के विकास योजनाओं के कार्यान्वयन तथा सामाजिक लाभ के लिए इस्तेमाल किया जाता है। यह दिवस हमें यह भी याद दिलाता है कि ईमानदार करदाता किस प्रकार अपनी कमाई का एक हिस्सा कर के रूप में देते हैं, बदले में उत्पाद अधिकारी उन्हें अच्छी सेवा मुहैया कराते हैं। यह लेने और देने की क्रिया देश और नागरिकों के हित के लिए है।

यह दिवस केंद्रीय उत्पाद कर विभाग द्वारा मनाया जाता है। इस दिन अफसरों की बैठकें होती हैं, ताकि उत्पाद कर का विश्लेषण कर सकें और अधिक-से-अधिक कर लेकर सरकारी कोष समृद्ध कर सकें, लेकिन उन्हें यह भी याद रखना होगा कि केंद्रीय उत्पाद कर की मार समाज के निचले वर्गों पर न पड़े। यह दिवस करदाताओं को याद दिलाता है कि ईमानदारी से कर देना चाहिए, क्योंकि इसी राजस्व से देश की उन्नति संभव है।

~~~~❖❖●❖❖~~~~

राष्ट्रीय विज्ञान दिवस

(28 फरवरी)

'विज्ञान, देता जीने का प्राकृतिक ज्ञान।'

विज्ञान दिवस प्रतिवर्ष 28 फरवरी को एक समर्पण दिवस के रूप में मनाया जाता है, जो हमें यह बताता है कि किस प्रकार बुद्धिजीवियों के परिश्रम से
~~~~

विज्ञान उन्नति करता है और मानवता उससे लाभ उठाती है। पहला राष्ट्रीय विज्ञान दिवस 1987 में 28 फरवरी को मनाया गया था।

विज्ञान दिवस 28 फरवरी को इसलिए मनाया जाता है, क्योंकि इसी दिन सन् 1928 में सर सी.वी. रमन ने अपने मशहूर आविष्कार 'रमन प्रभाव' का आविष्कार किया था। इसी खोज की वजह से श्री रमन को सन् 1930 में विश्व के सबसे सम्मानित 'नोबेल पुरस्कार' से नवाजा गया था।

सर सी.वी. रमन का प्रभाव हमें बताता है कि सूर्य का श्वेत प्रकाश, जो सात रंगों का बना होता है, अगर पारदर्शी माध्यम से गुजरता है, तो उसकी किरणों का बिखराव होता है, जिससे माध्यम रंगीन हो उठता है। यह तथ्य उन्होंने तब पाया, जब वे एक बार विदेश-यात्रा से समुद्र के रास्ते लौट रहे थे। उन्होंने पाया कि समुद्र का जल नीला दिख रहा है और वे गहरे चिंतन में डूब गए।

स्वदेश पहुँचकर उन्होंने निष्कर्ष निकाला कि पानी तो एक रंगहीन द्रव्य है, लेकिन उसका नीला रंग प्रकाश की नीली किरणों के पानी पर बिखरने से हुआ था।

विज्ञान दिवस एक जागरूकता दिवस है, जो हमें यह बताता है कि विज्ञान की खोज सिर्फ उपकरणों के प्रयोग से ही नहीं होती, बल्कि किसी घटना पर गहरी सोच की उपज से होती है। विज्ञान दिवस प्रतिवर्ष बार-बार हमें यही याद दिलाता है कि प्राकृतिक नियमों का पालन करते हुए ही हम वैज्ञानिक ढंग से जी सकते हैं। जीवन जितना सरल और प्राकृतिक होगा, उतना ही वैज्ञानिक और आनंददायक होगा। प्रकृति के साथ ज्यादा छेड़छाड़ ठीक नहीं है, नहीं तो वह हमें दंडित भी कर सकती है।

~~~~❖❖●❖❖~~~~

अधिदिवस
(29 फरवरी)

अधिदिवस या लीपदिवस चार साल में एक बार आता है। पिछला अधिदिवस 29 फरवरी, 2008 को मनाया गया और आगामी अधिदिवस 29 फरवरी, 2012 को मनाया जाएगा। इसी प्रकार प्रति चार वर्ष बाद यह क्रम चलता रहता है।

जैसा कि हम सभी जानते हैं, पृथ्वी को सूर्य की एक परिक्रमा पूरी करने में $365\frac{1}{4}$ दिन लगते हैं। यह चौथाई दिन जब चार बार जुड़कर एक दिन बन जाता है, तो
~~~~

वह वर्ष 366 दिन का हो जाता है। वह एक दिन फरवरी में जुड़ जाता है और उस वर्ष फरवरी 29 दिन की होती है। यह 29 फरवरी का दिन ही अधिदिवस के रूप में मनाया जाता है और उस वर्ष को अधिवर्ष कहते हैं।

यदि आपका जन्मदिन 29 फ़रवरी को पड़ता है, तो स्वयं को खास मानें। आँकड़े बताते हैं कि प्रति 1461 लोगों में से एक का जन्मदिन 29 फरवरी को पड़ता है। अतः चार वर्ष में एक बार पड़नेवाले इस दिन को चार गुना जोश और उत्साह के साथ मनाएँ।

□

मार्च

राष्ट्रीय सुरक्षा दिवस
(4 मार्च)

'कदम-कदम पर सुरक्षा, देश का नारा।'

हमारे देश में उद्योग मंत्रालय प्रतिवर्ष 4 मार्च को सुरक्षा दिवस मनाता है। यह लोगों में जागरूकता अभियान के तौर पर मनाया जाता है, जिससे लोगों को पता चले कि जीवन को सुरक्षित किस प्रकार बनाया जा सकता है तथा कैसे पर्यावरण और परिवेश को हम सुरक्षा प्रदान कर सकते हैं।

दरअसल कार्यस्थलों पर सुरक्षा के प्रबंध कुछ ऐसे उपाय हैं, जो वहाँ काम कर रहे लोगों के जीवन के लिए जरूरी हैं। इनसे कई बार दुर्घटनाओं में लोगों का बचाव होता है। आजकल बहुमंजिली इमारतों में आग लगने पर सुरक्षा के तौर पर आग बुझाने वाले उपकरण लगाए जाते हैं। कुछ नियमों और सावधानियों का पालन कर काफी हद तक मनुष्य की सुरक्षा हो सकती है।

यह दिवस हमें प्रतिवर्ष सचेत करने के लिए आता है कि दुर्घटना से पहले ही सावधानी और उपाय जरूरी हैं। खासकर ऐसी जगहों पर सुरक्षा के कड़े नियम होने चाहिए, जहाँ खतरनाक स्थिति पैदा होने की संभावना बनी रहती है। हम जानते हैं कि 'चेत चले तो काल न खाए।'

सुरक्षा दिवस हमें जीवन की सुरक्षा के तरीके सिखाता है, जैसे सड़क पार करते समय के नियम, घरों में बिजली के उपकरण आदि के इस्तेमाल, रसोई गैस का उपयोग करते समय की सावधानियाँ आदि। तरणताल आदि कई ऐसी जगह हैं, जहाँ हमेशा सुरक्षा के नियमों का ध्यान रखना चाहिए, ताकि जान-माल की हानि से बचा जा सके।

सुरक्षा के नियमों और उपायों से अपनी तथा देश की आर्थिक हानि से बचा जा सकता है। सुरक्षा अपनाने से मनुष्य को विकलांगता से भी बचाया जा सकता है। इस प्रकार कल-कारखाने अपने दक्ष कर्मियों को तथा देश अपने सक्षम नागरिकों को सुरक्षा प्रदान कर प्रगति-पथ पर अग्रसर हो सकता है।

~~~~❖❖●❖❖~~~~

दंत दिवस

(6 मार्च)

'दाँतों का रखरखाव, चेहरे की शान।'

6 मार्च को दंत दिवस मनाया जाना दंत-चिकित्सकों को सम्मान तथा उनको सलाम देना है। उनके अथक परिश्रम से अस्वस्थ दाँतों को रोग-मुक्ति प्राप्त होती है। दाँत हमारे जबड़ों में पड़ी बेजान आकृतियाँ नहीं हैं, बल्कि भोजन और पाचन में सहायक होते हैं एवं चेहरे को अच्छा स्वरूप प्रदान करते हैं।

हमारे जबड़ों में मोती की तरह गुँथे 32 दाँतों की सफाई पर हमें विशेष ध्यान देना चाहिए। सुबह दातुन करने से लेकर प्रत्येक आहार के बाद पानी से पूरा कुल्ला करना जरूरी है, ताकि खाद्य पदार्थ दाँतों में न फँसे रह जाएँ, नहीं तो ये सड़कर दाँतों में बदबू एवं कीटाणु पैदा करते हैं, जो इन्हें खोखला कर देते हैं। चॉकलेट खाने की आदत से दाँतों में चिपके मीठे खाद्य पदार्थों से कीटाणु पैदा हो जाते हैं और दाँत के दर्द का कारण बनते हैं।

दंत दिवस के दिन दंत-चिकित्सकों की सलाह होती है कि शिशु के जन्म के 6 महीने बाद से ही कैल्शियम की गोलियाँ दी जानी चाहिए, ताकि उनके दाँत मजबूत बनें। हमें चबानेवाली चीजें भी खाना चाहिए और दाँतों की सफाई पर ध्यान देना चाहिए। दाँतों या मसूढ़ों में कोई परेशानी आते ही फौरन दाँतों के डॉक्टर की सलाह लेकर उस पर अमल करना आवश्यक है।

~~~~

अंतरराष्ट्रीय महिला दिवस
(8 मार्च)

'महिलाओं की भागीदारी, हर कदम पुरुषों के साथ।'

विश्व की लगभग आधी आबादी महिलाओं की है, लेकिन समाज में उनकी भागीदारी बराबर नहीं है। हमारा समाज पुरुष-प्रधान समाज है, जिसकी वजह से महिलाओं को पुरुषों की तुलना में कमजोर मानकर भेदभाव किया जाता है। दुःख की बात यह है कि पुरुष तो क्या, महिलाएँ भी दूसरी औरतों को दबाती रहती हैं। 8 मार्च महिलाओं के अधिकार और महत्त्व को मनाने का दिन है।

हमारे देश में इस दिन समाज कल्याण विभाग महिलाओं के साथ न्याय तथा उनकी परेशानियों को कम करने के लिए कई कल्याणकारी योजनाएँ घोषित करता है। महिलाओं की सुरक्षा, कल्याण एवं सुरक्षित मातृत्व के लिए योजनाएँ तैयार की जाती हैं। इस दिशा में कई गैर-सरकारी संस्थाएँ भी कार्यरत हैं, परंतु सफलता तभी मिलेगी, जब हर महिला अपने अधिकारों के प्रति सजग होकर पहला कदम खुद बढ़ाए। लड़का-लड़की में भेदभाव रोकना एवं घरेलू हिंसा पर काबू पाना जरूरी है। हाँ, अब यह बात जरूर है कि महिलाएँ पुरुषों के साथ हर क्षेत्र में बराबर की भागीदारी निभाने लगी हैं।

महिला दिवस का इतिहास कुछ इस प्रकार है—सन् 1857 में न्यूयॉर्क शहर के पोशाक बनानेवाले एक कारखाने की महिलाएँ पहली बार अपने समान अधिकारों, यानी काम करने की अवधि में कमी, कार्य अवस्था में सुधार की माँग करते हुए जुलूस निकालकर सड़कों पर उतर आई थीं। सन् 1910 में महिलाओं की समस्या के समाधान हेतु बीजिंग में एक विश्व-सभा बुलाई गई थी। उसी दिन की स्मृति में प्रतिवर्ष 8 मार्च को महिला दिवस के रूप में मनाया जाने लगा। यह महिला जागरूकता और सशक्तीकरण का आयोजन है।

महिलाओं और पुरुषों में भेदभाव मिटाने के सबसे बड़े दो हथियार हैं, जानकारी एवं जागरूकता। शिक्षा पाकर लड़कियाँ आर्थिक रूप से आत्मनिर्भर बनेंगी तो आर्थिक आजादी के साथ ही समानता की भावना भी पनपेगी। महिलाओं में अधिकार के प्रति जागरूकता जरूरी है, तभी महिलाएँ अपनी सुरक्षा खुद कर पाएँगी, तब समाज, पुलिस और कानून भी उनकी मदद करेगा। दहेज जैसा अभिशाप मिटाना होगा, तभी माता-

पिता अपनी बेटियों के दहेज-भार से मुक्त हो सकेंगे। महिला दिवस एक 'जागरूकता अभियान' है। आजकल कन्या भ्रूण-हत्या की चर्चा काफी जोरों से हो रही है। इससे स्त्री-पुरुष का समाज में संतुलन बिगड़ रहा है। जब तक स्त्री-पुरुष के साथ समान व्यवहार नहीं होगा, तब तक सही मायने में समाज उन्नति नहीं कर सकता।

~~~~❖❖●❖❖~~~~

कर्मचारी प्रशंसा दिवस

(9 मार्च)

सामान्य कर्मचारी हर देश की उन्नति में अपना महत्त्वपूर्ण योगदान देते हैं। उनकी प्रशंसा के लिए ही 9 मार्च को प्रतिवर्ष कर्मचारी प्रशंसा दिवस के रूप में मनाया जाता है। इस दिन दुनिया भर में कर्मचारियों का सम्मान किया जाता है, उन्हें भेंट-स्वरूप उपहार दिए जाते हैं, उनके साथ बैठकर सामूहिक भोज का आनंद लिया जाता है।

इस दिन कई जगह कर्मचारियों के लिए प्रतियोगिताएँ, खेल-कूद आदि आयोजित किए जाते हैं। कर्मचारियों से कहा जाता है कि वे ऐसे छह तरीके लिखें, जिस प्रकार वे पुरस्कृत होना चाहते हैं।

कर्मचारियों से मिलकर उनकी समस्याएँ जानी जाती हैं, उनके सुधार के लिए उनके सुझाव आमंत्रित किए जाते हैं। इस दिन कर्मचारियों के कल्याण के लिए आकर्षक योजनाएँ शुरू की जाती हैं

~~~~❖❖●❖❖~~~~

दांडी मार्च दिवस

(12 मार्च)

'दांडी मार्च दिवस, नव-चेतना का आह्वान।'

दांडी मार्च दिवस प्रतिवर्ष 12 मार्च को मनाया जाता है। इसी दिन, यानी 12 मार्च, 1930 को गांधीजी अपने 79 सहयोगियों के साथ साबरमती से दांडी की ओर रवाना हुए थे और 6 अप्रैल को दांडी पहुँचकर उन्होंने अंग्रेजों के नमक कानून का उल्लंघन किया था।

तब नमक कानून के अंतर्गत कोई भी भारतीय न तो नमक बना सकता था, न बेच सकता था। यह एक अपराध था। गुजरात के तटीय इलाकों में समुद्र का पानी रेत में एकत्र होकर वैसे ही नमक तैयार कर देता था, लेकिन उस नमक को तटवासी मुफ्त में नहीं ले सकते थे। उन्हें उसके लिए पैसा चुकाना पड़ता था।

गांधीजी ने विरोधस्वरूप 2 मार्च, 1930 को वायसराय लॉर्ड इरविन को पत्र लिखकर नमक कानून से अपनी असहमति व्यक्त की और उन्हें इस कानून को उठा लेने के लिए 11 मार्च तक का समय दिया लेकिन जैसा कि पूर्वानुमान था, सरकार की ओर से कोई जवाब नहीं आया। अत: पूर्व निर्धारित कार्यक्रमानुसार 12 मार्च, 1930 को दांडी मार्च आरंभ हो गया। यह यात्रा चार जिलों और 48 गाँवों से होकर गुजरी, जिसमें हजारों लोगों का अभूतपूर्व समर्थन मिला। पच्चीस दिनों में 241 मील की यात्रा के बाद सत्याग्रहियों का यह दल दांडी पहुँचा। अगले दिन 6 अप्रैल, 1930 को गांधीजी ने समुद्र में स्नान किया, ईश-वंदना की और सागर-तट से एक मुट्ठी नमक उठाकर नमक कानून को तोड़ा। इसी के साथ देश-भर में लाखों लोगों ने भी नमक कानून को भंग किया।

इस दांडी मार्च ने सारे देश को एक सूत्र में बाँध दिया और आजादी के लिए जगह-जगह अहिंसक आंदोलन होने लगे। अंग्रेजों ने जोर-जुल्म भी ढाया, लेकिन आजादी की इस चिंगारी को शोला बनने से रोकने में अंग्रेज असफल रहे और दांडी मार्च ने देश की आजादी का मार्ग प्रशस्त किया।

यह मार्च हमें यह संदेश देता है कि एक छोटी-सी आशा की किरण में भी अँधेरे के बीच मार्ग खोजा जा सकता है। हमें बस श्रद्धा और समर्पण से आगे बढ़ना होगा।

~~~~❖❖●❖❖~~~~

गणित दिवस

(14 मार्च)

‘गणित के साथ खेल, मजे-मजे की रेल।’

गणित एक शुद्ध मनोरंजक विज्ञान है, जो कुछ सूत्रों तथा सत्यापनों पर आधारित है। जब हम गणित के मूल सिद्धांतों को समझते हुए पढ़ते और अभ्यास करते हैं, तो गणित कठिन विषय न रहकर एक अनूठा विषय बन जाता है, जिसको पढ़ने एवं अभ्यास करने से हमें प्रोत्साहन और आश्चर्य का अनुभव होता है। गणित एक
~~~~

ऐसा विषय है, जो रोजमर्रा की चतुराई सिखाता है, तो फिर हम क्यों न मनाएँ गणित दिवस ?

दरअसल गणित को पाई दिवस भी कहते हैं, जो रेखागणित का एक संकेत है, जिसका मूल्य होता है 22/7। पाई—परिधि और व्यास का अनुपात होता है, अर्थात् पाई बराबर हमेशा होता है, 3.14। ये 3.14 ऐसे अंक हैं, जो महान् वैज्ञानिक अलबर्ट आइंस्टीन के जन्मदिन 14 मार्च को इंगित करते हैं। गणित दिवस हमें सिखाता है कि गणित को कठिन विषय न मानें, क्योंकि समझकर, निरंतर अभ्यास करने से गणित एक सरल विषय बन जाता है।

हमें गणित के हर अध्याय की भूमिका एवं उदाहरण को पढ़-समझकर और अभ्यास कर पाठ के एक-एक सवाल को ठीक तरह से लिख-लिखकर अभ्यास करना चाहिए। गणित में 100 प्रतिशत अंक मिल सकते हैं।

गणित दिवस के दिन स्कूलों में विद्यार्थी एवं शिक्षक मिल-बैठकर गणित के मनोरंजक सवाल-जवाब करते हैं। गणित का अभ्यास करते रहिए, क्योंकि 'करत-करत अभ्यास के जड़मति होत सुजान।'

~~~~❖❖●❖❖~~~~

विश्व उपभोक्ता अधिकार दिवस

(15 मार्च)

'उपभोक्ता हैं खरीदार, उनके हैं कुछ अधिकार।'

प्रत्येक मनुष्य उपभोक्ता है। जब भी हम किसी वस्तु का मूल्य चुकाते हैं, तो हम उपभोक्ता कहलाते हैं। कभी-कभी दुकानदार हमें खराब सामान देता है या फिर वस्तु का ज्यादा मूल्य लेता है, तो हम ठगे जाते हैं। अब यहाँ सवाल उठता है उपभोक्ताओं के अधिकारों की रक्षा का। हमारी सरकार ने सन् 1986 में उपभोक्ता रक्षा अधिनियम बनाया है, जिसके तहत हमें उपभोक्ता न्यायालय से न्याय मिल सकता है। हमारे देश के जिलों में उपभोक्ता अदालतें हैं, जो अब तक 13 लाख से भी अधिक उपभोक्ताओं को क्षतिपूर्ति दिला चुकी हैं।

अत: 15 मार्च विश्व उपभोक्ता अधिकार दिवस के रूप में जागरूकता अभियान के तौर पर मनाया जाता है। उपभोक्ताओं को व्यापारियों या कारखाना मालिकों से यह अधिकार प्राप्त है कि उसका खराब माल वापस किया जाए। सभी में यह जागरूकता
~~~~

होनी चाहिए कि सामान खरीदने से पहले उस वस्तु की गुणवत्ता एवं मूल्य की परखकर लें। दुकानदार का कर्तव्य है कि वह उस वस्तु के बारे में उपभोक्ताओं के पूछे गए सवालों का जवाब दे। साथ ही सामान खरीदते वक्त एगमार्क, आई-एस.आई., हॉलमार्क जैसे मानक चिह्न की पहचान कर लें और खाने की वस्तुओं का उत्पादन-समय, वस्तु की गुणवत्ता की समाप्ति अवधि, अधिकतम खुदरा मूल्य (एम.आर.पी.) इत्यादि देखकर ही चीजें खरीदें। खासकर दवाइयों के मामले में समाप्ति तिथि जरूर देख लेनी चाहिए, नहीं तो दवा शरीर को नुकसान भी पहुँचा सकती है।

फिर भी यदि उपभोक्ताओं को सही माल नहीं मिल पाए, तो दुकानदार को उसे बदलना पड़ेगा या कीमत वापस करनी होगी। अगर दुकानदार ऐसा नहीं करता है, तब खरीदार उपभोक्ता अदालत में जाकर शिकायत दर्ज करा सकता है। उपभोक्ता अधिकार दिवस के उपलक्ष्य में पत्रिकाओं, अखबारों आदि में उपभोक्ताओं के अधिकारों के साथ उनके कर्तव्यों की जानकारी भी दी जाती है। अब तो स्कूलों के पाठ्यक्रमों में भी उपभोक्ता-जागरूकता को शामिल कर लिया गया है।

~~~~❖❖●❖❖~~~~

आयुध कारखाना दिवस

(18 मार्च)

'आयुध कारखाना, देश की सुरक्षा का स्तंभ।'

आयुध कारखाना दिवस मनाया जाना एक महत्त्वपूर्ण अनुष्ठान है, क्योंकि यह देश की सुरक्षा का चौथा स्तंभ भी माना जाता है। दरअसल, यह दिवस आयुध कारखानों का स्थापना दिवस है। सन् 1801 में पहला कारखाना कलकत्ता (अब कोलकाता) के पास काशीपुर में स्थापित किया गया था। आयुध कारखाना सेना के तीनों विभागों—थलसेना, वायुसेना एवं जलसेना को हथियार, गोला-बारूद आदि युद्ध-सामग्री मुहैया कराता है, ताकि सेना का मनोबल बढ़ा रहे और युद्ध के समय वह विजयश्री हासिल करे।

आज तक भारत में लगभग 40 आयुध कारखाने स्थापित किए जा चुके हैं, जो सिर्फ युद्ध सामग्री ही नहीं, बल्कि परिवहन के लिए गाडियाँ, पैराशूट, कपड़े आदि युद्ध में काम आनेवाले साजो-सामान बनाते हैं। आयुध कारखाने भारत की बड़ी औद्योगिक इकाइयों में से एक हैं। यहाँ के कर्मचारी एवं अफसर बहुत ही अनुशासित, कर्तव्यनिष्ठ
~~~~

एवं अपने काम में निपुण हैं। आवश्यकता के अनुसार संकट या युद्ध के समय सेना के लिए युद्ध-सामग्री बनाकर उन तक पहुँचाना उनकी जिम्मेदारी होती है।

आयुध कारखानों के कार्मिकों एवं अफसरों की नियुक्ति अखिल भारतीय प्रतियोगिता परीक्षा द्वारा की जाती है। इसके बाद उन्हें कड़ी ट्रेनिंग के दौर से गुजरना पड़ता है, ताकि वे दुनिया-भर के अन्य आयुध कारखानों के कार्मिकों, अफसरों एवं प्रबंधकों की तरह क्षमता पर खरे उतरें।

इक्कीसवीं शताब्दी में इन आयुध कारखानों की महत्ता और भी बढ़ गई है, क्योंकि अब देश का राजस्व बढ़ाने के लिए अन्य सामान, जैसे जैकेट, बारूद और हथियारों आदि का निर्यात भी किया जाने लगा है।

आयुध कारखाना दिवस मनाया जाना सम्मान से पूर्ण एवं जागरूकता अभियान है। यह दिवस देश के सभी आयुध कारखानों में मनाया जाता है, ताकि कार्मिकों को उनके कौशल तथा पहले से अधिक चुस्त रहने का प्रशिक्षण दिया जा सके।

~~~~❖❖●❖❖~~~~

अंतरराष्ट्रीय पृथ्वी दिवस

(20 मार्च)

अंतरराष्ट्रीय पृथ्वी दिवस 20 मार्च को मनाया जाता है। यह दिन पृथ्वीवासियों को याद दिलाता है कि जिस ग्रह—पृथ्वी—पर हम रहते हैं, उसके प्रति हमारी क्या जिम्मेदारियाँ हैं। इसे रहने योग्य बनाए रखने के लिए हमें इसके न केवल पर्यावरण को संतुलित बनाए रखना है, वरन् इसके संसाधनों का उपयोग इतना ही किया जाए, जिनसे हमारा जीवनयापन सुचारु ढंग से हो सके; हमारा लोभ-लालच दोहन की हद तक न बढ़े। यह दिन इन्हीं उद्देश्यों के प्रति समर्पित है।

अंतरराष्ट्रीय पृथ्वी दिवस की शुरुआत जॉन मैकोनेल के प्रयासों के फलस्वरूप सन् 1969 से हुई। बाद में सन् 1970 में उन्होंने 'पृथ्वी दिवस' उद्घोषणा लिखी, जिस पर संयुक्त राष्ट्र महासचिव यू थांट ने 21 मार्च, 1971 को हस्ताक्षर किए। इसी के साथ 20 मार्च को यह दुनिया भर में आयोजित होने लगा।

इस दिन पृथ्वी के प्रति लोगों को जागरूक बनाने के लिए कार्यक्रम आयोजित किए जाते हैं और पृथ्वी के पर्यावरण एवं संसाधनों के संरक्षण हेतु योजनाएँ शुरू होती हैं।

~~~~❖❖●❖❖~~~~

विश्व वन दिवस

(21 मार्च)

'वन का महत्त्व, संपूर्ण जीव-जगत् के लिए।'

वन पृथ्वी का आभूषण होते हैं। वनों की वजह से ही वन्य प्राणी जीवित हैं, जो हमारे जीव-मंडल को संतुलित करते हैं। ये पृथ्वी पर वर्षा लाते हैं और उसे हरा-भरा बनाते हैं। वन हमें कई बहुमूल्य वस्तुएँ, जैसे लकड़ियाँ, दवाइयाँ, कागज बनाने के लिए बाँस तथा न जाने कितनी अनगिनत वस्तुएँ देते हैं। हमारे कई कारखाने वनों के पौधों से प्राप्त वस्तुओं पर निर्भर हैं।

मनुष्य के जीवन में वन के महत्त्व को देखते हुए 21 मार्च, 1953 को वन-नीति लागू की गई। इस वन-नीति में स्पष्ट किया गया है कि पृथ्वी की लगभग 33 प्रतिशत भूमि पर वन होना अनिवार्य है, परंतु वर्तमान समय में वन भू-भाग सिर्फ 22 प्रतिशत ही रह गया है, जो चिंताजनक है। लोगों के स्वार्थ और लालच ने वनों को काट खाया है और पृथ्वी पर ये दिन-प्रतिदिन कम होते जा रहे हैं। स्थिति चाहे जो हो, परंतु वनों में रहनेवाले व्यक्तियों को पेड़-पौधों से बहुत प्यार होता है। कुछ दशक पहले वनों में पेड़-पौधों की कटाई रोकने के लिए 'चिपको आंदोलन' चला था, जिसमें वहाँ के लोग ठेकेदारों को पेड़ नहीं काटने देते थे और काटने पर वे पेड़ों से चिपक जाते थे। यह आंदोलन चलाने वाले सुंदरलाल बहुगुणा थे, जो बहुत प्रसिद्ध हुए।

वन दिवस प्रतिवर्ष हमें यह याद दिलाने तथा समझाने चला आता है कि हमें अपने अस्तित्व के लिए वनों का संरक्षण करना चाहिए। सरकार भी इस मामले में काफी जागरूक है और 'वन महोत्सव' का आयोजन कर जगह-जगह पेड़-पौधे लगवा रही है। हमारे देश में पेड़-पौधे उगाने के लिए मिट्टी, जल और सूर्य की रोशनी पर्याप्त मात्रा में है। सभी नागरिकों का कर्तव्य है कि ज्यादा-से-ज्यादा पेड़-पौधे लगाएँ, जिससे शुद्ध प्राण-वायु (ऑक्सीजन) मिलती रहे और अशुद्ध कार्बन डाईऑक्साइड पौधों द्वारा उनके भोजन बनाने के लिए शोषित होती रहे।

पेड़-पौधों की जड़ें मिट्टी को बाँधकर रखती हैं, जिससे ऊपरी उपजाऊ मिट्टी न तो हवा से उड़ पाती है और न ही पानी से बहती है। अब कितना बखान किया जाए पेड़-पौधों का? दरअसल ये मूक पौधे हमारे उत्तम दोस्त हैं, जो हमें भोजन के साथ-साथ न जाने कितनी अनगिनत चीजें प्रदान करते हैं। इस दिन स्कूलों में पेंटिंग-प्रतियोगिता

तथा अनेक कार्यक्रम आयोजित किए जाते हैं, जिसे बच्चों में पेड़-पौधों के प्रति अपनापन बढ़े, क्योंकि आज के बच्चे ही कल के भारत के निर्माता बनेंगे।

~~~~❖❖●❖❖~~~~

अंतरराष्ट्रीय रंगभेद उन्मूलन दिवस

(21 मार्च)

'वंश-भेद उन्मूलन, शांति और विकास के लक्षण।'

वंश-भेद या रंग-भेद समाज में फैली एक कुरीति है, जो मानवता पर सीधा प्रहार करती है। सभ्य समाज में इस वंश-भेद को जड़ से मिटाना होगा। यह स्थिति मानवाधिकार का उल्लंघन है, जो विकसित समाज के लिए एक अभिशाप से कम नहीं है। मानवाधिकार के नियमानुसार प्रत्येक मनुष्य जन्म से बराबर एवं स्वतंत्र पैदा होता है। प्रत्येक मनुष्य में कुछ खूबियाँ होती हैं, जिनका आदर किया जाना चाहिए। तभी तो हर मनुष्य को गरिमापूर्ण जीवन जीने का अधिकार मिल पाएगा, जिससे मनुष्य अपने जीवन-लक्ष्य को पूर्ण करते हुए, शांत एवं खुश रहकर समाज में सुख बिखेर सकेगा।

21 मार्च को याद किया जानेवाला यह रंगभेद दिवस उस 21 मार्च, 1960 की दुःखद घटना की वर्षगाँठ है, जब 69 प्रदर्शनकारी शार्पविले, दक्षिण अफ्रीका में रंगभेद के खिलाफ प्रदर्शन करते हुए मारे गए थे। इस प्रकार प्रत्येक वर्ष यह दिन मनुष्यता एवं सभ्यता के भेदभाव को खत्म करने के रूप में याद किया जाता है। यह दिवस यह शपथ भी दिलवाता है कि भविष्य में हम ऐसी घटना न घटने दें। इस बात को ध्यान में रखते हुए संयुक्त राष्ट्र संघ की जनरल एसेंबली ने 1966 में 21 मार्च को 'अंतरराष्ट्रीय रंगभेद उन्मूलन दिवस' करार दिया। विश्व के दो महान् नेता महात्मा गांधी एवं नेल्सन मंडेला भी इस भेदभाव की कुरीति का शिकार हुए और उन्होंने इसके खिलाफ आवाज उठाते हुए संघर्ष किया, ताकि सभ्यता की कहानी से इस कुरीति का नामोनिशान मिट जाए। गांधीजी को दक्षिण अफ्रीका में रेल के प्रथम दर्जे से बाहर कर दिया गया था, क्योंकि वह श्वेत नहीं थे और मंडेला को कई सालों तक जेल की सलाखों में बंद रखा गया था, क्योंकि वह अश्वेत थे।

21 मार्च को यह शपथ-दिवस के रूप में मनाया जाता है, ताकि प्रत्येक मनुष्य की गरिमा और उसके जीवन का सम्मान किया जा सके। एक मनुष्य को उसकी
~~~~

क्षमताओं से आँका जाना चाहिए, न कि उसके वंश, जाति या रंग के आधार पर। इस दिन विभिन्न स्थानों पर समानता के लिए दौड़ें आयोजित की जाती हैं, जिनमें हर नस्ल के लोगों को भाग लेने का अधिकार होता है। मानवीय भेदभाव के खिलाफ विज्ञापन भी निकाले जाते हैं, ताकि समाज में इसके लिए जागरूकता लाई जा सके।

~~~~❖❖●❖❖~~~~

विश्व कठपुतली दिवस

(21 मार्च)

'कठपुतली नृत्य, एक सभ्यता की पहचान।'

कठपुतलियाँ धागों पर थिरकतीं वे पुतलियाँ हैं, जो मनुष्य द्वारा संचालित उसके कौशल की प्रमाण हैं। कठपुतली का नृत्य व तमाशा अब धीरे-धीरे लुप्तप्राय होता जा रहा है। यह चिंता का विषय है। अतः इस कला को पुनर्जीवित करने के लिए कुछ संघर्षशील कठपुतली नृत्य दिखानेवाले इस दिशा में काम कर रहे हैं। भारत के प्रमुख शहरों दिल्ली, मुंबई, कोलकाता आदि में रंगमंच पर कठपुतली-नृत्य दिखाए जा रहे हैं। कठपुतली दृश्यों का हमारे जीवन पर गहरा प्रभाव पड़ता है। यह कला मनोरंजन के साथ-साथ अशिक्षा एवं सामाजिक कुरीतियों पर चोट करने का साधन भी है। इस विद्या की उपयोगिता को ध्यान में रखते हुए विश्व कठपुतली दिवस समारोह का मनाया जाना जन-जागरूकता अभियान के समान है तथा कठपुतली नृत्य करानेवाले दक्ष लोगों को प्रेरित व सम्मानित करने का दिवस भी है।

कठपुतली नाच में संगीत, नाटक तथा नृत्य तीनों कलाओं का समावेश होता है। इसमें प्रस्तुत गीत लय और ज्ञान से भरा होता है। कठपुतली-नृत्य दर्शकों की भारी भीड़ इकट्ठा करने की क्षमता के साथ मनोरंजन द्वारा हमारे मन-मस्तिष्क को पुलकित कर तनाव दूर करता है। यह तमाशा थियेटरों में छड़ी, धागे तथा मुखौटे बने दस्ताने को अँगुलियों में फँसाकर दिखाया जाता है। इस कला में एक व्यक्ति दृश्य दिखाता है, दूसरा कहानी सुनाता है और तीसरा गायक होता है। परदे पर भी छाया के द्वारा कठपुतली नाच दिखाया जाता है।

वास्तव में कठपुतली नृत्य मानव की सभ्यता की निशानी है। यह एक साथ कई उद्देश्यों को पूरा करता है। इसके द्वारा लोककथाएँ, पौराणिक कथाएँ, कृष्णलीला आदि दिखाई जाती हैं, जो बहुत रोचक और मनभावन होती हैं।

~~~~❖❖●❖❖~~~~

विश्व जल दिवस

(22 मार्च)

'जल जीवन का आधार, मत करो इसे बेकार।'

यह कहावत कि जल ही जीवन है, आज के परिप्रेक्ष्य में बिलकुल खरी साबित होती है। जल विशेषज्ञों के द्वारा यह चिंता जाहिर की जा रही है कि भविष्य के 50 वर्षों में जल के लिए हाहाकार मचेगा। यह भी संभव है कि तीसरा विश्वयुद्ध जल के लिए लड़ा जाए। अतः जल दिवस मनाना ऐसा जागरूकता अभियान है, जिससे बच्चे, बड़े और बूढ़े, सभी जल की महत्तता को समझते हुए इसे किफायत के साथ खर्च करें।

जल दिवस 22 मार्च को मनाया जाता है, क्योंकि 22 मार्च, 2002 को पृथ्वी पर मौजूद सारे जल संसाधनों का मूल्यांकन पहली बार अमेरिका द्वारा कराया गया था। मूल्यांकन के बाद विश्व जल-वृद्धि बोर्ड ने अपनी रिपोर्ट दी, जिसमें जल को बहुमूल्य तरल पदार्थ बताते हुए इसके प्रबंधन और संरक्षण पर जोर दिया गया। रिपोर्ट में यह भी कहा गया कि विकासशील देशों में लगभग 50 प्रतिशत आबादी प्रदूषित जल की शिकार है।

जल एक ऐसा तरल पदार्थ है, जिसमें गुण ही गुण हैं। एक मनुष्य प्रतिदिन अपने क्रियाकलापों के लिए 150 से 200 लीटर तक जल उपयोग में लाता है। अतः जीवन में जल की महत्ता को देखते हुए विभिन्न उपायों से शुद्ध जल का संरक्षण जरूरी हो गया है। प्रत्येक मनुष्य को जल का उपयोग करना भी आना चाहिए। इसके लिए प्रतिदिन रेडियो तथा दूरदर्शन द्वारा नागरिकों को जागरूक बनाया जा रहा है। आजकल वर्षा के जल को कुओं में डालकर पृथ्वी के जल-स्तर को बढ़ाया जा रहा है। हमें बढ़ती हुई आबादी को भी नियंत्रित करना होगा, ताकि सभी मनुष्यों को गरिमामय जीवन जीने के लिए शुद्ध पेयजल मिल सके।

जगह-जगह बाढ़ जैसी आपदा को रोकने के लिए भारत की नदियों को जोड़ने की प्रक्रिया पर विचार-विमर्श किया जा रहा है, ताकि सिंचाई के साधनों में वृद्धि की जा सके। सौर ऊर्जा की सहायता से समुद्री जल को मीठा बनाया जा रहा है, क्योंकि इस जल का हम न तो कारखानों और न ही प्रयोगशालाओं में दैनिक उपयोग के लिए उत्पादन कर सकते हैं। बढ़ते शहरीकरण और औद्योगिकीकरण के कारण जल आपूर्ति में कमी आ रही है। अतः जल दिवस हम सभी को यह सोचने को मजबूर कर रहा है कि अब भी समय है कि हम चेत जाएँ और जल का संरक्षण, प्रबंधन और किफायत से उपयोग शुरू कर दें। जल मानवता के लिए एक वरदान है।

~~~~❖❖●❖❖~~~~
~~~~

विश्व मौसम विज्ञान दिवस

(23 मार्च)

'मौसम विज्ञान, मानव सभ्यता की उड़ान।'

अंतरिक्ष विद्या हमारे वातावरण के अध्ययन एवं खोज का विज्ञान है, जिसके द्वारा हम मौसम की पूर्व-जानकारी प्राप्त कर सकते हैं। कहते हैं कि 'पूर्व जानकारी से बचाव हो सकता है'। जब हम अपने आस-पास के मौसम का मिजाज जान लेते हैं, तो अपना कार्यक्रम भी उसी प्रकार बनाते हैं। अगर संकट के आसार हुए, तो पूर्व-तैयारी भी कर लेते हैं। इस उन्नत प्रौद्योगिकी के युग में मौसम का पूर्वानुमान जानना हमारी राष्ट्रीय उन्नति के लिए जरूरी है।

मौसम विज्ञान दिवस मनाया जाना एक ज्ञानवर्धक अभियान है, जिसके द्वारा हम अपने मौसम एवं अंतरिक्ष के बारे में जानकारी हासिल करते हैं। इससे हमें वातावरण की कई घटनाएँ, जैसे वर्षा, हवा, तूफान, ओले पड़ना आदि का ज्ञान प्राप्त होता है। ये घटनाएँ हमारे जीवन को प्रभावित करती हैं। हमारे जीवन में मौसम विज्ञान के महत्त्व को देखते हुए वातावरण का गहन वैज्ञानिक अध्ययन करने के लिए 'विश्व मौसम विज्ञान संस्था' की स्थापना संयुक्त राष्ट्र संघ द्वारा 23 मार्च, 1950 को की गई थी। अतः प्रतिवर्ष इस संस्था का स्थापना दिवस, विश्व मौसम विज्ञान दिवस के रूप में मनाया जाता है।

यह मौसम विज्ञान संस्था हमारे वातावरण के अंदर होनेवाली घटनाओं के साथ-साथ पृथ्वी पर वायु-प्रदूषण से मौसम में होनेवाले बदलाव का भी अध्ययन करती है। आजकल 'ग्लोबल वार्मिंग' की चर्चा आम हो गई है। वातावरण में अधिकतम कार्बन डाईऑक्साइड की मात्रा की वजह से पृथ्वी पर गरमी बढ़ गई है, जिससे हिम-शिखर पिघल रहे हैं।

मौसम का पूर्वानुमान लगाने के लिए भारत ने अंतरिक्ष में बहुउद्देशीय उपग्रह छोड़ा है, जिसके द्वारा मौसम विशेषज्ञों को आकाश में बादल की स्थिति, वर्षा, तूफान, चक्रवात आदि की स्थिति एवं चाल का पता लग जाता है और हमें पूर्वानुमान द्वारा संकेत मिल जाते हैं। मौसम विज्ञान दिवस के दिन दुनिया-भर के मौसम वैज्ञानिक एवं विशेषज्ञ, अंतरिक्ष विद्या के मुख्यालय जेनेवा में, आपस में मिल-बैठकर मौसम-विज्ञान से संबंधित आपसी विचार-विमर्श करते हैं। सभी देशों में भी मौसम से संबद्ध कई कार्यक्रम आयोजित किए जाते हैं।

~~~~❖❖●❖❖~~~~
~~~~

विश्व क्षयरोग दिवस

(24 मार्च)

'क्षय रोग का निदान, सही उपचार।'

विश्व क्षयरोग दिवस प्रतिवर्ष 24 मार्च को जनसाधारण में जागरूकता अभियान के तौर पर मनाया जाता है। क्षयरोग एक खास प्रकार के जीवाणुओं से होता है, जो बीमार मनुष्य से स्वस्थ मनुष्य के शरीर में आ जाते हैं और उसे भी बीमार कर सकते हैं। यह बीमारी हड्डियों, फेफड़ों या अन्य अंगों को दुष्प्रभावित करती है तथा मनुष्य तथा जानवरों दोनों को लग सकती है।

विश्व स्वास्थ्य संगठन ने प्रतिवर्ष 24 मार्च को क्षयरोग दिवस मनाने का बीड़ा उठाया है, जिससे लोगों को इस बीमारी से बचाने के लिए अपेक्षित कदम उठाए जाएँ और बीमार हो जाने की हालत में डॉक्टर की सलाह एवं दवाइयों से वे जल्द स्वास्थ्य लाभ कर सकें।

क्षयरोग हो जाने पर तीन सप्ताह से अधिक समय तक खाँसी बनी रहती है और साथ ही बुखार चढ़ना, वजन कम होना तथा बलगम में खून भी आ सकता है। मरीज के बलगम की जाँच से क्षयरोग का पता चलता है। यह एक साध्य रोग है, अगर सही समय पर तीन-चार दवाइयाँ सही मात्रा में, सही समय तक ली जाएँ।

ज्यादा अच्छा हो कि दवाएँ डॉट्स पद्धति द्वारा कम-से-कम 6 महीने तक कुशल स्वास्थ्य-कर्मी की सलाह से ली जाएँ।

क्षयरोग की रोकथाम बहुत जरूरी है, क्योंकि यह परिवार तथा देश की आर्थिक प्रगति में बाधक है। इस बीमारी से मनुष्य की शारीरिक-क्षमता घटती है, जिससे देश के मानव-संसाधन की प्रगति में भी अवरोध होता है। क्षयरोग हो जाने पर डरने की जरूरत नहीं, बल्कि उपचार कराना चाहिए। जब तक इस बीमारी की दवाइयाँ ईजाद नहीं हुई थीं, तो लोग इसका नाम सुनते ही डरते थे, लेकिन अब समय बदल गया है और अच्छी-से-अच्छी दवाइयाँ बाजार में उपलब्ध हैं। बस, जरूरत है धैर्य, संयम और उपचार कराने की।

विश्व रंगमंच दिवस

(27 मार्च)

'रंगमंच–सांस्कृतिक विरासत का वातायन।'

विश्व रंगमंच दिवस का शुभारंग 27 मार्च, 1961 को इंटरनेशनल थियेटर इंस्टीट्यूट (ITI) द्वारा किया गया था। तब से प्रतिवर्ष 27 मार्च को इस इंस्टीट्यूट का केंद्र तथा अंतरराष्ट्रीय थियेटर समुदाय इस दिवस का आयोजन करता है। इस अवसर पर कई राष्ट्रीय व अंतरराष्ट्रीय रंगमंचीय कार्यक्रम आयोजित किए जाते हैं। रंगमंच से जुड़ी बड़ी हस्तियों के संदेश पढ़े जाते हैं। मुख्य कार्यक्रम इंटरनेशनल थियेटर इंस्टीट्यूट के मंच पर आयोजित होता है।

इंटरनेशनल थियेटर इंस्टीट्यूट अंतरराष्ट्रीय गैरसरकारी संगठन है, जिसकी स्थापना यूनेस्को (UNESCO) द्वारा सन् 1948 में प्राग, चेक गणराज्य में की गई थी।

रंगमंच से लोगों का पुराना नाता रहा है। नाटक, नौटंकी, रामलीला आदि रंगमंच प्रस्तुतियों के ही विविध रूप हैं। आज रेडियो और दूरदर्शन आदि संचार-माध्यमों पर भी नाटक, धारावाहिक आदि प्रसारित किए जा रहे हैं, लेकिन रंगमंच की प्रस्तुति काफी सशक्त होती है। रंगमंच के कलाकार विभिन्न ज्वलंत समस्याओं को नाटकों के माध्यम से जन-जन तक पहुँचाते हैं, पौराणिक प्रस्तुतियों द्वारा पारंपरिक जानकारियों से हमें रूबरू कराते हैं, हमारी लोक-संस्कृति को राष्ट्रीय व अंतरराष्ट्रीय लोगों तक पहुँचाते हैं। रंगमंच और इसके कलाकार एक प्रकार से हमारे सांस्कृतिक प्रतिनिधि और परंपराओं के वाहक-प्रचारक होते हैं। वर्ष में एक दिन रंगमंच को समर्पित कर हम इन कलाकारों के प्रति आभार प्रकट करते हैं।

□

अप्रैल

मूर्ख दिवस
(1 अप्रैल)

'अप्रैल फ़ूल मनाना, हँसने का एक बहाना।'

हम सभी 1 अप्रैल को 'अप्रैल फ़ूल' बनाना नहीं भूलते, क्योंकि यह हँसने और हँसाने का एक ऐतिहासिक दिन है। यह सिर्फ भारत में ही नहीं, बल्कि दुनिया-भर के देशों में मनाया जाता है। इस मूर्ख दिवस के उपलक्ष्य में 1 अप्रैल को लोग अपने संबंधियों या मित्रों को झूठा उपहार या निमंत्रण भेजते हैं। यहाँ तक कि मूर्ख बनाने के लिए मूर्ख संदेश भी भेजते हैं। यह संदेश पानेवाले पहले इसे सच्चा समझते हैं और फिर 1 अप्रैल का दिन याद आते ही वे नाराज होने की बजाय हँसने लगते हैं, क्योंकि प्रथा के अनुसार 1 अप्रैल को एक-दूसरे को मूर्ख बनाने का रिवाज सदियों से चला आ रहा है।

क्या आप यह जानते हैं कि 1 अप्रैल को मूर्ख बनाने का रिवाज कब से शुरू हुआ? कहानी इस प्रकार है सन् 1564 के पहले एक सार्वजनिक कैलेंडर हुआ करता था, जिसका नया वर्ष 1 अप्रैल से शुरू होता था। सन् 1564 के बाद फ्रांस के राजा चार्ल्स नवम् ने लोगों को आज्ञा दी कि लोग नए कैलेंडर को मानें, जिसका पहला महीना जनवरी से शुरू होता है। लोगों ने राजा की आज्ञा मानकर 1 जनवरी से नए कैलेंडर को मानना शुरू कर दिया, लेकिन कुछ लोगों ने इसे न मानकर इसका विरोध किया और मजाक एवं हँसी के पात्र बने। लोगों ने 1 अप्रैल को उनकी मजाक बनाना, झूठा उपहार या संदेश भेजना शुरू किया, क्योंकि यही उनके लिए नववर्ष का पहला दिन होता था। वे लोग मूर्खों की तरह पुराने कैलेंडर से ही जुड़े रहना चाहते थे।

अत: 1 अप्रैल मूर्ख दिवस के रूप में मनाया जाने लगा। मूर्ख दिवस की प्रथा हमें सिखाती है कि कभी-कभी पुरानी मान्यताएँ छोड़कर समय के अनुसार हमें ढल जाना चाहिए, नहीं तो हम भी मूर्खता के प्रतीक बन सकते हैं।

~~~~❖❖●❖❖~~~~
~~~~

अंतरराष्ट्रीय बाल-पुस्तक दिवस

(2 अप्रैल)

'पुस्तकें ऐसा खजाना, जितना खर्चो, उतना बढ़े।'

2 अप्रैल, 1805 को विश्व विख्यात लेखक हैंस क्रिश्चियन एंडरसन का जन्म हुआ था। उन्हें सम्मान देने के लिए सन् 1967 से 2 अप्रैल को अंतरराष्ट्रीय बाल-पुस्तक दिवस के रूप में मनाया जा रहा है। इस अवसर पर बच्चों को उनसे संबद्ध पुस्तकों को पढ़ने के लिए प्रेरित किया जाता है।

प्रतिवर्ष अंतरराष्ट्रीय बाल-पुस्तक दिवस पर किसी देश विशेष को उसका प्रायोजक मनोनीत किया जाता है। प्रायोजक देश बच्चों से संबद्ध किसी विषय का चयन करता है और अपने देश के किसी विशिष्ट लेखक को आमंत्रित करके विश्व-भर के बच्चों के नाम संदेश लिखवाता हैं और कोई जाना-माना कलाकार इस अवसर पर पोस्टर डिजाइन करता है। लेखक के संदेश और पोस्टर को पुस्तकों के प्रसार-प्रचार हेतु इस्तेमाल किया जाता है।

अंतरराष्ट्रीय बाल-पुस्तक दिवस पर विद्यालयों और सार्वजनिक पुस्तकालयों में पुस्तकों से जुड़े अनेक कार्यक्रम आयोजित किए जाते हैं तथा पुस्तक-विक्रय स्टॉल लगाए जाते हें।

इस अवसर पर बच्चों को उनके पसंदीदा लेखकों और चित्रकारों से मिलने का मौका भी मिलता है और लेखन-प्रतियोगिताओं का भी आयोजन होता है।

कुल मिलाकर यह दिन बच्चों को पुस्तकों की ओर आकर्षित करने का दिन है, जो बच्चों को याद दिलाता है कि पुस्तकें उनकी सच्ची दोस्त हैं और उनके इतिहास का उन्हें ज्ञान कराती हैं तथा भविष्य की ओर उनका मार्ग प्रशस्त करती हैं।

~~~~❖❖●❖❖~~~~

विश्व स्वास्थ्य दिवस

(7 अप्रैल)

'अच्छा स्वास्थ्य, लाखों की संपत्ति।'

विश्व स्वास्थ्य दिवस 7 अप्रैल को मनाया जानेवाला एक जागरूकता अभियान है, क्योंकि स्वास्थ्य ही जीवन है। एक स्वस्थ व्यक्ति ही समाज में शांति एवं
~~~~

उन्नति कायम कर सकता है। स्वस्थ व्यक्ति से स्वस्थ समाज बनता है, जो राष्ट्र की शान होता है, जिससे आर्थिक उन्नति भी होती है। स्वास्थ्य के लिए 7 अप्रैल वह ऐतिहासिक दिन है, जब सन् 1948 में विश्व स्वास्थ्य संगठन की स्थापना हुई थी, जिसका मुख्य उद्देश्य था, दुनिया-भर के देशों में अच्छे स्वास्थ्य के लिए लोगों को जागरूक रखने के साथ-साथ स्वास्थ्य की निगरानी रखना और सहायता करना।

विश्व स्वास्थ्य संगठन के अनुसार मनुष्य में सिर्फ बीमारी का न होना ही स्वास्थ्य नहीं है, बल्कि स्वास्थ्य मनुष्य की वह भौतिक, मानसिक, सामाजिक और आध्यात्मिक दशा है, जो शरीर के साथ-साथ उसे मानसिक रूप से भी पूर्ण स्वस्थ बनाए। अच्छा स्वास्थ्य बनाए रखने के लिए हमें प्राकृतिक ढंग से जीना चाहिए, जैसे संतुलित आहार, शुद्ध विचार और अच्छा व्यवहार। आज का समाज भौतिकतावादी है, जिसमें अपने-आपको तनावरहित रखना जरूरी है। इसके लिए जरूरी है आध्यात्मिकता, संगीत, योग और अच्छे संबंधी एवं मित्रगण। हम पाते हैं कि अच्छा स्वास्थ्य हमारे हाथों में ही है, जरूरत है ज्ञान और संयम की।

आज के अत्याधुनिक युग में हम प्रकृति को भूलकर कृत्रिम जीवन जी रहे हैं, जिसमें कृत्रिम खानपान और दिखावा ज्यादा है। आज समाज दो तबकों में बँटा है, गरीब और अमीर। गरीब गरीबी की मार झेल रहा है और अमीर कृत्रिम जीवन से तनावग्रस्त है। मोटापा, उच्च रक्तचाप, मधुमेह, हृदयरोग आदि इक्कीसवीं शताब्दी की देन हैं। शारीरिक परिश्रम, अच्छा स्वास्थ्य, नियमित जीवन-पद्धति एवं श्रेष्ठ मूल्यों की पहचान ही हमें बीमारियों से दूर रख सकते हैं।

इस प्रकार विश्व स्वास्थ्य दिवस पर लोगों को अच्छे स्वास्थ्य के प्रति जागरूक बनाने के लिए कई प्रयत्न किए जाते हैं। स्वास्थ्य-मेले भी आयोजित होते हैं एवं विभिन्न संदेशों की तख्तियों और बैनरों के साथ जुलूस निकाले जाते हैं।

~~~~❖❖●❖❖~~~~

वीरता दिवस

(9 अप्रैल)

'वीरता है गहना, रक्षाकर्मियों का है कहना।'

वीरता दिवस हमारे देश में 9 अप्रैल को मनाया जानेवाला वह स्मरण उत्सव है, जब 9 अप्रैल 1965 को केंद्रीय रिजर्व पुलिस बल की एक टुकड़ी ने गुजरात में
~~~~

सरदार पोस्ट से पाकिस्तानी आक्रमणकारियों को खदेड़ भगाया था। भारतीय थलसेना, वायुसेना एवं नौसेना द्वारा मनाया जानेवाला यह एक शुभ दिन है, जो सैनिकों एवं रक्षाकर्मियों को प्रतिवर्ष वीरता और देशभक्ति के गुणों की याद दिलाता है। वीरता दिवस उन शहीदों को श्रद्धांजलि भी देता है, जिन्होंने 1939 से लेकर अब तक कर्तव्य के लिए अपने जीवन का बलिदान दिया। यह दिन नागरिकों एवं देश के रक्षाकर्मियों द्वारा प्रयत्न करने एवं वीरता के लिए प्रशंसा दिवस है, जो उनके व्यक्तित्व में चार चाँद लगाता है। ये रक्षाकर्मी देश के अंदर देशद्रोहियों एवं देश की सरहदों पर विदेशी आक्रमण से अपनी जान की परवाह किए बगैर नागरिकों एवं देश की रक्षा करते हैं।

अत्याधुनिक समाज और जनसंख्या बहुल देश में इन रक्षाकर्मियों का काम बहुत ज्यादा और पेचीदा हो गया है। राष्ट्रीय दिवस समारोह, मेले, रेलवे, न्यायालय, संसद् भवन, राष्ट्रपति भवन से लेकर मुख्य इमारतों आदि सबकी निगरानी ये वीरता के साथ करते हैं। इन रक्षाकर्मियों का जीवन वीरता, कर्तव्य और खतरों से भरा होता है। अत: वीरता दिवस उनको मान-सम्मान देने का दिन है। इस दिवस पर नागरिकों की तरफ से उन्हें बधाइयाँ!

~~~~❖❖●❖❖~~~~

सुरक्षित मातृत्व दिवस

(11 अप्रैल)

'मातृत्व की सुरक्षा से होगी, समाज की रक्षा।'

सुरक्षित मातृत्व दिवस महिलाओं एवं उनकी प्रसूति को समर्पित दिवस है। महिलाओं के जीवन-काल में प्रसूति, यानी जनन एक ऐसी जटिल प्रक्रिया है, जिसकी पूरे परिवार को मिलकर देखभाल करनी चाहिए। 11 अप्रैल कस्तूरबा गांधी का जन्मदिवस है, जिसे भारत सरकार ने सुरक्षित मातृत्व दिवस घोषित किया है। यह गर्भवती महिलाओं को समर्पित दिवस है, जो परिवार को जागरूक बनाता है कि किस प्रकार गर्भवती महिलाओं का ध्यान रखा जाए एवं शिशु के जन्म और उसके बाद जच्चा एवं बच्चा दोनों को किस प्रकार सुरक्षा प्रदान की जाए।

कई बार देखा गया है कि लापरवाही की वजह से शिशु या फिर माता की मौत हो जाती है। यह परिवार एवं सरकार की जिम्मेदारी है कि उन नाजुक दिनों में गर्भवती महिलाओं का ध्यान जरूरी औषधियों एवं बताए गए निर्देशों द्वारा रखा जाए।
~~~~

गर्भवती महिलाओं को भी ये बातें मालूम होनी चाहिए—

1. गर्भावस्था के दौरान सही खानपान तथा तनावमुक्त रहना जरूरी है।
2. जन्म से पहले गर्भस्थ शिशु का तीन बार डॉक्टरी परीक्षण होना चाहिए।
3. गर्भवती महिला को आयरन और फोलिक एसिड की गोलियाँ कम-से-कम 100 दिनों तक लेना जरूरी है।
4. माता के गर्भ से शिशु का जन्म किसी अस्पताल में कुशल डॉक्टर या नर्स या फिर प्रशिक्षित दाई द्वारा कराया जाना चाहिए।
5. जन्म के बाद 40 दिनों तक जच्चा-बच्चा का पूरा ध्यान रखा जाए, ताकि शिशु माँ के दूध का सेवन कर सके।

इस प्रकार सुरक्षित मातृत्व दिवस महिलाओं के लिए शिक्षा का दिवस है, जो उन्हें मातृत्व के प्रति जागरूक बनाता है। माँ है तो जहान है!

~~~~❖❖●❖❖~~~~

अंतरराष्ट्रीय हँसी दिवस

(14 अप्रैल)

14 अप्रैल को दुनिया भर में हँसी दिवस या 'लाफ्टर डे' के रूप में मनाया जाता है। इस दिन अपने चेहरे पर बड़ी सी हँसी खिलाए रहिए। इस दिन का उद्‌देश्य है लोगों को हँसाना, हँसाना और हँसाना। आखिर हँसी एक उत्तम औषधि जो है।

इस दिन दुनिया भर में हँसी की कक्षाएँ आयोजित की जाती हैं। हँसी का अर्थ है—खुशी। हँसी दिवस खुशियाँ बाँटने का दिवस है। इस दिन दुश्मन से भी मिलें तो हँसकर मिलें और दुश्मनी को भी दोस्ती में बदल दें।

हँसी न आए तो किसी पार्क में चले जाएँ। लोगों को चुटकुले सुनाएँ या उनके चुटकुले सुनें और हँसते-हँसते लोटपोट हो जाएँ। एक छोटी सी मुसकान एक अच्छी प्रतिक्रिया या अच्छा प्रभाव नहीं छोड़ सकती है। इस दिन को अच्छी तरह मनाने का सबसे अच्छा तरीका है—खुलकर हँसें, पूरे दिल से हँसें।

हास्यविज्ञानी इजी गेसेल ने लोगों को हँसी के प्रति प्रोत्साहित करने के लिए 'हँसी दिवस' की शुरुआत की थी।

~~~~❖❖●❖❖~~~~

विश्व हिमोफीलिया दिवस

(17 अप्रैल)

‘हिमोफीलिया की व्याधि, प्रबंधन जरूरी।’

हीमोफीलिया मनुष्य में जन्म से ही होनेवाली एक प्रकार की व्याधि है, जो बहुत खतरनाक मानी जाती है। यह एक प्रकार की खून की आनुवंशिक बीमारी है, जिसमें खून में एक प्रकार के प्रोटीन की कमी हो जाती है। इस कमी के कारण शरीर में कहीं कटने-फटने या फिर साधारण दाँत निकालने जैसी क्रियाओं में भी खून का बहना जल्दी बंद नहीं होता। इन मरीजों पर बड़ी शल्य-क्रिया करना डॉक्टरों के लिए जोखिम भरा काम होता है। इसमें कटने पर खून का रिसाव होता रहता है, जिससे जान भी जा सकती है।

लोगों में इस बीमारी के बारे में जागरूकता लाने के लिए विभिन्न संस्थाओं द्वारा हिमोफीलिया दिवस मनाया जाता है।

इस दिवस की कहानी कुछ इस प्रकार है—17 अप्रैल, 1926 में फ्रैंक सचनाबेल का जन्म वाशिंगटन में इसी बीमारी के साथ हुआ था। चिकित्सकों ने इस बीमारी का पता लगाया और दवाइयाँ ईजाद कीं। सन् 1953 में फ्रैंक सचनाबेल के नेतृत्व में ही ‘हीमोफीलिया सोसाइटी’ द्वारा जागरूकता अभियान चलाया गया, जिससे पीड़ितों को बीमारी से संबंधित जानकारी मिल सके।

हिमोफीलिया की बीमारी ज्यादातर पुरुषों में पाई जाती है। अगर किसी बच्चे में इसका पता लगे, तो ज्यादा घबराने की जरूरत नहीं है, बल्कि सावधानियाँ बरतने एवं इसके बारे में जानकारी प्राप्त करने की आवश्यकता है।

इस बीमारी में उचित खानपान पर ध्यान रखा जाता है तथा बच्चों को ज्यादा खेल-कूद करने से मना किया जाता है। हड्डियों के जोड़ों एवं मांसपेशियों की कसरत द्वारा मजबूती लानी होती है। चिकित्सक की सलाह लेना चाहिए। कुछ दवाइयाँ पहले से घर में रहें। समय पड़ने पर डॉक्टर की सलाह से गोलियाँ लेनी पड़ती हैं। हीमोफीलिया से ग्रसित लोग कुछ सावधानियाँ बरतकर अपने जीवन को सुरक्षित कर सकते हैं।

~~~~❖❖●❖❖~~~~
~~~~

विश्व विरासत दिवस

(18 अप्रैल)

'हमारी विरासत, हमारा गर्व है।'

विश्व विरासत दिवस एक समारोह दिवस है। इस दिन हम अपनी विरासत एवं परंपरा को याद करते हैं, पहचानते हैं और सराहते हैं। हमारी विरासत हमें संतुष्ट करती है और हम अपनी इस बपौती पर गर्व करते हैं। यह दिवस प्रतिवर्ष हमें जानकारी देने एवं जागरूक बनाने के लिए आता है, जिससे हम अपनी विरासत में दिए गए ऐतिहासिक स्मारक, कलाएँ, पुस्तकें, पारंपरिक लोकाचार, लोकसंगीत, नृत्य, शिल्प, सिनेमा, अजायबघर तथा विभिन्न धर्मों के सिद्धांतों और क्रियाकलाप के बारे में जानते हैं। इससे हम अपने देश का इतिहास, सभ्यता एवं संस्कृति भी समझ पाते हैं। हम अपने इतिहास को जानकर यह समझ पाते हैं कि भारत शांतिप्रिय, नैतिक मूल्यों से भरा एक आध्यात्मिक देश है।

18 अप्रैल को मनाए जानेवाला यह विरासत दिवस सन् 1984 में यूनेस्को द्वारा आयोजित किया गया था। विरासत की धरोहर के बिना हमारा जीवन सूना और खोखला प्रतीत होगा। हर देश को अपनी विरासत पर नाज होता है। जिस देश की विरासत जितनी अच्छी होती है, वह देश उतना ही सभ्य और सुसंस्कृत होता है। हमारे देश में लालकिला, राष्ट्रीय उद्यान, कोणार्क का सूर्य-मंदिर, ताजमहल आदि अनेक ऐसी ऐतिहासिक इमारतें हैं, जिन्हें यूनेस्को ने विरासत घोषित किया है। हमारी सरकार इनके संरक्षण में लगी है, ताकि भविष्य में आनेवाली पीढ़ियों को उनकी विरासत का पता लगे, जिन पर उन्हें गर्व और विश्वास हो और उन्हें सहेजने की इच्छा प्रबल हो सके।

विरासत दिवस के उपलक्ष्य में एक पत्रिका 'परपंरा' निकाली जाती है, जिसमें विरासत के लिए सँजोए जानेवाले स्थल, विद्या एवं कला की विवेचना होती है। हमारे देश में मनुष्यों को स्वस्थ रखने एवं बीमारों का इलाज करने के लिए आयुर्वेद पद्धति, योग, प्राकृतिक चिकित्सा एवं केरल की मसाज पद्धति कुछ ऐसी ही विरासत-विद्याएँ हैं, जिनको अपनाकर हम सस्ते में स्वास्थ्य लाभ कर सकते हैं। ये स्वास्थ्य पद्धतियाँ न सिर्फ शरीर, बल्कि मन को भी स्वस्थ कर नैसर्गिक सुख देती हैं। हमारे जीवन के 16 संस्कार भी हमें विरासत में मिले हैं, जो ऋषि-मुनियों द्वारा स्थापित मानवीय मूल्य हैं।

~~~~❖❖●❖❖~~~~
~~~~

अंतरराष्ट्रीय बाजीगर दिवस

(18 अप्रैल)

अंतरराष्ट्रीय बाजीगर दिवस 18 अप्रैल को और विश्व जादूगर दिवस 17 जून को मनाया जाता है। दोनों का उद्देश्य एक ही है—प्रतिभाशाली बाजीगरों या जादूगरों को सम्मान देना।

बाजीगर वे लोग होते हैं, जो एक ही समय में कई गेंदों, तलवारों, तश्तरियों, मशालों इत्यादि वस्तुओं को हवा में उछालकर लपक सकते हैं। सर्वश्रेष्ठ बाजीगर एक बार में दस गेंदों को उछालकर बाजीगरी दिखा सकते हैं।

बाजीगरी मनोरंजन की एक लोकप्रिय कला है, जो सैकड़ों वर्षों से हमारे बीच मौजूद है और आज की उन्नत प्रौद्योगिकी के बीच भी गली-कूचों में देखने को मिल जाती है। यूरोप और अमरीकी देशों में तो आज भी इनका मंचन होता है और इसे एक प्रतिष्ठित मंचीय कला के रूप में देखा जाता है।

कुछ लोग तो दफ्तरों में कार्य करनेवाले लोगों को भी बाजीगर मानते हैं, क्योंकि वे भी बाजीगरों की तरह एक बार में अनेक कार्य करते हैं और अनेक परियोजनाओं से एक ही समय में जूझते रहते हैं।

बाजीगर दिवस पर बाजीगर की बाजीगरी देखें। एक ही समय में अनेक गेंदें उछालने का अभ्यास करें। हो सकता है, आप भी एक प्रतिभाशाली बाजीगर हों।

~~~~❖❖●❖❖~~~~

नागरिक सेवा दिवस

(21 अप्रैल)

‘नागरिक सेवकों का कार्यभार, नागरिकों को मिले बहुमूल्य उपहार।’

21 अप्रैल, 2006 को भारत में पहली बार नागरिक सेवा दिवस मनाया गया। देश के उत्थान में जनसेवकों का विभिन्न विभागों में प्रशासनिक अधिकारी के तौर पर बहुत महत्त्वपूर्ण योगदान है। भारत जैसे विशाल लोकतांत्रिक देश में विधापिकाओं में जनता द्वारा चुने हुए प्रतिनिधि आते-जाते रहते हैं, परंतु प्रशासनिक सेवा परीक्षाओं द्वारा चुने गए अधिकारियों के हाथों में प्रशासन की बागडोर होती है, जो अटूट और निरंतर रहती है।
~~~~

प्रशासनिक अधिकारी देश के नियम-कानून के संचालक होते हैं। ये देश के ऐसे सुदृढ़ स्तंभ हैं, जिन पर देश का पूरा आधार टिका होता है। इन अधिकारियों से भ्रष्टाचार-रहित प्रशासन व्यवस्था की उम्मीद की जाती है, जिससे देश का चहुमुखी विकास हो सके।

21 अप्रैल को मनाया जानेवाला नागरिक सेवा दिवस एक ऐसा जागरूकता अभियान है, ताकि इन प्रशासनिक अधिकारियों को देश के लिए उनकी अहमियत का भान होता रहे और उन्हें मान एवं सम्मान मिलता रहे। भारत जैसे विकासशील देश को और भी विकसित करने के लिए इन अधिकारियों से कुछ अपेक्षाएँ भी हैं, जैसे इनके द्वारा ईमानदारी से किए गए कार्यों से देश के निचले तबकों के नागरिकों को आगे बढ़ने का अवसर मिलेगा।

21 अप्रैल को नागरिक सेवा मनाए जाने का दोहरा लाभ है। एक तो कि इन अधिकारियों को नागरिकों की सेवा के लिए अपने पद का ध्यान रहे तथा दूसरी ओर नागरिकों को यह भान रहे कि ये अधिकारी नौकरशाह नहीं हैं, बल्कि उनके सेवक हैं, जिसके लिए उन्हें चुना गया है।

~~~~❖❖●❖❖~~~~

पृथ्वी दिवस

(22 अप्रैल)

'पृथ्वी रहे हरी-भरी, तभी जीवन-राह सुनहरी।'

पृथ्वी हमारी माता की तरह है। ऐसी पृथ्वी को हमें स्वच्छ, हरी-भरी एवं प्रदूषणरहित रखना चाहिए, ताकि हमारे तथा बाद वाली पीढ़ियों की रक्षा होती रहे, लेकिन हम पृथ्वी का ऐसा लगातार दोहन कर रहे हैं, जिससे कुछ वर्षों में हमारा अस्तित्व ही खतरे में पड़ जाएगा। इस बात का भान होते ही पृथ्वी-वैज्ञानिक एवं पर्यावरण-विशेषज्ञ चिंतित हो उठे और परिणाम निकला 'आधुनिक पर्यावरण आंदोलन।'

22 अप्रैल का पृथ्वी दिवस इसी आंदोलन का परिणाम है। 1970 से पृथ्वी और पर्यावरण की सुरक्षा की चर्चा छिड़ गई। वैज्ञानिक और विशेषज्ञ स्वच्छ पर्यावरण और संरक्षित पृथ्वी की गुहार लगाने लगे, जिसका परिणाम निकला, कई नियम, कानून और नीतियाँ। सौरमंडल के ग्रहों में सिर्फ पृथ्वी ही ऐसा अनूठा ग्रह है, जिस पर पानी, हवा और मिट्टी है, जो जीवन-दायिनी है। पृथ्वी हमारी बेहिसाब आबादी और अज्ञानता से प्रदूषित होती जा रही है। अत: 22 अप्रैल का यह दिन इस प्रदूषण को रोकने के लिए मनन-चिंतन करने का खास मौका मुहैया कराता
~~~~

है। जब मानवता के विकास के नाम पर पृथ्वी और उसके पर्यावरण का ही दोहन होने लगे, तो इसका परिणाम खतरनाक होगा। पृथ्वी दिवस बताता है कि 'आनेवाले सुनहरे कल के लिए सोचो और पृथ्वी की रक्षा करो। पेड़-पौधे लगाओ, ताकि शुद्ध वायु, वन्य जीव-जंतु मिल सकें।'

हमें पृथ्वी को बचाने के लिए प्लास्टिक थैलों का इस्तेमाल बंद करना होगा, आतिशबाजी रोकनी होगी, बढ़ती आबादी कम करनी होगी, बेतहाशा औद्योगिकीकरण और शहरीकरण को संतुलित करना होगा। व्यर्थ पदार्थों को अलग-अलग ढंग से नियोजित करना होगा, जैसे सूखे पेड़-पौधों तथा पत्तियों को जलाने की बजाय मिट्टी में गाड़ देना चाहिए। इसी क्रम में लोहे तथा शीशेवाले व्यर्थ पदार्थों का पुन: नवीकरण हो रहा है तथा व्यर्थ प्लास्टिक को पिघलाकर सड़क बनाने के काम में लाया जा रहा है। हमें मिट्टी, जल एवं हवा का संरक्षण कर प्रदूषण से बचाना जरूरी है तथा रोजमर्रा के व्यर्थ पदार्थों का प्रबंधन करना होगा। इस प्रकार हम पृथ्वी को बचाकर अपना अस्तित्व सुरक्षित कर पाएँगे। हमें कदम-कदम पर पृथ्वी को बचाने के लिए संवेदनशील बनना पड़ेगा।

~~~~❖❖●❖❖~~~~

सचिव दिवस

(23 अप्रैल)

'सचिव, प्रशासन का अभिन्न अंग।'

सचिव दिवस सचिवों की अहमियत उजागर करता है, क्योंकि किसी भी प्रशासन में उनकी भूमिका अहम होती है। उनकी भूमिका प्रत्यक्ष तौर पर तो नहीं दिखती, पर परोक्ष रूप से प्रशासन के वे ही असली अधिकारी एवं निर्णयकर्ता होते हैं। यह दिवस उनके सराहनीय कार्यों को रेखांकित करता है। सन् 1952 से सचिव की परिभाषा को थोड़ा बदल दिया गया है, क्योंकि सचिव सिर्फ सरकारी तंत्र में ही नहीं होते, बल्कि निजी कंपनियों द्वारा भी नियुक्त किए जाते हैं, जो कार्यालय के काम में सहायक होते हैं, रिकॉर्ड रखते हैं एवं उच्चस्तरीय संपर्क स्थापित करते हैं। कहने का मतलब यह है कि सचिव ही वह व्यक्ति है, जिसके द्वारा विभाग का कार्य सुचारु ढंग से संचालित होता है।

भारतीय सरकारी तंत्र में सचिव लोक सेवा आयोग द्वारा चुने गए विशिष्ट व्यक्ति होते हैं, जो सचिव पद पर नियुक्त किए जाते हैं। ये अनुभवी एवं उत्तरदायी व्यक्ति होते
~~~~

हैं, जिनके बल पर भारतीय प्रशासन का काम चलता है। निजी कंपनियाँ भी इनकी नियुक्ति उत्तरदायी कार्यों के लिए करती हैं। वे उनकी कंपनी का सारा कारोबार सँभालते हैं। सच पूछा जाए, तो किसी भी कारोबार या तंत्र का नियमबद्ध संचालन सचिवों द्वारा ही होता है।

~~~~❖❖●❖❖~~~~

विश्व पुस्तक दिवस

(23 अप्रैल)

'पुस्तक सभी के लिए, हर सुख-दुःख की साथी।'

23 अप्रैल पूरे विश्व में 'पुस्तक दिवस' के नाम से प्रसिद्ध है। पुस्तक दिवस 23 अप्रैल को ही मनाया जाता है, क्योंकि इसी दिन महान् अंग्रेजी कथाकार विलियम शेक्सपीयर का जन्म हुआ था। उन्होंने दुनिया को ऐसी उत्कृष्ट रचनाएँ दीं, जिन्हें पढ़कर आत्मिक-अनुभूति के साथ-साथ ज्ञानवर्धन भी होता है। उनकी रचनाओं में सच्चाई, हर्ष, विषाद, परिश्रम, प्यार और न जाने कितनी मानवीय भावनाओं और मूल्यों का समावेश है। उनकी रचनाएँ सीमा, काल और सभ्यता से परे हैं।

पुस्तक हमारी सभ्यता की धरोहर होती हैं। ये पुस्तकें न जाने तमाम दुनिया के कितने बुद्धिमान लेखकों एवं लेखिकाओं के विभिन्न विचारों एवं सृजन से तैयार होती हैं। पुस्तकें हमें जीवन की सीख देती हैं।

पुस्तक दिवस के दिन गोष्ठियाँ और कार्यशालाएँ आयोजित होती हैं, जिनके द्वारा पुस्तक से संबंधित ज्ञान और सूचनाओं की चर्चा की जाती है। पुस्तकें हमारे जीवन-रूपी घर की खिड़कियाँ हैं, जिनसे प्रकाश आकर हमें प्रकाशमय कर देता है। ये पुस्तकें ही तो हैं, जो काल्पनिक और सच्ची घटनाओं एवं कहानियों से गुजारती हैं और एक नई जीवन-शैली की प्रेरणा देती हैं। पुस्तकें हमें हँसाती हैं, रुलाती हैं, प्यार सिखाती हैं और बुद्धि देती हैं, तो फिर हम सभी क्यों न संकल्प करें पुस्तकें पढ़ने का? 23 अप्रैल के दिन अपने आत्मीय जनों को एक पुस्तक भेंटकर इस दिन की महत्ता को समझें और समझाएँ।

~~~~❖❖●❖❖~~~~

विश्व पेंगुइन दिवस

(25 अप्रैल)

पेंगुइन दिवस प्रतिवर्ष 25 अप्रैल को मनाया जाता है। यह दिन अंटार्कटिका के मूल निवासी पेंगुइन को समर्पित है। इस दिन उनकी समस्याओं को जाना-समझा जाता है। उनके प्रति दुनिया भर के लोगों को जागरूक और सचेत किया जाता है। चित्र-प्रतियोगिताओं का आयोजन होता है, जिनमें विभिन्न भाव-भंगिमाओं में पेंगुइनों का चित्रण किया जाता है।

इंटरनेट पर इस दिन इनसे संबंधित अनुसंधानों के बारे में जानकारियाँ दी जाती हैं, वृत्तचित्र जारी होते हैं, जिनसे पृथ्वी के इस खूबसूरत जीव के बारे में गहराई से जाना जा सकता है।

लोग पेंगुइन की तरह के—श्वेत-श्याम—लिबास पहनकर उनके प्रति सम्मान प्रकट करते हैं। इस दिन पेंगुइन जोक भी सुने-सुनाए जाते हैं।

पेंगुइन प्रतिवर्ष 25 अप्रैल के आस-पास उत्तर की ओर पलायन करते हैं। वे उड़ नहीं सकते, इसलिए पूरा मार्ग पैदल ही तय करते हैं। इसलिए भी 25 अप्रैल को 'पेंगुइन दिवस' से जोड़ दिया जाता है

~~~~❖❖●❖❖~~~~

बौद्धिक संपदा दिवस

(26 अप्रैल)

'बौद्धिक संपदा, रचनात्मक पुरस्कार।'

बौद्धिक संपदा दिवस रचनात्मक क्रियाओं, नए आविष्कार आदि को महत्त्व देने का एक सुअवसर है। बौद्धिक लोगों के अन्वेषण एवं आविष्कार की वजह से आज दुनिया की सभ्यता विकसित हुई। उन लोगों के जीवन-पर्यंत परिश्रम एवं खोजों से हमारा जीवन आरामदायक हो गया है।

बौद्धिक संपदा दिवस प्रत्येक वर्ष 26 अप्रैल को मनाया जाता है, क्योंकि इसी दिन सन् 1970 में बौद्धिक विरासत के महत्त्व को समझते हुए इस पर बल दिया गया। यह दिवस हमारे देश में पहली बार 26 अप्रैल, 2001 को मनाया गया था। विश्व के देशों में आर्थिक, सांस्कृतिक और सामाजिक उत्थान के लिए बौद्धिक संपदा का अद्वितीय
~~~~

योगदान है। साहित्य, कला और संस्कृति से संबंधित कृतियों की सुरक्षा एवं संरक्षण भी इसके तहत किया जाता है।

यह दिवस विशेष कार्यक्रमों द्वारा मनाया जाता है, ताकि आम नागरिक बुद्धिजीवियों को आदर की दृष्टि से देख सकें। हँगरी का पेटेंट ऑफिस बौद्धिक संपदा की सुरक्षा का प्रधान कार्यालय है। यह दफ्तर भी बौद्धिक संपदा दिवस मनाकर लोगों और देशों को जागरूक बनाता है और बताता है कि किस प्रकार बुद्धिजीवियों के जीवन पर्यंत अथक परिश्रम से नई चीजें ईजाद होती हैं, जो भूगोल, काल और सभ्यता से परे हैं। यह दिवस बताता है कि रचनाओं पर आर्थिक अधिकार रचनाकारों का होना चाहिए। यह दिवस ऐसे विभिन्न संस्थानों में मनाया जाता है, जो विभिन्न अन्वेषण या आविष्कार की योजनाओं में लगे हैं। यह दिन हमें यह भी सिखाता है कि नए आविष्कारों का प्रयोग आतंकवादी गतिविधियों या अशांति फैलाने के लिए नहीं किया जाना चाहिए, बल्कि मानव-सभ्यता के विकास के लिए इनका प्रयोग किया जाए।

~~~~❖❖●❖❖~~~~

विश्व नृत्य दिवस

(29 अप्रैल)

'खुशियों की बौछार है, नृत्य प्रदर्शन।'

मनुष्य की प्रवृत्ति है, हमेशा सुख और शांति से रहना। यह प्रवृत्ति कई प्रकार से प्रकट होती है, जिसमें नृत्य भी शामिल है। नृत्य खुशी, संस्कृति और सभ्यता जाहिर करने की एक प्रदर्शन-कला है। खुद नाचकर या नृत्य देखकर हमारा मिजाज भी थिरक उठता है और हमारी आत्मा तक उस पर ताल देती है।

जीवन में नृत्य के महत्त्व को देखते हुए संयुक्त राष्ट्र की एक संस्था संयुक्त राष्ट्र शैक्षिक, वैज्ञानिक एवं सांस्कृतिक संगठन (यूनेस्को) ने सन् 1982 में 29 अप्रैल को विश्व नृत्य दिवस घोषित किया। यह संस्था विश्व-भर में नृत्य द्वारा एक-दूसरे की सभ्यता और रीति-रिवाज को समझाने के लिए संकल्पबद्ध है। अत: नृत्य दिवस दुनिया के तमाम नर्तकों के लिए एकता का मंच प्रदान करता है।

इस दिवस का समारोह हमारे जीवन पर नृत्य के महत्त्व को दर्शाता है। विश्व के नर्तक इसे मनाकर दुनिया के लोगों को यह संदेश देते हैं कि नृत्य का हमारे जीवन की खुशियों से सीधा रिश्ता है। नृत्य एक प्रकार का योग है, जिससे जुड़कर हम नृत्य द्वारा
~~~~

अपनी कुंठाओं को कम कर सकते हैं तथा तनावमुक्त जीवन जी सकते हैं। नृत्य द्वारा स्वयं के साथ-साथ दूसरों को भी प्रफुल्लित किया जा सकता है। भारत में नृत्य दिवस पहली बार सन् 2004 में मनाया गया था। 29 अप्रैल को संगीत नाटक अकादमी ने देश-भर की नृत्य संस्थाओं के साथ इसे मनाना शुरू किया है। इस दिन नर्तक लोकनृत्य, नृत्य-नाटिका तथा विभिन्न शास्त्रीय तथा अन्य नृत्यों द्वारा देश-दुनिया में भाइचारे एवं शांति का संदेश देते हैं।

□

मई

मजदूर दिवस
(1 मई)

'मजदूरों की मेहनत, देश का आर्थिक ढाँचा।'

मजदूर दिवस मनाया जाना मजदूरों के प्रति प्यार, संवेदना प्रकट करना और उन्हें सम्मान देना है। ये मजदूर आर्थिक उन्नति की रीढ़ होते हैं, जिस पर देश का विकास टिका होता है। खेत-खलिहानों, निर्माण स्थलों, कारखानों एवं औद्योगिक स्थलों तथा सड़कों पर मेहनत से मजदूरी कमानेवाले ये मजदूर अपनी खुशियाँ न्योछावर कर देते हैं। इन्हें पता भी नहीं चलता और रात-दिन काम करते-करते इनका जीवन बीत जाता है। यह मजदूर दिवस उन करोड़ों मजदूरों की समस्याएँ देखने का दिवस है, जिनसे वे जूझ रहे होते हैं।

1 मई, 1886 को एक मजदूर यूनियन तथा फेडरेशन ऑफ ऑर्गेनाइज्ड ट्रेडर्स ने पहली बार मजदूरों के लिए एक प्रस्ताव पारित किया कि मजदूरों के लिए 8 घंटे का काम, कानूनी तौर पर एक दिन के काम के बराबर है। यह दिन एक यादगार दिवस भी है, जब शिकागो शहर में 50,000 मजदूरों एवं कामगारों ने गई दिवस आंदोलन में भाग लिया था और लगभग पूरी दुनिया में 8 घंटे काम करने की पुष्टि मिली थी। कपड़ा मिलों, जूते के कारखानों और पैकिंग हाउस के कामगारों को उस समय सिर्फ 8 घंटे ही काम करने की आजादी मिली थी।

मई दिवस उसी घटना की याद में मनाया जाता है। इस दिन मजदूर यूनियनें सरकार के सामने अपनी-अपनी समस्याएँ रखती हैं और उनकी सुनवाई का वायदा किया जाता है। इस दिन मजदूरों के लिए कई कल्याणकारी योजनाएँ शुरू की जाती हैं। मई दिवस यह माँग करता है कि मजदूरों के बच्चों को शिक्षा दी जाए। सभी मजदूरों एवं

उनके परिवारों को पेट-भर खाना, उचित स्वास्थ्य के लिए चिकित्सा, आवास एवं मनोरंजन की व्यवस्था होनी चाहिए। तभी ये मजदूर ठीक से जीवनयापन कर पाएँगे। आजकल ऐसी स्थिति है कि दूसरों का पेट भरनेवाले मजदूर, किसान, खुद पेट-भर खाना नहीं खा पाते हैं। दूसरों के लिए आवास बनानेवाले खुद बिना आवास के झुग्गियों में रहते हैं। यह कौन से सभ्य समाज का न्याय है ? हमें इस पर ध्यान देना होगा। मजदूर दिवस नीति-निर्धारकों को मजदूरों के प्रति संवेदनशील बनाएगा और यह ध्यान रखा जाएगा कि कर्मचारियों और मालिकों दोनों के हितों का संरक्षण हो।

~~~~❖❖●❖❖~~~~

विश्व प्रेस स्वतंत्रता दिवस

(3 मई)

'स्वतंत्र प्रेस, सही खबर लाई।'

प्रेस स्वतंत्रता दिवस प्रतिवर्ष 3 मई को मनाया जाता है। पत्रकारिता और प्रेस में स्वतंत्रता होनी चाहिए, तभी हमारा देश सच्चे मायने में लोकतंत्र साबित होगा। स्वतंत्र प्रेस विकसित एवं सभ्य देश की निशानी है। अत: यह दिवस पत्रकारों की स्वतंत्रता में आनेवाली बाधाओं एवं समस्याओं को देखने एवं समझकर दूर करने का 'वायदा दिवस' है।

स्वतंत्र मीडिया लोकतंत्र का महत्वपूर्ण ढाँचा है, क्योंकि यह सच की आवाज को उजागर करता है तथा भ्रष्टाचार के विरुद्ध आवाज को देश के कोने-कोने तक फैलाकर जन-जन को जागरूक बनाता है। यह देश की व्यवस्था में सुधार एवं बदलाव लाने के लिए नागरिकों की आवाज सत्ता तक पहुँचाता है। यह लोकतंत्र का चौथा स्तंभ है।

अत: स्वतंत्र प्रेस के लाभ को देखते हुए संयुक्त राष्ट्र की आमसभा ने 1993 में 3 मार्च को स्वतंत्र प्रेस दिवस मनाने की घोषणा की। नागरिकों के विकास और उन्नति के लिए सही खबर एवं सूचना अनिवार्य है।

प्रेस की स्वतंत्रता को नागरिकों के मूलाधिकार का दर्जा दिया गया है। यह दिवस उन मीडियाकर्मियों एवं पत्रकारों में सुरक्षा की भावना भरता है और उनसे सही सूचना छापने की गुहार लगाता है। साथ ही यह भ्रष्ट नेताओं एवं अंडरवर्ल्ड के लोगों का हौसला पस्त करता है, जो उनके कुकर्मों को छापने से पत्रकारों को डराते-
~~~~

धमकाते हैं एवं कभी-कभी मरवा भी देते हैं।

यह दिवस पत्रकारों, जनसाधारण एवं नेताओं के बीच एक तिकोना रिश्ता कायम करता है। ऐसा भी देखा गया है कि प्रेस की स्वतंत्रता की वजह से पत्रकारों, संपादकों और प्रकाशकों को अनावश्यक रूप से प्रताड़ित किया जाता है, जेल में डलवा दिया जाता है। स्वतंत्र प्रेस दिवस एक जनचेतना दिवस है, जो यह बताता है कि छपाई खेल नहीं, बल्कि सच्चाई के निहितार्थ सूचना है, जो ज्ञान और विकास की नींव है।

~~~~❖❖●❖❖~~~~

विश्व दमा दिवस

(7 मई)

'दमा बीमारी का इलाज, आसान पर सावधानी में है।'

दमा साँस की एक बीमारी है, जिसमें मरीज को साँस लेने में काफी तकलीफ होती है। मरीज साँस लेने के लिए तड़पता है और जोर लगाने की वजह से पीठ और फेफड़ों में दर्द अनुभव करता है, लेकिन अब इस बीमारी पर काबू पाने के लिए अच्छी दवाइयाँ और उपकरण बना लिए गए हैं। अत: यह दिवस उन वैज्ञानिकों एवं चिकित्सकों की प्रशंसा और सलाम का दिवस है, जिन्होंने मरीजों को तकलीफदेह स्थिति से आराम दिलाने में अहम भूमिका निभाई है। दमा दिवस उन मरीजों में जागरूकता लाने का भी है, जिन्होंने इस बीमारी का सही उपचार करवाकर अपनी जीवन-शैली में थोड़े बदलाव की चेतना पैदा की है।

दमे की बीमारी में मौसम के बदलाव, ठंडक बढ़ने, थकावट या धूलकण से प्रतिकूल प्रभाव पड़ता है और दमे के जोरदार आक्रमण होने की आशंका होती है। साँस लेते समय जो घुटन होती है, वह फेफड़ों में बलगम सूख जाने की वजह से होती है। इस बीमारी के कारण मरीज रात-भर ठीक से सो नहीं पाता है और उसके हर क्रियाकलाप में बाधा पड़ती है। कभी-कभी दमा इतना भयावह और दु:खद हो जाता है कि साँस न लेने की वजह से मरीज की मृत्यु भी हो जाती है।

अच्छी बात यह है कि इसका उपचार भी है, जिसे अपनाकर हम स्वस्थ जीवन जी सकते हैं। इसलिए अगर किसी को दमा हो जाए, तो इससे दु:खी और निराश न होकर उपचार करना चाहिए और जीवन-शैली में बदलाव लाना चाहिए। दमा दिवस प्रतिवर्ष हमें दमे की बीमारी के बारे में कुछ-न-कुछ नई उपलब्धि एवं ज्ञान देने आ
~~~~

जाता है। यह हमें सिखाता है कि जीवन में बीमारियों के प्रति डर उत्पन्न न कर सही उपचार एवं सकारात्मक दृष्टिकोण अपनाने की जरूरत है।

~~~~❖❖●❖❖~~~~

अंतरराष्ट्रीय थैलीसीमिया दिवस

(8 मई)

'थैलीसीमिया की रोकथाम, आनेवाली पीढ़ी का बचाव।'

थैलीसीमिया एक आनुवंशिक व्याधि है, जिसमें मरीज को जीवन पर्यंत समय-समय पर बाहरी खून देना पड़ता है। यह प्रक्रिया महँगी होती है और इसे वहन करना सभी मरीजों के बस की बात नहीं होती है। थैलीसीमिया एक ऐसी बीमारी है, जिसे रोका जा सकता है। अगर पति-पत्नी दोनों थैलीसीमिया पॉजिटिव हैं, तो पत्नी की गर्भावस्था में ही खून एवं भ्रूण की जाँच कराकर पता लगाया जा सकता है कि बच्चे को थैलीसीमिया की आशंका है या नहीं। ऐसे पति-पत्नी के मामले में संदेह रहता है कि उनके 25 प्रतिशत बच्चों में भी यह बीमारी स्थानांतरित हो सकती है।

प्रतिवर्ष 8 मई को मनाया जानेवाला यह दिवस जनसाधारण को इस बीमारी के प्रति जागरूक बनाने आ जाता है। इस खास दिन पर कुछ संस्थाएँ, जैसे 'थैलीसीमिया इंडिया', 'राष्ट्रीय थैलीसीमिया कल्याण समाज', तरह-तरह के क्रियाकलापों द्वारा लोगों को इस बीमारी के बारे में ज्ञान और नई-नई जानकारी देते हैं। ये संस्थाएँ सन् 1995 से ही इस व्याधि से पीड़ित व्यक्तियों को मुफ्त चिकित्सा-सहायता मुहैया करा रही हैं। इस दिन दुनिया-भर के विशेषज्ञ मिल-बैठकर इस बीमारी की रोकथाम के लिए उपाय और सुझाबों पर चर्चा करते हैं। अस्पतालों में इस बीमारी की जानकारी के लिए पोस्टर लगाए जाते हैं। 8 मई को मनाए जानेवाले थैलीसीमिया दिवस पर पीड़ित व्यक्तियों को मुफ्त चिकित्सा की जानकारी दी जाती है। इस दिन कई कार्यक्रम आयोजित किए जाते हैं, जिनसे थैलीसीमिया पीड़ित को राहत मिल सके, लेकिन असली राहत तभी मिलेगी, जब इस बीमारी पर पूरी तरह काबू कर लिया जाएगा।

~~~~❖❖●❖❖~~~~

विश्व रेडक्रॉस दिवस
(8 मई)

'रेडक्रॉस, मानवीय सहायता उसके पास।'

विश्व रेडक्रॉस दिवस प्रतिवर्ष 8 मई को मनाया जाता है, जो स्विट्जरलैंड के नागरिक हेनरी डूनांट का जन्मदिवस भी है। इनकी मानवीय संवेदनाओं ने ही इन्हें 1863 में मानवीय सहायता के लिए रेडक्रॉस आंदोलन चलाने के लिए प्रेरित किया, जो धीरे-धीरे पूरे विश्व में सहायक संस्था के रूप में स्थापित होता चला गया। यह अंतरराष्ट्रीय मानवीय संस्था मजबूती पकड़ती गई और संकट के समय स्वास्थ्य-सेवा के लिए एक उपयोगी संस्था साबित हुई।

8 मई को मनाए जानेवाले रेडक्रॉस दिवस के लाल प्लस चिह्न को कौन नहीं पहचानता! यह दिवस मनाना यादगार जागरूकता अभियान है, जो बताता है कि किस प्रकार पूरी दुनिया में मानवीय संकट को राहत देने के लिए रेडक्रॉस संस्था कृतसंकल्प है। चाहे बीमारी का दौर हो या सूखा, सड़क दुर्घटना हो या प्राकृतिक आपदा, आतंकी हमला हो या युद्ध, इस संस्था की गाड़ी स्वास्थ्य सहायता सामग्री लेकर हर जगह अपनी उपस्थिति दिखाती है। यह दिवस अमेरिका में खासकर बच्चों के हित के लिए मनाया जाता है। इस दिन कई कल्याणकारी कार्यक्रम शुरू किए जाते हैं, जो दुनिया-भर के बच्चों को स्वास्थ्य और सुरक्षा प्रदान करते हैं।

दुनिया-भर में लगभग 187 रेडक्रॉस संस्थाएँ हैं, जो संकटकाल में मानवीय सहायता प्रदान करती हैं। रेडक्रॉस दिवस की उत्पत्ति दुःखी मानवीय समाज को सहायता प्रदान करने की प्रेरणा से हुई थी, जिसका जाल पूरे विश्व में फैला हुआ है।

~~~~❖❖●❖❖~~~~

मातृ दिवस
(11 मई)

'माँ का प्यार, बच्चों के लिए उपहार।'

माता का स्थान परिवार में सब रिश्तों से ऊपर माना जाता है। माँ परिवार की एक ऐसी धुरी है, जिसके चारों ओर परिवार घूमता है। उसका प्यार उसके
~~~~

बच्चों के लिए अमृत समान है। माँ है तो जहान है। उसके बिना उसके बच्चे मुरझाए, भूखे-प्यासे अपनी जिंदगी बिताते हैं। माता की इस महत्ता को देखते हुए संयुक्त राष्ट्र की आम सभा ने 11 मई को सारे विश्व में मातृ दिवस या मदर्स डे के रूप में मनाने की घोषणा की।

गांधीजी का कहना था कि बच्चों के लिए माँ प्रथम शिक्षिका होती है, जो उसे खाना-पीना, चलना सिखाती तथा अच्छे-बुरे का ज्ञान देती है। अगर माता पढ़ी-लिखी हो, तो पूरा परिवार उससे लाभान्वित होता है। परिवार में माँ ही ऐसी सदस्य है, जो बच्चों के साथ पूरे परिवार का ध्यान रखती है। संसार में माँ का संबंध परिवारजनों के लिए सबसे पवित्र और उपयोगी होता है। दरअसल, माँ घर की प्रबंधक होती है, वह अपना समय पूरे घर के प्रबंधन में लगाती है। इस प्रकार मातृ दिवस माँ के त्याग को समझने का दिवस है।

मातृ दिवस का संदेश है कि बच्चे ऐसे कार्य करें, जिनमें माँ की प्रसन्नता निहित हो। हर माता को प्रतिवर्ष इस शुभ दिन का इंतजार रहता है।

~~~~❖❖●❖❖~~~~

अंतरराष्ट्रीय नर्स दिवस

(12 मई)

'नर्स दिवस, नर्सों की पहचान।'

नर्स दिवस पूरे विश्व में नर्सों की अहमियत जानने के लिए मनाया जाता है। 12 मई, 1820 फ्लोरेंस नाइटएंगल का जन्मदिवस है, जो अपने बीमार और कराहते हुए मरीजों के लिए समर्पित नर्स थीं। वे दिन तो क्या, रातों को भी लैंप लेकर अपने मरीजों के इर्द-गिर्द उनके स्वास्थ्य की देखभाल करती कभी न थकती थीं। तभी तो वे दुनिया-भर में 'लेडी विथ द लैंप' के नाम से मशहूर हुईं। दरअसल नर्स की ड्यूटी के लिए ऐसे ही व्यक्ति की दरकार होती है। 12 मई को नर्स दिवस मनाना, नर्सों को धन्यवाद ज्ञापित करने का दिवस है।

नर्स दिवस मनाया जाना, नर्सिंग व्यवसाय के लिए सम्मान एवं पहचान दिलाने वाला दिन है। हम अपना इलाज करवाते वक्त डॉक्टरों को तो जानते हैं, पर उनकी सहयोगी नर्सों की परवाह नहीं करते, क्योंकि हम स्वास्थ्य-लाभ में उनकी भूमिका नहीं जानते और उन्हें नजरअंदाज करते हैं, पर अगर हम गहराई से संवेदनशील होकर सोचें,
~~~~

तो पाते हैं कि मरीजों के लिए नर्सों की भूमिका काफी अहमियत रखती है। डॉक्टर बीमारी की पहचान और निदान करते हैं, लेकिन नर्स स्वस्थ होने की प्रक्रिया को अंजाम देती हैं।

नर्स दिवस की यह पुकार है कि नर्सों को भी जीने के लिए पूरी अनुकूलता प्रदान की जाए। उन्हें आरामदायक परिस्थितियाँ, उनका स्वास्थ्य, उनकी आर्थिक स्थिति एवं उनके मनोरंजन का ध्यान रखा जाए। उनकी नि:स्वार्थ सेवा के लिए पुरस्कार देने की घोषणा होनी चाहिए।

~~~~❖❖●❖❖~~~~

अंतरराष्ट्रीय आपत्ति दिवस

(15 मई)

'आपत्ति से दुर्गति, सहयोग से शांति।'

आपत्ति दिवस को 'अल-नक़बा' भी कहा जाता है। यह दिवस फिलिस्तीनियों द्वारा पूरे विश्व में आपत्ति दिवस के रूप में मनाया जाता है, क्योंकि सन् 1948 में फिलिस्तीनियों की भूमि पर इजरायल ने अपनी स्वतंत्रता घोषित की थी और शुरू हुई थी फिलिस्तीनियों की यातनाओं की कहानी। फिलिस्तीनी नेता यासर अराफात अपनी पूरी जिंदगी फिलिस्तीनियों के भूमि-अधिग्रहण करने के लिए संघर्षरत रहे, लेकिन अभी तक इस समस्या का समाधान नहीं हो पाया है। अब भी फिलिस्तीनियों और यहूदियों का संघर्ष जारी है।

पूरे विश्व में यह आपत्ति दिवस 15 मई को फिलिस्तीनियों द्वारा इजरायल के विरोध में 'काला दिवस' के रूप में मनाया जाता है। सन् 1948 में इसी दिन फिलिस्तीन की जमीन पर अरब-इजरायल युद्ध के दौरान इजरायल देश का जन्म हुआ, तभी से शुरू हुई फिलिस्तीनियों की दुर्गति की कहानी। उधर इजरायल का मानना है कि उन्होंने अपने पूर्वजों की पवित्र भूमि फिलिस्तीन को इजरायल के रूप में आजाद घोषित कर अपना हक प्राप्त किया है, लेकिन फिलिस्तीनियों का कहना है कि वे फिलिस्तीन की भूमि पर शांतिपूर्वक रह रहे थे कि अचानक यहूदी आए और उन्हें भगाकर इजरायल की स्थापना कर दी। लाखों फिलिस्तीनी युद्ध के डर से फिलिस्तीन छोड़कर भाग खड़े हुए और पश्चिमी किनारे, गाजा-पट्टी, सीरिया, लेबनान और अरब देशों में शरणार्थी बनकर रह गए।
~~~~

प्रतिवर्ष 'फिलिस्तीन लिबरेशन ऑर्गेनाइनेशन' 'अल-नक़बा' मनाकर अपना विरोध जाहिर करते हैं और अपनी समस्या का समाधान पाने के लक्ष्य को दोहराते हैं। इस दिन फिलिस्तीनी जुलूस निकालकर दुनिया को यह बताते हैं कि फिलिस्तीनी शरणार्थियों की वापसी के बिना पश्चिमी एशिया में शांति संभव नहीं है। इस दिन साइरन बजाया जाता है और पाँच मिनट के लिए चलते वाहन रुक जाते हैं। फिलिस्तीन के सत्तारूढ़ राष्ट्रपति फिलिस्तीनियों के भूमि-वापस लेने की कसम दोहराते हैं। इस प्रकार यह 'अल-नक़बा' फिलिस्तीनियों और यहूदियों की भूमि के लिए 60 वर्षों से चल रहे संघर्ष का 'प्रतिनिधि दिवस' है।

~~~~❖❖●❖❖~~~~

अंतरराष्ट्रीय परिवार दिवस

(15 मई)

'परिवार मनुष्य की जान है, शान है।'

परिवार मनुष्य की एक ऐसी संस्था है, जिसमें माँ-बाप, भाई-बहन, चाचा-चाची, मामा-मामी, दादा-दादी आदि रहते हैं। हमारे परिवार में रिश्ते भावनात्मक संबंधों से जुड़े होते हैं, साथ ही खून का रिश्ता भी होता है। सुख-दुःख के समय परिवार के सदस्य एकजुट होकर हँसी-खुशी का इजहार करते हैं या दुःख-दर्द बाँटते हैं। जिस समय परिवार का हर सदस्य दुःख अनुभव करता है, तब पीड़ा को बाँटकर एक-दूसरे का हौसला बढ़ाता है।

इस प्रकार 15 मई को मनाया जानेवाला यह परिवार दिवस एक खास दिन है, जो परिवार की महत्ता को दर्शाता है। इतना ही नहीं, परिवार मनुष्य को उसकी पहचान भी देता है। परिवार के बिना मनुष्य के पास सबकुछ होते हुए भी खालीपन का अहसास रहता है। मनुष्य अपने आपको अकेला महसूस करता है। मनुष्य एक सामाजिक प्राणी है। भला परिवार के बिना वह किस प्रकार खुश रह सकता है, चाहे खुश होने के लिए उसके पास सभी साधन मौजूद क्यों न हों! मनुष्य अपनी संवेदना, सुख-दुःख और चाह परिवार के साथ व्यक्त करता है और परिवार पाकर ही वह खुद को सुरक्षित महसूस करता है।

परिवार एक पहिया है, जो सदस्यों को लेकर घूमता रहता है और परिजनों को गति प्रदान करता है। मनुष्य परिवार में एक साथ रहकर, खा-पीकर, हँस-बोलकर
~~~~

अपनी भावनाएँ व्यक्त करता है। परिवार में रहना, मिलना-जुलना, संवेदनाएँ बाँटना, मनुष्य की नैसर्गिक प्रवृत्ति है, इससे उसे खुशी मिलती है।

यह दिवस हमें सिखाता है कि सभी रिश्ते एवं संबंधों का एक दायरा होता है, एक लक्ष्मण-रेखा होती है, जिसे पार नहीं करना चाहिए, नहीं तो रिश्तों में दरार आने लगती है और फिर संबंध बिगड़ जाते हैं। परिवार दिवस हमें संबंध बनाने और प्रगाढ़ करने की प्रेरणा देता है।

~~~~❖❖●❖❖~~~~

विश्व दूरसंचार दिवस

(17 मई)

'दूरसंचार, मनुष्य की सभ्यता की निशानी।'

दूरसंचार एक ऐसा माध्यम है, जिससे देश-विदेश के किसी भी कोने से पूरी दुनिया में बिना तार के सूचनाएँ, समाचार एवं संवाद पलक झपकते पहुँचाए जा सकते हैं। इस प्रकार यह दिवस एक ऐसा आयोजन है, जिसके द्वारा जन-जन को यह मालूम हो कि विभिन्न सूचनाओं के आदान-प्रदान द्वारा मनुष्य अधिक सशक्त बन सकता है।

विश्व दूरसंचार दिवस प्रतिवर्ष 17 मई को मनाया जाता है, क्योंकि इसी दिन 'अंतरराष्ट्रीय दूरसंचार यूनियन' की स्थापना हुई थी। ज्ञान के बिना मनुष्य पशुवत् है, क्योंकि इसके बिना मनुष्य सिर्फ अपनी संवेदनाओं के बल पर कार्य करता है और सूझबूझ से कोसों दूर रहकर अपना व्यावहारिक जीवन नारकीय बना लेता है।

दूरसंचार के माध्यम से दी गई सूचनाओं के आधार पर हम किसी भी घटना के हर पहलू का विश्लेषण करते हैं। आज सूचना पाने को हमारा कानूनी अधिकार भी बना दिया गया है। दूरसंचार के माध्यम से हमारे लिए वृहत् विश्व सिमट-सा गया है। दूरसंचार उपग्रहों, दूरदर्शन एवं इंटरनेट के माध्यम से हम लाखों सूचनाएँ मिनटों में जुटा लेते हैं। एक प्रकार से ये माध्यम इस शताब्दी के आश्चर्य कहे जा सकते हैं, क्योंकि पलक झपकते ही दुनिया की तमाम जानकारियाँ एक उपयोगी मित्र की तरह हम तक पहुँचा देते हैं।

~~~~❖❖●❖❖~~~~

अंतरराष्ट्रीय संग्रहालय दिवस

(18 मई)

'संग्रहालय संस्कृति के वाहक, पोषक और संवर्धक।'

संग्रहालय दिवस प्रति वर्ष 18 मई को विश्व-भर में मनाया जाता है। सबसे पहले इसका अयोजन अंतरराष्ट्रीय संग्रहालय परिषद् द्वारा सन् 1977 में किया गया था। परिषद् की परामर्शदात्री समिति प्रतिवर्ष इसके आयोजन के लिए किसी विषय का चयन करती है।

यह अवसर संग्रहालय-कर्मियों और आम जनता के रूबरू होने का दिन होता है। संग्रहालय-कर्मी अपनी चुनौतियों के बारे में आम जन से चर्चा करते हैं और बताते हैं कि संग्रहालय समाज की सेवा और विकास के लिए समर्पित एक संस्थान की भाँति कार्य करता है।

सच में, संग्राहलय लोगों में सांस्कृतिक आदान-प्रदान, संवर्धन और आपसी समझ, सहयोग तथा शांति बढ़ाने के महत्त्वपूर्ण माध्यम हैं।

~~~~❖❖●❖❖~~~~

आतंकवाद विरोध दिवस

(21 मई)

'आतंकवाद एक कलंक, मिलकर मिटाओ इसे।'

प्रत्येक वर्ष 21 मई को मनाया जानेवाला यह आतंकवाद विरोध दिवस एक जागरूकता अभियान है, ताकि जनसाधारण यह समझ सके कि आतंकवाद एक घिनौना कृत्य है। इससे सरकार अकेले नहीं लड़ सकती, बल्कि हर नागरिक को एक सिपाही बनकर अपनी नजर पैनी करनी होगी, ताकि कहीं गड़बड़ी की आशंका होने पर या जानकारी मिलते ही पुलिस को सूचना दी जा सके। यह दिन इसलिए मनाया जाता है, क्योंकि इसी दिन राजीव गांधी की हत्या की गई थी। आज सिर्फ भारत ही नहीं, बल्कि पूरी दुनिया आतंक के घेरे में है, जिससे जान-माल का भारी नुकसान हो रहा है। सबसे बड़ी दुःख की बात यह है कि आतंकी हमलों में बेकसूर लोगों की जानें जा रही हैं। यह कैसा सभ्य
~~~~

समाज है! अमेरिकी वर्ल्ड ट्रेड टावर कांड, मुंबई के सीरियल ब्लास्ट तथा इस तरह की अन्य घटनाओं में हजारों जानें जा चुकी हैं।

आतंकवाद ऐसे ही नहीं फैलता, बल्कि उसके कुछ कारण होते हैं। ये कारण बढ़ती जनसंख्या और गरीबी, पड़ोसी देशों की आपसी दुश्मनी या फिर जाति-धर्म की वैमनस्यता एवं नफरत आदि कुछ भी हो सकते हैं। हमें उन कारणों की तह में जाना होगा और उन्हें मिटाना होगा। सिर्फ ऊपरी बचाव ज्यादा कारगर साबित नहीं हो सकता। हाँ, सतर्क रहने में बचाव निश्चित है। किसी भी कलह या झगड़े को दोनों पार्टियों को मिल-बैठकर, शांतिपूर्वक संवाद और संवेदनापूर्ण तरीके से सुझलाना होगा। यह आतंकवाद विरोध दिवस गुहार लगाता है कि 'चेत चले तो काल न खाए,' यानी सावधानी एवं सतर्कता में बचाव निहित है। हमारा देश कई बार आतंक की भेंट-चढ़ चुका है, लेकिन अब समय आ गया है, जब हमारी पुलिस की सतर्क निगाहें सब पर हैं और आतंक का सिर उठते ही उसे कुचलने की तैयारी कर ली गई है।

भयरहित जीवन प्रत्येक मनुष्य का अधिकार है। इस अधिकार को दिलवाना सरकार का कर्तव्य है और इसे पाना नागरिकों का अधिकार। आतंकवाद विरोध दिवस के दिन आतंक के खिलाफ सभाएँ की जाती हैं, जुलूस निकाले जाते हैं, ताकि आतंकवादियों को समाज से अलग-थलग कर उनके आतंकी मनसूबों को ध्वस्त और पस्त किया जा सके।

~~~~❖❖●❖❖~~~~

विश्व सांस्कृतिक विकास दिवस

(21 मई)

'सांस्कृतिक विकास, मानवता का लक्ष्य।'

संस्कृति का विकास मानव-जाति का लक्ष्य है। संस्कृति के बिना मनुष्य पूँछ विहीन पशु के समान है, लेकिन मनुष्य पशु क्यों कहलाए, जबकि प्रकृति ने मनुष्य को इतना विकसित दिमाग दिया है, जिसे इस्तेमाल कर वह तर्कपूर्ण ढंग से सोचता है और उसके अनुसार कार्य कर सकता है। मनुष्य में वह दिमागी ताकत है, जिससे वह सघन अवलोकन करके परिणाम या निष्कर्ष निकाल लेता है। अपने निष्कर्ष को रचना के द्वारा सुंदर रूप दे सकता है और इस प्रकार संस्कृति का विकास होता है।

मनुष्य के जीवन में संस्कृति के महत्त्व को देखते हुए संयुक्त राष्ट्र संघ की संस्था
~~~~

यूनेस्को ने 21 मई को विश्व सांस्कृतिक दिवस मनाने की घोषणा की। संस्कृति मनुष्य की सृजनात्मक क्षमता की भी प्रतीक है। इसका विकास नए-नए सिद्धांतों, परंपरा, लेखकीय रचना, मूर्ति-शिल्प, निर्माण, कला आदि अनेक विषयों पर शोध का परिणाम होता है, पर विकास का मतलब केवल एक ही है कि वह संस्कृति, सभ्यता और परंपरा मनुष्य को सुख एवं शांति दिला सके। अगर मनुष्य में भाईचारे की भावना न हो, सहृदयता न हो, सामाजिक उत्तरदायित्व की भावना न हो, तो फिर ऐसा विकास असभ्यता ही कहलाएगा।

यह दिवस हमें समझाता है कि संस्कृति का विकास पीढ़ी-दर-पीढ़ी होना चाहिए, ताकि हमारी संस्कृति सबल, मजबूत और स्थायी बने और भावी पीढ़ियाँ आदर और कौतूहल से अपने पूर्वजों एवं उनकी विरासत को देख सकें। संस्कृति का विकास एक जटिल प्रक्रिया है, जो धीरे-धीरे होती है। उपग्रह द्वारा पृथ्वी से दूसरे ग्रह पर जाना भी तो मानव की संस्कृति की कहानी है। हम संस्कृति के विकास द्वारा प्रकृति के रहस्यों को जान रहे हैं।

~~~~❖❖●❖❖~~~~

कॉमनवेल्थ दिवस

(24 मई)

‘कॉमनवेल्थ, विकास का आपसी संगठन।’

कॉमनवेल्थ दिवस एक अंतरराष्ट्रीय उत्सव है, जो एक साथ रहने की भावना को प्रतिवर्ष उजागर करता है। वे सभी 54 देश, जो कभी ब्रिटिश साम्राज्य के उपनिवेश थे, स्वतंत्रता-प्राप्ति के बाद कॉमनवेल्थ के सदस्य हैं। 24 मई के दिन ब्रिटिश साम्राज्य से स्वतंत्रता प्राप्त सभी देश एक छत के नीचे एकत्रित हुए थे, जिसे कॉमनवेल्थ (राष्ट्रमंडल) का नाम दिया गया। यही स्थापना दिवस है। ये सभी देश एक साथ मिलकर रहने का वायदा करते हैं, क्योंकि इन्होंने ब्रिटिश साम्राज्य के साथ सदियाँ बिताई हैं और ब्रिटेन के रंग में रच-बस गए थे।

यद्यपि लगभग सभी ब्रिटिश उपनिवेश धीरे-धीरे स्वतंत्र हो गए, लेकिन वे सामाजिक, शैक्षणिक, आर्थिक और वैश्विक मामलों में आज भी परस्पर जुड़े हुए हैं। हमारा भारत भी कॉमनवेल्थ का एक सदस्य देश है और इस दिवस को अतीत की यादों के साथ मनाता है। इस दिन सभी सदस्य देशों के प्रतिनिधि आपस में मिलते हैं, पारस्परिक एकता
~~~~

का विश्वास दिलाते हैं तथा एक साथ बीते दिनों को याद करते हैं।

कॉमनवेल्थ के लगभग सभी देश या तो विकासशील हैं या फिर पिछड़े हुए हैं। कॉमनवेल्थ देशों के मुख्य प्रतिनिधि इस दिन विकास के कार्यक्रमों पर जोर देते हैं। भारत की राजधानी दिल्ली में कॉमनवेल्थ देशों की बैठकें भी हुई हैं, जो काफी सफल रही हैं। यादों से जुड़े रहने के लिए 'कॉमनवेल्थ खेल' भी आयोजित किए जाते हैं, ताकि उन देशों के लोग आपस में मिल सकें। सन् 2010 में नई दिल्ली में कॉमनवेल्थ खेल होने जा रहें हैं।

~~~~❖❖●❖❖~~~~

माउंट एवरेस्ट दिवस

(29 मई)

'विश्वास और धैर्य, दे ऊँचाई पर विजय।'

माउंट एवरेस्ट हिमालय पर्वत श्रृंखला की सबसे ऊँची चोटी है। यह इतनी ऊँची है कि 1953 से पहले इस पर कोई चढ़ने का साहस नहीं कर पाया था, क्योंकि यहाँ पर मौसम बहुत दुरूह है और इसकी चढ़ाई जान जोखिम में डाल सकती है, लेकिन तेनजिंग नोर्गे एवं एडमंड हिलेरी की जोड़ी ने धैर्य के साथ साहस प्रदर्शित किया और अंतत: 29 मई, 1953 को माउंट एवरेस्ट पर मनुष्य की विजय-पताका फहरा दी।

इस प्रकार 29 मई का दिवस मनुष्य की सभ्यता के इतिहास में स्वर्णाक्षरों में लिख दिया गया। हम गर्व से 29 मई के दिवस को माउंट एवरेस्ट दिवस के रूप में उत्सवपूर्वक मनाते हैं। इस चढ़ाई का इतिहास सन् 1935 से 1953 तक का है। तेनजिंग नोर्गे, जो एक नेपाली शेरपा थे, बचपन से ही हिमालय पर्वत को निहारकर खुश होते थे। धीरे-धीरे हिमालय से उनका नाता बढ़ता गया और एक दिन उन्होंने उसकी ऊँची चोटी एवरेस्ट पर चढ़ने की ठान ली। वे चढ़ते और उतरते रहे। एक दिन उनकी मुलाकात उन्हीं जैसे साहसी और जीवन में कुछ कर गुजरने की मंशा रखनेवाले एडमंड हिलेरी से हुई। अब क्या था? दोनों की योजना बनी और वे सामान सहित एवरेस्ट की चढ़ाई चढ़ने लगे। रास्ते में बहुत बाधाएँ आईं, लेकिन दोनों ने साहस से एक-दूसरे का हाथ थामे रखा। एक दिन एवरेस्ट की चोटी पर चढ़कर उन्होंने विजयी मुसकान बिखेरी और भारत का झंडा वहाँ फहरा ही दिया।

उनकी इस उपलब्धि पर भारत सरकान ने तेनजिंग नोर्गे को 'पद्मभूषण' सम्मान
~~~~

से नवाजा और उन्हें 'हिमालय माउंटेनियरिंग संस्था' का निदेशक नियुक्त किया। इस प्रकार उन्होंने साबित किया कि जीवन में कठिन-से-कठिन दिखनेवाले काम पर भी विजय प्राप्त की जा सकती है, अगर मन में विश्वास हो।

~~~~❖❖●❖❖~~~~

विश्व तंबाकू विरोध दिवस

(31 मई)

'तंबाकू से छुटकारा, सभी का है नारा।'

तंबाकू की पत्तियाँ बीड़ी, सिगरेट, गुटका इत्यादि बनाने के काम आती हैं, किंतु तंबाकू उत्पाद का सेवन बीमारी एवं मृत्यु लाता है। तंबाकू के इसी बुरे प्रभाव को देखते हुए विश्व स्वास्थ्य संगठन ने 31 मई को तंबाकू विरोध दिवस मनाने का फैसला किया, ताकि लोगों में इस बात की जागरूकता पैदा की जाए।

तंबाकू से बने उत्पाद, जैसे बीड़ी, सिगरेट, गुटका, खैनी, हुक्का, पान मसाला जैसी जितनी भी चीजें हैं, उनके सेवन से तरह-तरह की बीमारियाँ, जैसे हृदयरोग, रोग प्रतिरोधक क्षमता की कमी, कैंसर, श्वास संबंधी विकार आदि का खतरा बना रहता है। तंबाकू विरोध दिवस हमें सावधान करता है कि अब भी समय है, सँभल जाएँ। हमें तंबाकू एवं उसके उत्पाद के सेवन से बचना चाहिए, क्योंकि ऐसे थोड़े समय के आनंद का क्या फायदा, जो जीवन में कष्ट और बीमारी दे।

आज विश्व-भर में तंबाकू के विरोध में जागरूकता अभियान तेज किया गया है। इस दिन तंबाकू को नकारने के लिए जुलूस निकाले जाते हैं, दौड़ें आयोजित होती हैं, जिनका मकसद है, 'तंबाकू छोड़ो और दौड़कर स्वस्थ रहो।' इस तंबाकू विरोध दिवस को प्रतिवर्ष अलग-अलग संदेशों के साथ मनाया जाता है, जैसे तंबाकू रहित जीवन, तंबाकू त्यागो, सुख से जियो, तंबाकू छोड़ो और सौ साल जियो आदि। तंबाकू विरोध दिवस हमारे लिए एक वरदान है, जो स्वास्थ्य के प्रति हमें सचेत करता है।

~~~~

साइकिल दिवस

(31 मई)

'साइकिल की सवारी, करे दूर बीमारी।'

आधुनिक युग में जहाँ बीमारियों का ताँता लगा हुआ है और वायु प्रदूषण बढ़ता जा रहा है, वहाँ साइकिल की सवारी अनेक समस्याओं का एक सामधान है। साइकिल दिवस के माध्यम से हम साइकिल की सवारी के फायदे सोचने पर मजबूर हो जाते हैं।

साइकिल एक ऐसा छोटा वाहन है, जिसे हम कहीं भी ले जा सकते हैं और मजे की बात यह है कि इससे न धूल और न ही धुआँ फैलता है। बस, चलाते जाइए और गंतव्य पर पहुँच जाइए।

साइकिल दिवस 31 मई को मनाया जाता है। इसी दिन फ्रिक पैट्रिक मैकमिलन ने 1864 में साइकिल का आविष्कार कर इसे पहली बार लोगों के सामने चलाया था। इसके बाद फ्रांस में साइकिल-दौड़ का आयोजन किया गया। सन् 1894 से कारखानों में साइकिलों का उत्पादन शुरू हो गया और तब से यह सबसे सस्ता और आसान वाहन साबित हुआ।

आजकल विभिन्न प्रकार की साइकिलों का भिन्न-भिन्न ब्रांड नामों से उत्पादन किया जाता है। बच्चों और बड़ों की आवश्यकतानुसार अलग-अलग आकार-प्रकार में इन्हें बनाया जा रहा है।

विश्व में चीन एक ऐसा देश है, जहाँ आज भी साइकिल की सवारी सबसे ज्यादा की जाती है। साइकिल में न तो ईंधन की जरूरत पड़ती है और न ही इससे भयानक दुर्घटनाओं का डर होता है। उलटे साइकिल की सवारी एक अच्छा व्यायाम है और हवा को प्रदूषित भी नहीं करती है। इसे छोटी सी जगह पर भी पार्क किया जा सकता है। आम नागरिक और विद्यार्थियों के लिए तो यह कम दाम की सर्वोत्तम सवारी है। इसे खरीदकर न तो तेल भरवाने की चिंता रहती है और न ही ज्यादा खर्च की। आज समय की पुकार है कि नागरिकों में साइकिल चलाने की जागरूकता पैदा की जाए।

□

जून

विश्व दुग्ध दिवस

(1 जून)

'श्वेत क्रांति का सुख, स्वस्थ जीवन का आधार।'

विश्व दुग्ध दिवस प्रतिवर्ष 1 जून को मनाया जाता है। यह दूध के महत्त्व के प्रति दुनिया के लोगों का ध्यान केंद्रित करने का दिन है। इससे दूध से संबंधित गतिविधियों तथा दुग्ध उद्योग का प्रचार भी होता है। राष्ट्रीय समारोह भी आयोजित किए जाते हैं और प्रदर्शन भी होते हैं, ताकि दुनिया जाने कि दूध ग्लोबल फूड (विश्व खाद्य) है।

संयुक्त राष्ट्र संघ के 'फूड ऐंड एग्रीकल्चर ऑर्गेनाइजेशन' (एफ.ए.ओ.) द्वारा इसकी शुरुआत 1 जून, 2001 में की गई। भारत के लिए तो प्रत्येक दिन दुग्ध दिवस है। यहाँ प्रत्येक विज्ञान प्रदर्शनी में वैज्ञानिक जानकारी के साथ दुग्ध वितरण की बात बताई जाती है। हमारे यहाँ हरित क्रांति के बाद यही श्वेत क्रांति के नाम से प्रसिद्ध है। बच्चों के लिए दूध को तो सर्वोपरि रखा गया है। स्कूली बच्चे इसके बारे में लिखते-पढ़ते हैं। 'गाय का निबंध' छोटी कक्षा में ही लिखाया जाता है, जो दूध देती है। यह दिवस वास्तव में दूध को औषधि के रूप में भी रेखांकित करता है। हमोर देश में तो धार्मिक क्रियाओं में भी इसके महत्त्व को बताया गया है। हकीम, वैद्य और डॉक्टर मरीजों को दूध के सेवन के लिए सदैव सचेत करते रहते है।

विश्व पर्यावरण दिवस

(5 जून)

‘स्वच्छ एवं हरा वातावरण, जीवन पाए नई तरंग।’

हमारा पर्यावरण मिट्टी, जल, वायु, पेड़-पौधों एवं जीव-जंतुओं से बना है। जब तक मनुष्यों के बीच ये प्राकृतिक घटक सही संतुलन में होंगे, तभी तक हमारा अस्तित्व भी सुरक्षित रहेगा, परंतु आज इक्कीसवीं शताब्दी में मानव की अंधाधुंध तृष्णा एवं असंतुलित विकास की दौड़ से हमारे वातावरण के सभी घटकों का संतुलन बिगड़ गया है। वातावरण प्रदूषित हो चुका है। इसका सबसे विपरीत प्रभाव खुद इनसान पर ही पड़ रहा है।

अत: मनुष्य-जीवन के लिए पर्यावरण के महत्त्व को देखते हुए संयुक्त राष्ट्र ने 5 जून, 1962 को विकसित देशों के नेताओं, प्रशासकों एवं नीति-निर्माताओं की स्टॉकहोम में एक ऐतिहासिक सभा बुलाई, ताकि पर्यावरण प्रदूषण से जीवन में होनेवाले विपरीत प्रभावों पर गौर किया जा सके। तभी से पर्यावरण और प्रदूषण की चर्चा पूरे विश्व में होने लगी और प्रदूषित वातावरण के प्रति सभी की आँखें खुलीं। हमारे जीवन की मौलिक आवश्यकताएँ रोटी, कपड़ा और मकान का सीधा रिश्ता पर्यावरण से है। यह कहना भी उचित होगा कि स्वच्छ वातावरण हमारा मानवीय अधिकार है, जो हमें मिलना चाहिए, ताकि इसमें हम खुश और स्वस्थ रहकर अपने लक्ष्य को हासिल कर सकें।

बहुत खेद की बात है कि आज हमारा पर्यावरण प्रदूषित हो चुका है। कचरे से भरी नदियाँ, धुएँ एवं रासायनिक गैसों से भरा वातावरण, कटती-बहती उपजाऊ मिट्टी, लुप्त होते जीव-जंतु और कटते, कम होते जंगल हमारे अस्तित्व के लिए खतरे की घंटी हैं। अब सभी की आँखें खुल चुकी हैं। हमारी सरकार नदियों को साफ करने के लिए कार्यरत है। कारखानों एवं वाहनों से प्रदूषण की रोकथाम की दिशा में कार्य चल रहा है। मिट्टी की उर्वरता के लिए जैविक खाद तथा वन्य जीव जंतु संरक्षण कानून बनाए गए हैं। कानून का उल्लंघन करनेवालों को दंडित किया जा रहा है।

पर्यावरण दिवस हम सभी नागरिकों के लिए एक संकल्प दिवस है, जिसमें पर्यावरण की स्वच्छता का हर नागरिक द्वारा संकल्प लिया जाता है। हमें प्लास्टिक की थैलियों का इस्तेमाल स्वत: बंद करना होगा, पेड़ों की कटाई को रोकने के लिए ‘चिपको आंदोलन’ चलाने होंगे, नदियों में कचरा न फेंकने की कसम खानी होगी। ऊर्जा के लिए कोयले एवं पेट्रोल की जगह सौर-ऊर्जा, वायु-ऊर्जा, सी.एन.जी. आदि प्रदूषणरहित

स्रोतों का इस्तेमाल करना होगा। हमें अपनी आबादी भी सीमित रखनी होगी। यह दिवस हमें पर्यावरण के प्रति जागरूक बनाता है। इस दिन रैलियाँ निकाली जाती हैं, स्कूलों में विद्यार्थियों द्वारा पर्यावरण को स्वच्छ रखने के नारे-निबंध लिखाए जाते हैं। इस तरह यह दिवस हमें पर्यावरण रक्षा की सीख देता है।

पर्यावरण का संरक्षण आज विश्व की राजनीति में महत्त्वपूर्ण मुद्दा बन गया है। वातावरण में क्लोरो फ्लोरो कार्बन की वृद्धि से ओजोन परत में छेद हो गया है, जिसके कारण बीमारियाँ और ग्रीन हाउस इफेक्ट के चलते पृथ्वी का तापमान बढ़ा है। विश्व समुदाय पर्यावरण-संरक्षण के प्रति चिंतित है और इसके उपाय किए जा रहे हैं।

~~~~❖❖●❖❖~~~~

पितृ-दिवस

(8 जून)

'पिता हैं रखवाले, कदम-कदम पे सँभालें।'

पितृ दिवस या फादर्स डे प्रतिवर्ष 8 जून को मनाया जानेवाला एक ऐसा उत्सव है, जो पिता को जिम्मेदारी का अहसास और साथ ही सम्मान भी देता है। पिता अपने बच्चों का जन्मदाता होता है और सहर्ष बच्चों के पालन-पोषण की जिम्मेदारी उठाता है। यह पितृ-दिवस मनाना एक सामाजिक उत्सव है, जिससे पिता को अपने बच्चों के लिए उसकी अहमियत का पता चलता है। यह दिवस उन पिताओं को आगाह भी करता है, जो अपने बच्चों के पालन-पोषण में उचित भूमिका नहीं निभाते हैं। कुछ पिताओं को सामाजिक अज्ञानता होती है और वे समझते हैं कि बच्चों का पालन-पोषण करना सिर्फ माता का काम है।

यह पितृ दिवस प्रतिवर्ष हर पिता को विचारवान् बनने की गुहार लगाता है। संतान का सही पालन-पोषण, माता एवं पिता दोनों की जिम्मेदारी है। उन्हें दोनों के प्यार और निगरानी की जरूरत पड़ती है, तभी बच्चों का समुचित विकास होता है। मानव व्यवहार विशेषज्ञों की राय है कि जिन बच्चों को बचपन में माता एवं पिता दोनों का प्यार एवं देख-रेख मिलती है, वे सही दिशा में विकसित होकर सफल व्यक्ति बनते हैं।

बहुत आवश्यक है कि पिता अपने बच्चों के पालन-पोषण का समुचित ध्यान रखे। इससे बच्चों में सुरक्षा की भावना पैदा होती है। यह बच्चों के विकास में सहायक
~~~~

होता है। पितृ-दिवस के दिन बच्चे उन्हें सम्मान देते हैं। पिता के विचारों को महत्त्व दिया जाता है और उनकी इच्छाएँ पूरी की जाती हैं। पितृ-दिवस मनाना, पिता और संतान के रिश्तों की डोर को मजबूती देना है।

~~~~❖❖●❖❖~~~~

विश्व महासागर दिवस

(8 जून)

‘महासागर जीवननैया के तारणहार।’

विश्व महासागर दिवस का आरंभ 8 जून, 1992 को रियो द जेनेरियो, ब्राजील में आयोजित ‘पृथ्वी शिखर सम्मेलन’ के दौरान हुआ।

महासागर हम सबसे जुड़े हैं। उनसे प्राप्त आहार एवं खनिज हमारे जीवनयापन के प्रमुख स्रोत हैं। इसलिए 8 जून को महासागरों को साफ-स्वच्छ रखने के लिए अभियान चलाए जाते हैं तथा उनके तटों को साफ किया जाता है। नारों, पोस्टरों, प्रतियोगिताओं के माध्यम से महासागरों की हमारे जीवन में उपयोगिता को दर्शाया जाता है और उनके अनावश्यक दोहन को रोकने की दिशा में लोगों को जागरूक किया जाता है।

महासागर न केवल खनिज और आहार उपलब्ध करवाते हैं, बल्कि अंतरराष्ट्रीय व्यापार के लिए जल-मार्ग भी देते हैं। भारी माल की ढुलाई प्रायः जहाजों द्वारा होती है।

अब देखने में आ रहा है कि ज्यादा-से-ज्यादा कमाई के फेर में सागरों से अत्यधिक मछलियाँ पकड़ी जा रही हैं, जिससे अनेक जीव-प्रजातियाँ विलुप्त होती जा रही हैं। जल-प्रदूषण इस आग में घी का काम कर रहा है।

वर्ल्ड ओशियन नेटवर्क के सहयोग से महासागर परियोजना लोगों को इस दिशा में जागरूक कर रही है कि महासागर की हमारे जीवन में कितनी महत्त्वपूर्ण भूमिका है। विरोध में वह महासागर के दोहन के विरोध में भी लोगों को जागरूक बना रही है।

विश्व महासागर दिवस प्रतिवर्ष हमें सिखाता है कि हमारा सुनहरा भविष्य महासागरों पर निर्भर है। इसलिए हमारा यह कर्तव्य है कि हम उनके प्रति सकारात्मक दृष्टिकोण रखें।

~~~~❖❖●❖❖~~~~

सर्वोत्तम मित्र दिवस

(8 जून)

सर्वोत्तम मित्र दिवस अपने सबसे अच्छे मित्र के साथ आनंद मनाने और उसकी सराहना करने का दिन है। यह दिन सम्मान का है और अपने रिश्ते का आनंद उठाने का है।

अगर आपका कोई सर्वोत्तम मित्र है तो आप बड़े भाग्यशाली हैं। और अगर आपके बहुत से सर्वोत्तम मित्र हैं तो आप सबसे भाग्यशाली हैं। सर्वोत्तम मित्र बहुत खास लोग होते हैं। आप अपने सर्वोत्तम मित्र के साथ घूमते-फिरते हैं, विभिन्न गतिविधियों में भाग लेते हैं; इस प्रकार उसके साथ घंटों बिताते हैं। आप अपने सपने, राज, उम्मीदें, निराशाएँ, आशाएँ आदि अपने मित्र के साथ बाँटते हैं।

कुछ लोग कहते हैं कि आपका केवल एक सबसे अच्छा मित्र हो सकता है, लेकिन यह लेखक इस कथन से असहमत है। आपके एक समय में दो या अधिक सर्वोत्तम मित्र हो सकते हैं। मित्र जीवन में आते-जाते रहते हैं। इसके कई कारण हो सकते हैं—स्कूल छोड़ना, स्थानांतरण, नौकरी छोड़ना इत्यादि।

सर्वोत्तम मित्र दिवस को अनेक तरीकों से मनाया जा सकता है। अपने मित्र के साथ समय बिताएँ। अपने मित्र को कार्ड या उपहार दें। कोई पुराना सर्वोत्तम मित्र बिछुड़ गया हो तो उसे ढूँढ़ निकालें और फोन करके उसे चौंका दें।

~~~~❖❖●❖❖~~~~

विश्व बाल-श्रम निषेध दिवस

(12 जून)

'हर बच्चे का पूर्ण विकास हो, क्योंकि ये राष्ट्र की धरोहर एवं भविष्य हैं।'

बच्चों से हमारा घर-परिवार एवं संसार आबाद होता है। बालक वास्तव में निरीह होते हैं। अत: उनकी नियति वयस्कों के हाथों लिखी जाती है। अगर हम गहन विश्लेषण करें, तो पाएँगे कि बच्चों की सफलता या विफलता के कारण वयस्क होते हैं। बच्चों का लालन-पालन हमें इस प्रकार करना चाहिए, जिससे वे देश के लिए वरदान बन सकें।
~~~~

आँकड़ों के अनुसार भारत में लगभग 13 करोड़ बाल मजदूर हैं, जो सही पोषण एवं शिक्षा से वंचित हैं एवं मजबूर होकर मजदूरी को विवश हैं, लेकिन दूसरी ओर समाज एवं देश सोच रहा है कि बच्चे राष्ट्र के भविष्य हैं। ये पूर्ण पोषण एवं उचित शिक्षा के हकदार हैं। इनका बचपन पढ़ने-लिखने तथा खेलने-कूदने का अधिकार इनसे न छीना जाए।

बाल-श्रमिक (निषेध तथा नियमन) अधिनियम, 1986 के अनुसार बच्चे की परिभाषा एक ऐसे बच्चे के रूप में दी गई है, जो अभी चौदह वर्ष का नहीं हुआ है। बाल-श्रम की परिभाषा परिवार में अथवा परिवार से बाहर किसी ऐसे कार्य के रूप में की गई है, जिसमें समय, ऊर्जा, वचनबद्धता शामिल हैं और जो फुरसत, खेलने तथा शैक्षिक कार्यकलापों में भाग लेने से संबंधित न हो तथा, बच्चे की योग्यता पर प्रभाव डालता हो। ऐसे कार्य बच्चे के स्वास्थ्य तथा विकास में बाधा डालते हैं। अंतरराष्ट्रीय श्रम संगठन के अनुसार बाल-श्रमिकों में समय से पूर्व प्रौढ़ जीवन बिता रहे बच्चे शामिल हैं। इसमें स्वास्थ्य तथा उनके भौतिक एवं मानसिक विकास को क्षति पहुँचानेवाली परिस्थितियों में कम मजदूरी पर लंबे समय तक कार्य कर रहे बच्चे शामिल हैं। उन्हें प्राय: उनके परिवारों से अलग रखा जाता है तथा लाभप्रद पोषण एवं शिक्षण के अवसरों से वंचित कर दिया जाता है।

बाल-श्रम का सर्वाधिक भयावह रूप वह है, जिसमें ये बच्चे देह-व्यापार, बलात् बंधुआ मजदूरी तथा अनैतिक गतिविधियों में लिप्त हो जाते हैं।

बाल-मजदूरों का पुनर्वास सुनिश्चित करने की एक बड़ी चुनौती देश के सामने है, क्योंकि 2020 तक भारत को एक 'उन्नत राष्ट्र' बनाने का सपना हम सँजोए हुए हैं। सबसे ज्यादा खतरा उनके आर्थिक शोषण का है, जिसके विरुद्ध बच्चों की रक्षा करने के उद्देश्य से संविधान में छह से चौदह वर्ष की आयुवाले सभी बच्चों को शिक्षा देने और बलात्-श्रम को एक दंडनीय अपराध घोषित किया गया है। राष्ट्रीय बाल-नीति, 1987 भी बनाई गई है।

बाल-श्रमिकों के पुनर्वास हेतु भारत सरकार के कई कार्यक्रम विशेष स्कूल, पुनर्वास केंद्र, अनौपचारिक-औपचारिक शिक्षा, मध्याह्न भोजन, व्यावसायिक प्रशिक्षण, स्वास्थ्य-देखभाल व अन्य योजनाएँ चल रही हैं। 14 वर्ष से कम आयु के बच्चों को घरेलू नौकर रखने अथवा ढाबों, होटलों, चाय की दुकानों अथवा अन्य मनोरंजन-केंद्रों में नौकरी पर रखने पर प्रतिबंध है। ऐसा करने पर दोषी नियोक्ताओं को एक वर्ष तक की सजा हो सकती है अथवा उन पर जुरमाना भी किया जा सकता है।

~~~~❖❖●❖❖~~~~
~~~~

विश्व सूखा एवं मरुस्थल रोकथाम दिवस

(17 जून)

'सूखा एवं मरुस्थलीयकरण, ये सब मनुष्य के कारण।'

17 जून को मनाया जानेवाला सूखा एवं मरुस्थल रोकथाम दिवस विश्व-भर में इन आपदाओं से लड़ने के लिए एक जागरूकता अभियान है। सूखा तथा मरुस्थल कोई प्राकृतिक या दैवीय कारण नहीं है, बल्कि मनुष्य द्वारा बिना सोचे-समझे किए गए कृत्यों का परिणाम है। इस बात का पता लगते ही वैज्ञानिकों एवं विशेषज्ञों ने इसकी रोकथाम के लिए जरूरी कदम उठाने का बीड़ा उठाया और सूखा एवं मरुस्थल रोकथाम बचाओ दिवस मनाया जाने लगा।

कहा जाता है कि भारत का थार रेगिस्तान एक समय हरा-भरा जंगल था, लेकिन अंधाधुंध पेड़-कटाई की वजह से वहाँ की उपजाऊ मिट्टी आँधी एवं पानी में बह गई और वहाँ मरुस्थल बन गया। अत: यह दिवस एक चेतना-दिवस के रूप में मनाया जाता है, ताकि हम समझ सकें कि पौधों की कटाई से सूखा पड़ता है एवं धरती मरुस्थल बन जाती है।

वैज्ञानिकों ने विश्लेषण कर आँकड़े निकाले हैं कि पर्यावरण संतुलन बनाए रखने के लिए पृथ्वी के लगभग 33 प्रतिशत भाग पर पेड़-पौधे होने चाहिए। पेड़-पौधों की पत्तियों से वाष्पीकरण होता रहता है, बादल बनते हैं और वर्षा होती है। उधर पेड़-पौधे अपनी जड़ों द्वारा मिट्टी की ऊपरी परत को जकड़े रखते हैं, वहाँ की उपजाऊ मिट्टी को न तो हवा और न ही पानी बहा पाता है और धरती उपजाऊ बनी रहती है। यह दिवस पूरे विश्व के मनुष्यों के लिए प्रतिवर्ष यह संदेश लेकर आता है कि वे खाली जमीन पर ज्यादा-से-ज्यादा पेड़-पौधे लगाएँ और अपना जीवन खुशहाल बनाएँ।

~~~~❖❖●❖❖~~~~

विश्व संगीत दिवस

(19 जून)

'संगीत आत्मा की पुकार है, अंतर्नाद है।'

मनुष्य के जीवन में संगीत के महत्त्व को देखते हुए 19 जून को संगीत दिवस मनाना एक तर्कसंगत उत्सव है। जब भी मनुष्य खुश होता है, तो उसके कंठ से
~~~~

गायन फूट पड़ता है और शरीर थिरक उठता है। संगीत मनुष्य की आत्मा की अंतर्निहित चाहत है, जिससे वह शांति, प्यार और शिक्षा भी पाता है। यह आवेगों का लयबद्ध उद्‌गार है, जो तनाव दूर कर तरोताजा कर देता है।

मानव जीवन में संगीत का काफी महत्त्व है। यह दिमाग को हलका करता है, और हम सारी परेशानियाँ भूल जाते हैं। संगीत से क्रूर दिल भी मोम की तरह पिघल जाते हैं और वातावरण संगीतमय हो जाता है। यह एक संस्कृति है, सभ्यता है, दिलों को जोड़नेवाला माध्यम है, जो हर किसी को भाता है। यहाँ तक कहा जाता है कि संगीत का प्रभाव पशु-पक्षियों पर भी होता है।

रेडियो तथा अन्य माध्यमों से आजकल संगीत सुनना इतना सरल हो गया है कि हम कहीं भी बैठे-बैठे जब चाहें, तब जहाँ चाहें वहाँ संगीत सुन सकते हैं। संगीत इतना मनभावन होता है कि कोई भी सुअवसर हो, इसकी महफिल जम ही जाती है। शहनाई तो जैसे कानों में रस घोलते हुए मन को सुगंधित कर देती है। संगीत एक मनोरंजन ही नहीं, बल्कि जीविकोपार्जन का साधन भी बन गया है। आजकल तरह-तरह के संगीत एवं वाद्ययंत्र प्रचलित हैं। शास्त्रीय संगीत, पॉप संगीत, लोक संगीत, फिल्मी-संगीत आदि की बहार छाई रहती है। सच ही तो है कि संगीत के बिना मनुष्य अधूरा है। संगीत दिवस हमें मनुष्य-जीवन में संगीत की महत्ता की याद दिलवाने प्रतिवर्ष आ जाता है।

~~~~❖❖●❖❖~~~~

विश्व शरणार्थी दिवस

(20 जून)

> ‘शरणार्थी को शरण मिले, स्वदेश लौटने का हल भी मिले।’

शरणार्थी ऐसे लोग होते हैं, जो अपनी जीवन-सुरक्षा के लिए अपने मूल देश से पलायन कर अन्यत्र निवास करते हैं। ये लोग सैन्य-संघर्ष, उत्पीड़न, युद्ध, राजनीतिक फैसले या पर्यावरण संकट के कारणों से अपना देश छोड़ने को मजबूर हो जाते हैं। शरणार्थी उचित शरणस्थल ढूँढ़कर निवास तो करने लग जाते हैं, परंतु वहाँ इन्हें गंभीर समस्याओं से गुजरना पड़ता है। सन् 1951 से पहले ऐसी कोई संस्था नहीं थी, जो इनकी समस्याओं पर ध्यान दे। ये शरणस्थलों में कष्टमय जीवन जीने को मजबूर थे।
~~~~

प्रथम विश्वयुद्ध विश्व का सबसे विनाशक युद्ध रहा, तभी से आरंभ हुई शरणार्थी समस्या। किसी भी अंतरराष्ट्रीय संस्था के अभाव में अपने देश से निष्कासित लोगों को शरणस्थल न मिल सकने के कारण उन्हें अमानवीय यातना का सामना करना पड़ा था। जर्मनी की एक-तिहाई जनता अपने मूल स्थान से निष्कासित कर दी गई थी। सन् 1971 में बँगलादेशी शरणार्थियों तथा सन् 1990 में ईरान पर अमेरिकी आक्रमण के दौरान कई शरणार्थियों को अन्य देशों द्वारा आश्रय दिया गया। समस्त विश्व में शरणार्थियों की संख्या लगातार बढ़ती जा रही है।

शरणार्थियों की समस्या के निवारण के लिए 20 जून, 1951 को संयुक्त राष्ट्र उच्चायुक्त के कार्यालय की स्थापना की गई। इसका मुख्य उद्देश्य शरणार्थियों को अंतरराष्ट्रीय संरक्षण प्रदान करना और उनकी समस्याओं का स्थायी निराकरण करना है। इस निराकरण क्रम में उच्चायोग द्वारा शरणार्थियों को तीन विकल्प देने का प्रावधान है—

1. स्वेच्छापूर्वक उन्हें अपने मूल स्थान पर प्रत्यावर्तित करना।
2. प्रवास द्वारा पुनर्स्थापना।
3. उक्त समय में उनके इच्छित स्थान पर रहने की व्यवस्था करना।

शरणार्थी बनना एक हादसा ही है। जरूरत है इस घटना से पहले उठाए जानेवाले कदमों की। आज संपूर्ण विश्व में युद्ध की विभीषिका को समाप्त करने की जरूरत है, क्योंकि शरणार्थियों की कुल संख्या का दो-तिहाई भाग युद्ध के दौरान पलायन करनेवाले लोगों का है।

विश्व शरणार्थी दिवस मनाया जाना एक ऐसा ही विकल्प है, जो शरणार्थियों की समस्या के प्रति संपूर्ण विश्व को जागरूक बनाता है। किसी कारणवश युद्ध होता भी है, तो ऐसे कानून बनाने चाहिए, जिनसे शरणार्थियों को अपने मूल स्थान पर पुनर्स्थापित किया जा सके। संयुक्त राष्ट्र में शरणार्थियों के लिए उच्चायुक्त के अलावा गैरसरकारी संस्थाओं को भी शरणार्थियों की समस्याओं से निपटना होगा। इनकी सबसे भयावह स्थिति उनकी आर्थिक बदहाली है। अंतरराष्ट्रीय समुदाय को शरणार्थियों की आर्थिक समस्या को प्राथमिकता देनी होगी। शरणार्थी संबंधी अंतः जाँच न्यायाधिकरण की स्थापना भी वांछनीय है।

अंतरराष्ट्रीय विधवा दिवस

(23 जून)

'विधवा सम्मान, मानवता की पहचान।'

23 जून को विधवा दिवस मनाया जाना विधवाओं के प्रति सहयोग दिवस है। पति के बिना स्त्री की जिंदगी परेशानियों एवं आशंकाओं से भरी होती है। इस स्थिति को देखते हुए ब्रिटेन में 23 जून को अंतरराष्ट्रीय विधवा दिवस घोषित किया गया। हालाँकि किसी पतिविहीन महिला को विधवा कहना, उसके सम्मान एवं गरिमा को ठेस पहुँचाना है। विधवा दिवस की यह पुकार है कि मानव-जाति के शब्दकोश से स्त्री की इस दशा को अर्थ देनेवाला शब्द हटा दिया जाए।

वैसे तो पत्नी के बिना पति का जीवन और पति के बिना पत्नी का जीवन कष्टकर होता है। पढ़ा-लिखा सभ्य समाज इस स्थिति को समझता है। पतिविहीन स्त्री को कई स्थानों में प्राथमिकता मिलनी चाहिए। अगर बच्चे छोटे हैं, तो उन्हें आर्थिक आधार पर पाठशाला-शुल्क माफ होना चाहिए। ऐसी स्त्रियों को नौकरी में आरक्षण भी मिले। उनका जीवन सँवारने के लिए समाज को आगे आना चाहिए। सबसे अहम बात तो यह है कि पतिविहीन स्त्री के प्रति समाज का नजरिया बदलना चाहिए। उनसे भेदभाव करना सामाजिक अपराध है। इससे उनका जीवन नारकीय हो जाता है, जो सबसे दु:खद है।

यह पतिविहीन स्त्रियों की समस्याओं को समझने का दिवस है, ताकि समाज को उनके दु:ख और पीड़ा दिख सके। उन्हें पुन: विवाह कर दांपत्य जीवन जीने का भरपूर अधिकार है, पर यह फैसला उन्हें ही लेना होगा और उन्हीं को कदम आगे बढ़ाने होंगे। समय बदल रहा है। एक स्त्री की गरिमा उसके संपूर्ण व्यक्तित्व से आँकी जानी चाहिए, न कि उसके पति या पुत्र के होने से।

मादक द्रव्यों के इस्तेमाल और अवैध व्यापार पर रोक दिवस

(26 जून)

'मादक द्रव्यों पर रोक से होगा राष्ट्र का कल्याण।'

यह अंतरराष्ट्रीय मादक द्रव्यों के इस्तेमाल और अवैध व्यापार रोक दिवस समाज में जागरूकता लानेवाला अभियान है, जो नशीली दवाओं के दुरुपयोग को रोकने का संकल्प करता है। इस दिवस को मनाने की शुरुआत संयुक्त राष्ट्र द्वारा सन् 1987 में हुई थी। यह दिन उन नशीली दवाओं के अवैध व्यापार पर भी रोक लगाने की गुहार लगाता है, जिनसे आजकल महानगरों के युवक नशे के शिकार हैं। नशे की औषधि को खाकर-पीकर, सूई द्वारा शरीर में नशीली दवा चढ़ाकर या फिर सूँघकर वे कुछ समय के लिए निश्ंचित हो जाते हैं, जो उन्हें स्फुरण देती है। एक ही सूई को बार-बार उपयोग कर कभी-कभी एच.आई.वी., यानी एड्स जैसी संक्रामक बीमारी से भी ग्रस्त होकर भयावह स्थिति के शिकार बन जाते हैं।

यह दिवस युवकों को औषधि के नशे के विरुद्ध सचेत करता है। थोड़े समय की खुशी के लिए वे अपना जीवन खराब न करें। संयुक्त राष्ट्र का ड्रग कंट्रोल प्रोग्राम इन नशीली औषधियों के सेवन के विरोध से संबंधित सारी जानकारियाँ युवकों को दे रहा है, ताकि वे गुमराह होने से बचे रहें। जो युवक इन नशीली औषधियों के शिकार हो चुके हैं, उन्हें कई गैरसरकारी संस्थाएँ पुनर्स्थापित करने के प्रयास में लगी हुई हैं। इसके अलावा नशीली औषधियों के अवैध व्यापार को रोकने के लिए भी चौकसी बरती जा रही है, क्योंकि इससे देश को राजस्व का भारी नुकसान उठाना पड़ रहा है।

यह दिवस उन गैरसरकारी संस्थाओं के कर्मियों तथा पुलिस को अहमियत देता है, जो दिन-रात नशे की सामाजिक बुराई एवं नशीली दवाओं की तस्करी पर निगरानी कर उन्हें पकड़ते और सजा दिलवाते हैं। इस दिन अखबारों, रेडियो व दूरदर्शन जैसे संचार के माध्यमों द्वारा समाज हित में आलेख तथा विज्ञापन प्रसारित-प्रकाशित होते हैं।

~~~~❖❖●❖❖~~~~
~~~~

विश्व मधुमेह दिवस

(27 जून)

‘मधुमेह की बीमारी, विकृत जीवन-शैली की देन।’

विश्व मधुमेह दिवस प्रतिवर्ष 27 जून को मनाया जाता है। आज यह बीमारी विकराल रूप ले रही है। यहाँ तक कि बच्चों और नवयुवकों में भी यह पाई जा रही है, क्योंकि आजकल लोगों की जीवन-शैली बदल गई है और जनसंचार माध्यमों एवं कंप्यूटरीकरण की वजह से शारीरिक श्रम कम हो गया है। कोकाकोला, बर्गर और आलू के चिप्स बच्चों एवं नवयुवकों की पहली पसंद बन गए हैं।

संयुक्त राष्ट्र संघ की संस्था विश्व स्वास्थ्य संगठन (WHO) ने मधुमेह की बीमारी की रोकथाम हेतु प्राकृतिक जीवन-शैली अपनाने के लिए लोगों में जागरूकता फैलाने का बीड़ा उठाया है।

यह मधुमेह दिवस 27 जून को इसलिए मनाया जाता है, क्योंकि सन् 1921 में इसी दिन मधुमेह की दवाई इंसुलिन का आविष्कार हुआ था। यह दिवस बताता है कि हमें तनावरहित एवं शुद्ध प्राकृतिक जीवन-शैली अपनानी चाहिए, तभी हम इस बीमारी से दूर रह सकते हैं। यह बोमारी आनुवंशिकता के कारण भी हो सकती है। दवा के साथ-साथ योगासन, खाने में परहेज, सुबह की सैर आदि को अपनाया जाए, तो निश्चित तौर पर हम मधुमेह पर नियंत्रण करके सफल जीवन जी सकते हैं।

कहते हैं, मधुमेह धनी लोगों की बीमारी है। कुछ भी हो, मधुमेह हो जाने पर इसे पूरी तरह ठीक तो नहीं किया जा सकता है। हाँ, खान-पान में परहेज एवं तनावमुक्त रहकर हम ठीक से जीवन गुजार सकते हैं। आज हमें अपने बच्चों को घर में ही पका, संतुलित भोजन देने की जरूरत है, नहीं तो वे बाजार के तले-भुने और चर्बीयुक्त खाद्य पदार्थ खाकर जवानी में ही मधुमेह का शिकार हो सकते हैं। यह बीमारी हमारे लिए चिंता का विषय है, क्योंकि परिवार, समाज एवं यहाँ तक कि देश की आर्थिक अवस्था को भी चरमरा रही है। मधुमेह दिवस कोई साधारण दिवस नहीं है, वरन संतुलित भोजन, शारीरिक श्रम और तनावमुक्त जीवन-शैली का शपथ-दिवस है।

~~~~❖❖●❖❖~~~~
~~~~

राष्ट्रीय सांख्यिकिकी दिवस

(29 जून)

'सांख्यिकिकी का अध्ययन—आँकड़ों का विश्लेषण।'

राष्ट्रीय सांख्यिकिकी दिवस प्रतिवर्ष 29 जून को मनाया जाता है। 29 जून, 1893 को महान् सांख्यिकिकी विद प्रो. प्रशांत चंद्र महालनबीस का जन्म हुआ था। स्वातंत्र्योत्तर भारत में आर्थिक योजना तथा सांख्यिकिकी विकास के क्षेत्र में प्रो. महालनबीस ने महत्त्वपूर्ण भूमिका निभाई। प्रो. महालनबीस के योगदान को रेखांकित करने के लिए ही भारत सरकार ने उनके जन्म दिवस 29 जून को सांख्यिकिकी दिवस के तौर पर मनाने का निश्चय किया।

सांख्यिकिकी दिवस मनने का मुख्य उद्देश्य है, युवा पीढ़ी को प्रो. महालनबीस के उल्लेखनीय कार्यों से प्रेरित करना, क्योंकि उन्होंने सामाजिक-आर्थिक योजना तथा नीति निर्माण में सांख्यिकिकी की भूमिका को रेखांकित किया। इस दिन क्षेत्रीय तथा राष्ट्रीय स्तर पर सांख्यिकिकी से संबद्ध वाद-विवाद, चर्चा-परिचर्चा, लेख, सेमिनार, व्याख्यान आदि का आयोजन किया जाता है।

उल्लेखनीय है कि प्रो. महालनबीस सांख्यिकिकी जगत में 'सांख्यिकिकी माप' के लिए विशेष रूप से जाने जाते हैं। उन्होंने भारतीय सांख्यिकिकी संस्थान की स्थापना की। सांख्यिकिकी के क्षेत्र में उनका महत्त्वपूर्ण योगदान है। भारतीय सांख्यिकिकी संस्थान की स्थापना उन्होंने कलकत्ता (अब कोलकाता) में सन् 1931 में की।

सांख्यिकिकी का संबंध संख्यात्मक आँकड़ों से है। आँकड़ों के समूह से औसत संख्या का पता किए बिना किसी निष्कर्ष पर पहुँचना संभव नहीं होता। सांख्यिकिकी के अंतर्गत आँकड़ों का विश्लेषण किया जाता है, जिसकी सहायता से किसी निष्कर्ष पर पहुँचना संभव होता है। शोधकार्य में सांख्यिकी की भूमिका को नजरअंदाज नहीं किया जा सकता।

भूमंडलीकरण के इस दौर में जहाँ हर आदमी वैश्विक स्तर की जानकारी प्राप्त करना चाहता है, सांख्यिकिकी का महत्त्व और भी बढ़ जाता है। विज्ञान की शायद ही कोई शाखा हो, जहाँ सांख्यिकिकी का प्रयोग नहीं होता। अर्थशास्त्र से तो इसका गहरा जुड़ाव है। सांख्यिकिकी के बढ़ते महत्त्व के मद्देनजर राष्ट्रीय सांख्यिकिकी दिवस प्रतिवर्ष 29 जून को मनाया जाता है।

□

जुलाई

बैंक दिवस
(1 जुलाई)

'बैंकों का आभार, आर्थिक सुरक्षा के द्वार।'

बैंक दिवस प्रतिवर्ष 1 जुलाई को मनाया जाता है, क्योंकि इसी दिन सन् 1955 में भारतीय संसद् अधिनियम के तहत इंपीरियल बैंक को स्टेट बैंक ऑफ इंडिया का नाम दिया गया। स्वतंत्रता-प्राप्ति से पहले अंग्रेजों ने भारतीय आर्थिक विकास के लिए इंपीरियल बैंक की स्थापना की थी, लेकिन सन् 1947 में स्वतंत्रता-प्राप्ति के बाद भारतीय नेताओं ने इंपीरियल बैंक की जगह स्टेट बैंक ऑफ इंडिया में स्वतंत्र भारत की आर्थिक उन्नति की छवि देखी और इस तरह 'स्टेट बैंक ऑफ इंडिया' का जन्म हुआ।

यह बैंक दिवस इस दिन नागरिकों के प्रति बैंकों का महत्त्व और संबद्धता दरशता है। बैंक दिवस अपने ग्राहकों को अधिकतम लाभ एवं सुरक्षा का दावा करता है। आजकल बैंक हमारे आर्थिक जीवन की सुरक्षा के कवच बन गए हैं। ये हमारी भावी योजनाओं को पूरा करने के लिए गृह ऋण, कार ऋण, शिक्षा ऋण, निजी ऋण और न जाने कितने तरह के ऋण देते हैं तथा सदैव अपने ग्राहकों की आकांक्षाएँ पूरी करने को तैयार रहते हैं। बैंक चेक या ड्राफ्ट्स द्वारा हम आसानी से देश के किसी भी कोने में पैसे भेज सकते हैं। ये व्यापार एवं आर्थिक प्रबंधन में कदम-कदम पर हमारी सहायता करते हैं। हमारे धन को जमा खाते में जमाकर उस पर ब्याज भी देते हैं, यानी हमारे रुपयों का उपवेशन-मूल्य मिलता है। जरूरत पड़ने पर बैंक से अपने पैसे निकालकर अपनी आवश्यकता को समय पर पूरा कर सकते हैं, यानी हम कह सकते हैं कि बैंक हमारे सुख-दुःख के साथी हैं।

बैंक दिवस के दिन स्टेट बैंक ऑफ इंडिया द्वारा रक्तदान शिविर लगाए जाते हैं और रक्त जरूरतमंदों को दिया जाता है। इस दिन ग्राहकों की सुविधाओं के लिए नई-नई योजनाएँ भी शुरू की जाती हैं। भगवान् से हमारी प्रार्थना है कि हमारे देश में बैंक इसी तरह फलें-फूलें और हमें नई-नई आर्थिक योजनाओं का लाभ मिलता रहे, ताकि हम दुनिया में अन्य देशों के साथ कदम-से-कदम मिलाकर चलते रहें।

~~~~❖❖●❖❖~~~~

चिकित्सक दिवस

(1 जुलाई)

'मरीजों की जिंदगी के लिए, डॉक्टर एक भगवान्।'

हमारे देश भारत में प्रतिवर्ष डॉ. वी.सी. रॉय की याद में उनके जन्मदिवस 1 जुलाई को 'डॉक्टर डे' मनाया जाता है। यह एक ऐसा खास दिन है, जो एक तरफ चिकित्सक समुदाय को उनके व्यवसाय के प्रति समर्पण भावना तथा दूसरी ओर चिकित्सकों के प्रति समाज को आदर और सम्मान दिखाने का अवसर प्रदान करता है। चिकित्सक साधारण मनुष्य के सिर्फ शारीरिक रोग एवं स्वास्थ्य की देखभाल ही नहीं करता, बल्कि उनका सहयोगी एवं साथी भी है, जो हर तरह से उनकी समस्याओं के समाधान हेतु सलाह देता है। आज के संदर्भ में डॉक्टर हमारे जीवन का एक अहम व्यक्ति बन गया है, जिसका हमें धन्यवाद ज्ञापन करना चाहिए।

डॉ. विधानचंद्र रॉय में प्रशासन एवं राजनीतिन की अतुलनीय योग्यता थी वह एक महान् चिकित्सक भी थे। उनकी विभिन्न योग्यताओं एवं उत्तम सेवाओं के लिए सन् 1961 में उन्हें 'भारत रत्न' सम्मान से नवाजा गया था। सन् 1991 में भारत सरकार ने उनकी डॉक्टरी योग्यता के सम्मान में उनके जन्मदिवस 1 जुलाई को 'चिकित्सक दिवस' के रूप में मनाने का एलान किया। एक पुरस्कार योजना 'डॉ. वी.सी. रॉय राष्ट्रीय पुरस्कार' की स्थापना भी की गई, जिसके अंतर्गत चिकित्सकों को चिकित्सा के क्षेत्र में उनकी प्रतिभा एवं कार्य के लिए पुरस्कृत किया जाता है।

चिकित्सक हमारे जीवन की रक्षा के ऐसे प्रहरी हैं, जो समय-समय पर हमें रोगों से दूर तो करते ही हैं, साथ ही जीवन के प्रति जागरूक भी बनाते हैं। एक और महत्त्वपूर्ण बात चिकित्सकों को ध्यान में रखनी होगी कि वे गरीबों के लिए सस्ती चिकित्सा पद्धति अपनाएँ, ताकि हर व्यक्ति निरोग रह सके। यह एक ऐसा संकल्प
~~~~

दिवस है, जो सारे भारतवासियों को स्वास्थ्य-सेवाएँ उपलब्ध करने की प्रेरणा देता है। इस दिवस के उपलक्ष्य में चिकित्सक समुदाय को हमारा सलाम!

~~~~❖❖●❖❖~~~~

अंतरराष्ट्रीय सहकारिता दिवस

(1 जुलाई)

'सहकारी बनो, जीविकोपार्जन करो।'

अंतरराष्ट्रीय सहकारिता दिवस प्रतिवर्ष 1 जुलाई को मनाया जानेवाला सह-उद्योग दिन है, जिसका लक्ष्य है, मिलकर पूँजी लगाओ और आपस में मुनाफा बाँटो। स्थानीय लोगों द्वारा स्वयं निर्मित समिति द्वारा व्यापार चलाकर अपनी रोजी-रोटी का अवसर ढूँढ़ना ही सहकारिता है। ये लोकतांत्रिक तरीके से चलनेवाली संस्थाएँ होती हैं, जो सहभागिता, बराबरी के आर्थिक नियम पर चलती हैं और समुदाय के सहयोग पर निर्भर होती हैं। सहकारिता का विचार पहली बार सन् 1895 में अस्तित्व में आया और 1 जुलाई को अंतरराष्ट्रीय सहकारी संस्था गठित की गई।

सहकारी समितियाँ जरूरत और संसाधन की उपलब्धि के आधार पर स्थापित की जाती हैं। इनके अंतर्गत सहकारी बैंक, बीमा-योजना, स्वास्थ्य की देखभाल, कृषि धन वितरण, आवासीय सहकारी योजनाएँ आदि शामिल हैं। कोई भी सहकारी संस्था कुछ मूल्यों पर आधारित रह सकती है, जैसे आपसी ईमानदारी, पारदर्शिता, खुलापन, लोकतंत्र, सामाजिक उत्तरदायित्व, लाभांश का सही वितरण आदि। सहकारी दिवस हमें अपनी आजीविका के लिए दूसरों पर आश्रित न रहकर खुद जीविकोपार्जन के अवसर प्राप्त करने की प्रेरणा प्रदान करता है।

सहकारी संस्थाओं की उन्नति और विकास को देखते हुए अब यह चलन दुनिया-भर के देशों में जीविकोपार्जन के लिए एक आंदोलन का रूप ले चुका है। आज सैकड़ों सहकारी समितियाँ अंतरराष्ट्रीय सहकारी संस्था से संबद्ध हैं। इस संस्था में 100 देशों के लगभग 80 करोड़ सदस्य हैं। सन् 1994 में अंतरराष्ट्रीय सहकारी संधि और अंतरराष्ट्रीय मजदूर संस्था ने मिलकर एक विश्व-स्तर का सहकारी कार्यक्रम शुरू किया है, जिसके तहत साधन विहीन लोगों को जीविकोपार्जन के लिए सहकारी समितियाँ बनाने का ज्ञान मुहैया कराया जाता है। सहकारिता दिवस हमें गरीबी हटाओ आंदोलन के रूप में स्वनियोजित समितियाँ बनाने का उत्साह और ज्ञान देता है।

~~~~❖❖●❖❖~~~~

अंतरराष्ट्रीय मजाक दिवस

(1 जुलाई)

अंतरराष्ट्रीय मजाक दिवस एक बहुत ही आनंददायक दिन है। इसे हँसी-खुशी से गुजारें।

दुनिया में समस्याओं, परेशानियों और दुःखों की कमी नहीं है। यहाँ तक कि लोग तो सुख में भी दुःख खोज लेते हैं। अगर लोग कुछ समय के लिए अपनी परेशानियों को दूर रख दें और वह समय हँसी-मजाक में व्यतीत करें तो यह दुनिया बहुत खूबसूरत बन सकती है—चाहे तो थोड़े समय के लिए ही क्यों न सही। यदि दुनिया भर के लोग आज इस दिन के विषय और मूल उद्देश्य को जीवन में अपना लें, तो वे एक महान् कार्य की शुरुआत कर सकते हैं।

आज ही से जीवन में मजाक की आदत अपनाएँ और हर फिक्र को मजाक में उड़ाना सीखें। जब भी दुःख, परेशानियाँ, उदासी, निराशाएँ, हताशाएँ आपको भीतर से तोड़ने लगें—तो जोक बुक खोलें और पढ़ने लगें। चुटकुले सुनें-सुनाएँ। आज के दिन चुटकुले एस.एम.एस., ई-मेल करें और लोगों को अतरराष्ट्रीय स्तर पर अपने साथ जोड़ें।

~~~~❖❖●❖❖~~~~

रेबीज दिवस

(6 जुलाई)

'रेबीज का उपचार, स्वास्थ्य परख आचार।'

रेबीज दिवस 6 जुलाई को एक जागरूकता अभियान के तौर पर मनाया जाता है, क्योंकि इसी दिन सन् 1885 में लुई पाश्चर द्वारा रेबीज बीमारी के टीके का आविष्कार किया गया था। यह बीमारी एक वायरस द्वारा फैलती है, जो संक्रमित कुत्ते या बंदर के काटने से शरीर में हो जाती है। कुत्ते या बंदर के काटने पर घबराने के बजाय जल्दी-से-जल्दी घाव को साबुन और पानी से धो देना चाहिए। उसके बाद कोई एंटीसेप्टिक दवाई लगाकर डॉक्टर से सलाह लेनी चाहिए।

रेबीज दिवस के दिन अस्पतालों में इसका परचा बाँटा जाता है, ताकि आम जनता में इस बीमारी के प्रति जागरूकता बढ़े और बीमारी होने की स्थिति ही न बने। अगर
~~~~

दुर्भाग्यवश कुत्ता काट भी खाए, तो फिर जल्दी-से-जल्दी डॉक्टर को दिखाकर सलाह के साथ तुरंत इलाज कराना चाहिए।

~~~~❖❖●❖❖~~~~

राष्ट्रीय व्यावसायिक स्वास्थ्य दिवस

(9 जुलाई)

‘कामगारों का स्वास्थ्य, व्यावसायिक स्वास्थ्य दिवस की पुकार।’

राष्ट्रीय व्यावसायिक स्वास्थ्य दिवस मनाने का उद्देश्य यही है कि कल-कारखानों आदि में काम करनेवाले श्रमिकों एवं मजदूरों को स्वस्थ वातावरण मुहैया कराया जाए। श्रमिक ऐसे कई कार्य करते हैं, जिनको बिना सुरक्षा कवच पहने करते रहने पर कुछ ही वर्षों में स्वास्थ्य खराब होने लगता है तथा टी.बी., कैंसर जैसी भयानक बीमारियाँ भी हो सकती हैं। कुछ ऐसे कार्य भी हैं, जिनसे दुर्घटना का शिकार होकर अंग-भंग या जीवन की क्षति हो सकती है।

सन् 2008 में 9 जुलाई के दिन ‘इंडियन एसोसिएशन ऑफ ऑक्यूपेशनल हेल्थ’ द्वारा संगोष्ठी आयोजित की गई, जिसका मुख्य उद्देश्य था—कल-कारखानों तथा लघु उद्योगों में काम करनेवाले श्रमिकों एवं कर्मचारियों की स्वास्थ्य-सुरक्षा के विभिन्न पहलुओं पर विचार कर समाधान ढूँढ़ना। पत्थर मिलों, कालीन व चमड़ा फैक्टरियों, सीमेंट कारखानों, एक्स-रे मशीन पर काम करनेवाले, नाभिकीय ऊर्जा संयंत्रों के कर्मियों तथा अनगिनत ऐसी जगहों पर काम करनेवाले कामगार, जो पेट पालने के लिए उन जगहों पर काम करते हैं और बीमार होकर जान गँवाने लगते हैं।

यह दिवस मालिकों एवं श्रमिकों के लिए जागरूकता लानेवाला दिन है, जब आपस में मिल-बैठकर विभिन्न प्रकार से होने वाली स्वास्थ्य-क्षति से कार्मिकों को सुरक्षा प्रदान करने के बारे में विचार किया जाए। अगर व्यावसायिक सुरक्षा के अभाव में एक भी श्रमिक का स्वास्थ्य संकट में आ जाए, तो फिर उसका पूरा परिवार ही संकटग्रस्त हो जाता है। यह नैतिकता की पुकार है कि मालिक अपने श्रमिकों को काम करने का उचित एवं स्वस्थ वातावरण एवं सुरक्षा प्रदान करे। आजकल मालिक ज्यादा-से-ज्यादा मुनाफा कमाने के फेर में कम-से-कम स्थान पर सैकड़ों लोगों से हवा, पानी एवं रोशनी के अभाव में काम करवाते हैं। यह अनुचित है एवं मानवाधिकार के खिलाफ भी है।

~~~~❖❖●❖❖~~~~

राष्ट्रीय नागरिक सुरक्षा दिवस

(10 जुलाई)

'नागरिकों का सुरक्षा कवच, प्रशिक्षित स्वयंसेवक नागरिक।'

सन् 2006 में 10 जुलाई को हमारे देश में नागरिक सुरक्षा दिवस मनाया गया, इसी दिन सन् 1968 में नागरिक सुरक्षा अधिनियम (Civil Defence Act) को भारतीय संसद् द्वारा पारित किया गया था। देश-भर में घट रही प्राकृतिक एवं आतंकवादी आपदाओं के समय तुरंत मिलनेवाली सहायता की महत्ता को देखते हुए गृह मंत्रालय ने यह स्वीकार किया कि अब समय आ गया है, जब नागरिक सुरक्षा अभियान एक राष्ट्रीय आंदोलन के रूप में चलाया जाए। इससे आपदाओं एवं आक्रामक गतिविधियों के समय पीड़ित व्यक्तियों को जल्दी-से-जल्दी प्रभावकारी ढंग से राहत पहुँचाई जाए एवं जान-माल की सुरक्षा समय पर की जाए।

नागरिक सुरक्षा दिवस यह भी संदेश देता है कि गृह मंत्रालय के नागरिक सुरक्षा एवं होमगार्ड विभागों को आवश्यक सहायता दी जाए, जिससे आपदा के समय प्रशिक्षित सुरक्षाकर्मी, देश के कोने-कोने में उपलब्ध हो सकें। जरूरत के समय, जैसे भूकंप, बाढ़, आतंकवादी हमले, प्राकृतिक आपदाएँ, युद्ध या फिर दुर्घटना के समय इन कर्मियों की एक फौज मिल सके, जो आपातकालीन स्थितियों में घायल नागरिकों के लिए सुरक्षा कवच साबित हो। ये सुरक्षाकर्मी देश के लिए राष्ट्रीय एकीकरण की भावना भी उपजाएँ, जिससे देश में एकता एवं राष्ट्रीयता जैसी भावनाएँ पनपेंगी, जो देश के लिए वरदान सिद्ध होंगी।

~~~~❖❖●❖❖~~~~

विश्व जनसंख्या दिवस

(11 जुलाई)

'लड़की हो या लड़का, बच्चे दो ही अच्छे।'

प्रतिवर्ष 11 जुलाई को 'विश्व जनसंख्या दिवस' मनाया जाता है। हम भारतीयों को अपनी बढ़ती हुई आबादी की ओर जागरूक होना है, ताकि हमारी जनसंख्या
~~~~

नियंत्रित हो सके और सभी को रोटी, कपड़ा, मकान और आराम मिल सके। किसी देश की जनसंख्या उसकी धरोहर और पूँजी होती है। जनसंख्या को संतुलित कर प्रगतिशील बनाया जाए, तो देश उन्नतिशील बनेगा।

सन् 1987 में 11 जुलाई को विश्व की जनसंख्या 500 करोड़ हो गई थी। युनाइटेड नेशंस पापुलेशन फंड ने प्रतिवर्ष इस दिवस को मनाने की घोषणा की, ताकि दिन दूनी-रात चौगुनी बढ़ती विश्व की जनसंख्या से लोगों की आँखें खुलें।

जनसंख्या दिवस प्रतिवर्ष यह याद दिलाता है कि हमें अपने परिवार को सीमित रखना चाहिए, ताकि हर सदस्य को उसकी क्षमता और योग्यता के अनुसार आगे बढ़ने का मौका मिले। इस दृष्टि से दो ही बच्चे हों तो अच्छा, चाहे वे बेटे हों, या बेटियाँ। एक परिवार में कम बच्चों की ही अच्छे ढंग से परवरिश हो सकती है और खुद माता-पिता भी आराम का जीवन जी सकते हैं। यह समय की भी पुकार है कि हमें मानसिक तौर पर बदलना होगा एवं बेटा-बेटी का भेद मिटाना होगा और दोनों को समान मानवीय अधिकार देते हुए दोनों की क्षमताओं को एक ही तरह से आगे बढ़ाना होगा। बेटा-बेटी में कोई फर्क नहीं है। हम लड़कियों एवं महिलाओं को शिक्षित कर उन्हें इस प्रकार जागरूक बनाएँ कि वे सोच-समझकर कम बच्चों को जन्म दें और अपने जीवन को भी खुशहाल बनाएँ। आज के हृष्ट-पुष्ट एवं पढ़े-लिखे बच्चे कल के समझदार एवं जिम्मेदार नागरिक बनेंगे।

जनसंख्या दिवस एक जागरूकता अभियान दिवस है। महिलाएँ अपने डॉक्टर से सलाह लेकर विभिन्न पद्धतियों द्वारा अपना परिवार सीमित रख सकती हैं, तभी उनका, समाज का और देश का कल्याण हो सकता है। हमारे देश में प्राकृतिक संसाधन सीमित हैं, जिनसे सीमित जनसंख्या का ही पालन-पोषण किया जा सकता है, लेकिन अगर हमारी आबादी बेतहाशा बढ़ती रही, तो जल, भोजन, बिजली और न जाने कितनी चीजों के लिए हाहाकार मचेगा, जिससे हम सभी का जीवन तबाह होगा, देश भी गर्त में लुढ़केगा।

अभी समय है। हम भारतीय सभ्य हैं और हमारी आँखें भी खुल चुकी हैं। अब हमारा परिवार सीमित होगा और हम सभी अपने बच्चों का जन्म-पंजीकरण करवाएँगे, क्योंकि जन्म-प्रमाण पत्र से स्कूलों में दाखिला, राशन कार्ड, पासपोर्ट और न जाने कितनी जगहों पर सहूलियत होगी। जन्म का पंजीकरण बच्चों का मानवीय अधिकार भी है। जनसंख्या दिवस के दिन बच्चों से विद्यालयों में निबंध प्रतियोगिता, बुलेटिन बोर्ड लगावाकर तथा सांकेतिक शब्दों में जनसंख्या पर रोक का नारा लिखवाकर उन्हें जागरूक बनाया जा सकता है। बच्चे ही समाज में परिवर्तन लाने वाले अच्छे वाहक

होते हैं। इस दिवस को जनसंख्या पर विभिन्न आँकड़े प्रकाशित किए जाते हैं, ताकि इसके विभिन्न स्तरों को समझा जा सके।

~~~~❖❖●❖❖~~~~

कचरा भस्मीकरण विरोध दिवस

(15 जुलाई)

'कचरा भस्मीकरण रोको और बायोगैस बनाओ।'

कचरा भस्मीकरण इस नए युग में पुरानी एवं प्रदूषण फैलानेवाली प्रक्रिया साबित हुई है, क्योंकि कूड़ा-करकट जलाने पर कई डाईऑक्सिन गैसें निष्कासित होती हैं, जो पर्यावरण को प्रदूषित कर मनुष्य को कई प्रकार से हानि पहुँचाती हैं। कचरा भस्मीकरण विरोध दिवस जागरूकता दिन है, जो कचरे को जलाने की मनाही करता है और उसके सही प्रबंधन करने की गुहार लगाता है।

इसी दिन 15 जुलाई को सेवन-इंटरगवर्नमेंटल नेगोशियेटिंग कमेटी (आई.एन.सी-7) ने स्टॉकहोम कनवेंशन के मद्देनजर बैठक की थी और अपनी रिपोर्ट सभी देशों में जारी की थी। कचरा भस्मीकरण के पर्यावरण पर प्रदूषण प्रभाव के छपते ही 61 देशों के 227 समुदायों ने कचरा भस्मीकरण का पर्याय ढूँढ़ना शुरू कर दिया। भारत में पर्यावरण संस्थाएँ, जैसे 'सृष्टि' और 'टॉक्सिक्स लिंक' भी इस विश्व स्तरीय योजना की सहयोगी हैं।

कूड़ा भस्मीकरण का विरोध कर पर्यावरण को बचाने के लिए संयुक्त राष्ट्र के पर्यावरण प्रोग्राम (UNEP) ने अपनी रिपोर्ट में कहा कि कचरा भस्मीकरण से लगभग 70 प्रतिशत डाईऑक्सिन गैसें निष्कासित होती हैं, जो पर्यावरण के लिए खतरनाक हैं। उन्होंने यह भी कहा कि भारत जैसे विकासशील देशों में अब भी इस टेक्नोलॉजी का इस्तेमाल किया जा रहा है। अब समय आ गया है, जब सारे विश्व को कचरा भस्मीकरण बंद कर देना चाहिए। बायोमास और पौधों को जलाने से ही सर्दियों में एक कृत्रिम भूरा बादल शहरों के वायुमंडल के ऊपर छाया रहता है। इसलिए कचरे को जलाने के बजाय गड्ढे बनाकर गाड़ देना चाहिए, ताकि यह उपजाऊ खाद बनकर तैयार हो जाए। बायोमास को सड़ाकर हम बायोगैस भी बना सकते हैं, जो ऊर्जा का एक साधन है। प्लास्टिक, लोहे और शीशे के कचरे को अलग-अलग रिसाइकल कर उसे गलाने के बाद फिर से उपयोग में लाया जा रहा है। कचरा
~~~~

भस्मीकरण विरोध दिवस हमें इसका सही प्रबंधन सिखाता है, ताकि हमारा पर्यावरण स्वच्छ और शुद्ध बना रहे।

~~~~❖❖●❖❖~~~~

चंद्र दिवस

(20 जुलाई)

आज के दिन सन् 1969 में मानव पहली बार चंद्रमा की धरती पर उतरा था। अमेरिकी राष्ट्रपति जॉन एफ कैनेडी द्वारा आहूत अपोलो अंतरिक्ष कार्यक्रम ने मनुष्य के चंद्रमा पर चलने के सपने को साकार किया।

16 जुलाई, 1969 को अपोलो-2 रॉकेट को अमेरिका के कैप कैनेवरल अंतरिक्ष केंद्र से प्रक्षेपित किया गया, जिसमें तीन अंतरिक्ष यात्री नील आर्मस्ट्रांग, माइकल कॉलिंस और एडविन एल्ड्रिन सवार थे। 20 जुलाई, 1969 को अपोलो-2 चंद्रमा की धरती पर उतरा। कमांडर नील आर्मस्ट्रांग ने सबसे पहले चंद्रमा की धरती पर कदम रखा और उद्घोषणा की—"एक व्यक्ति के लिए यह एक छोटा सा कदम है, लेकिन मानवजाति के लिए जबरदस्त छलाँग।"

चंद्र दिवस को मनाने का सबसे अच्छा तरीका है, चाँद पर आदमी के पहले कदम से संबद्ध कथा-आलेख पढ़ें। संबद्ध फिल्में, वृत्तचित्र देखें।

~~~~❖❖●❖❖~~~~

माता-पिता दिवस

(29 जुलाई)

'माता-पिता का व्यवहार, बच्चों के लिए उपहार।'

माता-पिता अपने बच्चों के साथ रहकर उनके वर्तमान और भविष्य के रक्षक बने रहते हैं। माता-पिता दिवस बच्चों के लिए एक तरह का अहसास दिवस है कि किस प्रकार माता-पिता सदैव बच्चों के लिए जीते हैं और बच्चों के साथ रहते हैं। बच्चों के लिए माता-पिता के महत्त्व को देखते हुए अमेरिका के पूर्व राष्ट्रपति बिल क्लिंटन ने अमेरिकी कांग्रेस द्वारा एक प्रस्ताव पारित कराकर जुलाई के अंतिम रविवार को माता-पिता दिवस घोषित किया। सन् 1994 में यह घोषणा एक भावना बनकर सात

समुद्र पार भारत पहुँच गई और हम भी इसकी अहमियत समझकर माता-पिता दिवस (पेरेंट्स डे) मनाने लगे।

बच्चों के लिए माता-पिता का प्यार और उनका संग-साथ ऐसा होना चाहिए, जो उनके जीवन-निर्माण में सहायक हो। बच्चों को इतना भी अधिक प्यार नहीं मिलना चाहिए कि वे जिंदगी की इस सच्चाई को समझने से वंचित रह जाएँ कि 'संघर्ष का नाम ही जीवन है।' बच्चों में चारित्रिक गुण, जैसे ईमानदारी, सच्चाई, परिश्रम, दया, क्षमा आदि के निर्माण के लिए माता-पिता को खुद वैसे ही गुणों से युक्त दिखाना पड़ता है। हम पाते हैं कि बच्चों के विकास में माता-पिता की अहम भूमिका होती है। अतः यह दिवस समझने और पहचानने का दिन है कि बच्चों के पालन-पोषण में माँ-बाप की कितनी बड़ी भूमिका है। हमें हमेशा इस बात का ध्यान रखना चाहिए कि हम बच्चों से इतनी ज्यादा अपेक्षाएँ न करने लगें कि वे हर क्षेत्र में आगे रहें। इसका दुष्परिणाम यह होता है कि बच्चे डर, दबाव और आतंकित महसूस करने लगते हैं, और उनमें विफलता जैसी नकारात्मक भावना घर करने लगती है। इस नकारात्मक भावना के घर करते ही बच्चे, उदास, अकेले, व्याकुल और आत्महीनता जैसे भावों से ग्रस्त हो जाते हैं।

माता-पिता दिवस यह भी सिखाता है कि बच्चों को इस प्रकार सँवारें कि उनकी क्षमताओं का विकास हो और वे आत्मबल से ओत-प्रोत हों। बच्चों को अनुशासन की प्रेरणा के साथ-साथ स्वतंत्रता भी दें, ताकि वे अच्छे नागरिक बनें।

□

अगस्त

हिरोशिमा दिवस
(6 अगस्त)

'हिरोशिमा की घटना, देती शांति का पैगाम।'

हिरोशिमा, जापान का एक ऐसा शहर है, जहाँ 6 अगस्त, 1945 को द्वितीय विश्वयुद्ध के दौरान अमेरिका के सैनिक विमान बी-29 ने परमाणु बम गिराया था। बम के गिरते ही उस वक्त कम-से-कम 1,17,000 लोग मारे गए थे और द्वितीय विश्वयुद्ध का अंत हो गया था। प्रतिवर्ष 6 अगस्त को हिरोशिमा दिवस उस भयावह घटना की याद में मनाया जाता है, ताकि पूरी दुनिया युद्ध न कर शांति स्थापित करने का प्रयत्न करे। युद्ध ताबाही व बरबादी लाता है और मानवता का मजाक उड़ता है।

हिरोशिमा दिवस प्रतिवर्ष शांति का पैगाम लेकर हमारे बीच पहुँच जाता है। सुख और शांति एक मानवाधिकार है और मानव जीवन का लक्ष्य भी। यह दिवस मानव के अंदर चेतना भरता है कि संसार में जीवन-धारण करने योग्य उन्नति और पर्यावरण के प्रति सम्मान होना चाहिए। यह उस भयावह घटना की वर्षगाँठ है, जिससे सीख लेकर हम शांति के रास्ते पर चलने की कसम खाते हैं। इस दिन बच्चे स्कूलों में शांतिपाठ करते हैं और इससे संबंधित विभिन्न कार्यक्रम आयोजित किए जाते हैं। यह दिवस हमें सिखाता है कि किसी भी समस्या का समाधान मिल-बैठकर, अपना-अपना पक्ष सामने रखकर निकाला जा सकता है, जो दोनों पक्षों को मान्य हो। इस प्रकार युद्ध को टाला जा सकता है। आधुनिक समय में इतने विनाशक हथियार ईजाद कर लिए गए हैं कि पूरी दुनिया को नष्ट होने के लिए दो-चार घंटे ही काफी होंगे।

स्थिति कैसी भी हो, हमें हर हाल में यह समझना होगा कि युद्ध किसी भी समस्या

का समाधान नहीं है। हथियार बनाकर और खरीदकर दुनिया के देश अपनी सुरक्षा कायम करते तो हैं, लेकिन अपने देश की उन्नति की कीमत पर।

~~~~❖❖●❖❖~~~~

विश्व मित्रता दिवस

(अगस्त का पहला रविवार)

'सच्ची मित्रता से खुलें, हृदय की कड़ियाँ।'

मित्रता, प्यार और भावनाएँ अटूट बंधन के प्रतीक हैं। प्रतिवर्ष अगस्त महीने के पहले रविवार को मित्रता दिवस मनाकर हम जीवन में मित्रता के महत्त्व को समझते हैं।

मनुष्य के लिए इसके महत्त्व को समझते हुए अमेरिका ने सन् 1935 में इस दिन को मित्रता दिवस का नाम दिया। सन् 1992 में यह दिन सरहदें पार करता हुआ भारत पहुँचा और यहाँ भी मित्रता दिवस मनाया जाने लगा।

मित्रता आधुनिक युग की देन नहीं है, बल्कि मानव-सभ्यता के साथ ही विकसित हुई है। मित्र हमारे जीवन में अनगिनत भूमिकाएँ निभाते हैं। यह खासकर बच्चों, तरुणों एवं नवयुवकों का सहारा होती है। मित्र से वे हर प्रकार के सुख-दुःख बोलकर उन्हें बाँट लेते हैं। जीवन में कई ऐसी बातें होती हैं, जो न तो हम परिवार में कह सकते हैं और न ही पड़ोस में। तब ऐसी हालत में मित्र ही हमारा सहारा बनते हैं।

हाँ, मित्र बनाते वक्त दो बातें ध्यान में रखनी चाहिए कि मित्र का स्वभाव अपने स्वभाव से मेल खाता हो एवं कुछ विचार भी मिलते हों। कुछ लोग मतलबी होते हैं, ऐसे मित्रों से बचना चाहिए।

मित्रता के कुछ दायरे भी होते हैं, जैसे हमें मित्रों के हिसाब से चलना पड़ता है तथा कई बार अपेक्षित सहायता नहीं मिल पाती है। ऐसे हालात में चुप रहकर उस समय को काट लेना चाहिए। कभी-कभी मित्र पर विश्वास कर हम अपने जीवन के कुछ रहस्य खोल बैठते हैं और फिर मजाक के पात्र बनते हैं। कई बार यह भी देखा गया है कि मित्रों की सलाह गलत साबित होती है। ऐसे हालात से बचना चाहिए।

अपवाद तो जीवन के हर क्षेत्र में मौजूद हैं, मित्रता में भी अपवाद हो सकते हैं। मित्रता दिवस प्रतिवर्ष हमें मित्रों के साथ खुश होने, खाने-पीने तथा उपहार देने चला आता है। यह एक मनभावन रिश्ता है, जिसे संयम से बरकरार रखना चाहिए।

~~~~❖❖●❖❖~~~~

आरक्षण दिवस

(7 अगस्त)

'आरक्षण की नीति ने, दिया सामाजिक न्याय।'

आरक्षण दिवस हमारे देश में पहली बार 7 अगस्त, 2006 को मनाया गया। इसी दिन सामाजिक न्याय हेतु पिछड़े वर्गों को न्याय दिलवाने के लिए शिक्षण संस्थानों एवं नौकरी-पेशों में 27 प्रतिशत आरक्षण की घोषणा मंडल आयोग की सिफारिशों के आधार पर की गई थी।

आरक्षण एक ऐसा हथियार है, जो समाज में शैक्षणिक एवं आर्थिक भिन्नता मिटाने के लिए कारगर हैं। भारत एक लोकतांत्रिक देश है, जिसमें सभी को सुखी एवं स्वतंत्र जीवन जीने का अधिकर है। इस अधिकार को दिलवाने के लिए हमारा देश कृत-संकल्प है। देश के संविधान में सामाजिक न्याय की बात की गई है, लेकिन विशेष तौर पर मंडल आयोग की सिफारिशें ही रंग लाईं।

यह गौरतलब है कि मंडल आयोग की आरक्षण सिफारिशों की घोषणा होते ही उस समय पूरे देश के युवाओं में अशांति, अराजकता फैल गई और आत्मदाह की अनेक घटनाएँ हुईं। तत्कालीन प्रधानमंत्री विश्वनाथ प्रताप सिंह को प्रधानमंत्री पद से इस्तीफा तक देना पड़ा था।

कुछ भी हो, संप्रति समाज के पिछड़े वर्गों को शिक्षण संस्थानों और नौकरी में आरक्षण तो मिल गया है। अब कवायद यह चल रही है कि पिछड़ा वर्ग किसे कहा जाए और आरक्षण कब तक दिया जाए? यह बात सामने खुलकर आई है कि आरक्षण जाति के आधार पर नहीं, बल्कि आर्थिक आधार पर होना चाहिए और एक अवधि तक ही दिया जाए। ज्यादा अच्छा यह होगा कि आर्थिक रूप से कमजोर बच्चों की शिक्षा पर सरकारी खर्च किया जाए, ताकि वे सबके साथ स्पर्धा कर सकें। आरक्षण दिवस हमें यह संदेश देता है कि समाज की पिछड़ी जातियाँ सदियों से दीनता का दर्द सहती आई हैं। समाज ने पिछले जन्म के कर्मों का दुष्फल बताते हुए पिछड़ी जातियों को दबाया व कुचला। अब समय आ गया है कि आरक्षण के माध्यम से वे भी समाज की मुख्यधारा से जुड़ें।

~~~~❖❖●❖❖~~~~
~~~~

भारत छोड़ो दिवस
(9 अगस्त)

'अंग्रेजों भारत छोड़ो, स्वतंत्रता हमारा जन्मसिद्ध अधिकार है।'

भारत छोड़ो दिवस, 9 अगस्त को प्रतिवर्ष वर्षगाँठ के रूप में मनाया जाता है, जब 1942 सारे देश में 'अंग्रेजों, भारत छोड़ो' का नारा लगाया था। 9 अगस्त की प्रतिज्ञा का यह परिणाम निकला कि हर भारतवासी के मन में स्वतंत्रता की ललक जाग उठी और सन् 1947 में देश को अंग्रेजों की गुलामी से आजाद करा लिया गया।

1942 में भारत छोड़ो आंदोलन जोर पकड़ रहा था। इससे अंग्रेज शासक घबरा उठे। उन्होंने कांग्रेस के नेताओं जवाहरलाल नेहरू, मौलाना आजाद आदि को जेल में डलवा दिया। आला नेताओं के जेल जाने की खबर सुनते ही भारत की जनता दुःखी और नाराज हो उठी। पूरे देश में अंग्रेजों के विरुद्ध रोष-प्रदर्शन होने लगे। कारखानों के कामगार, विद्यार्थी और किसानों ने मिलकर जोरदार विरोध-प्रदर्शन किए और जगह-जगह हड़तालें घोषित होने लगीं।

ब्रिटिश सरकार ने पूरे जोर-शोर से भारत छोड़ो आंदोलन को दबाने और कुचलने की कोशिश की। छापेखाने पूरी तरह ठप हो गए। जनता की भीड़ पर गोलियाँ बरसाई गईं। दंगे भड़क उठे। शहरों और गाँवों को सेना ने अपने नियंत्रण में ले लिया। लगभग दस हजार लोग पुलिस फायरिंग में मारे गए और साठ हजार बंदी बनाए गए। सारे देश में लगभग एक करोड़ रुपए के माल की बरबादी हुई। जवाहरलाल नेहरू को अहमद नगर के किले में तथा गांधीजी को आगा खाँ के महल में नजरबंद कर दिया गया था।

अंत में ब्रिटिश सरकार आंदोलन को कुचलने में कामयाब तो हो गई, लेकिन भारत में ब्रिटिश साम्राज्य की नींव हिल गई। भारतीयों के मन में स्वतंत्रता पाने की भावना हिलोरें लेने लगी और भारत में अंग्रेजों की सत्ता डगमगाने लगी। इससे आंदोलन की चिंगारी तो दबी रही, लेकिन समय-समय पर हवा पाते ही लावा फूट निकलता था। इसी 9 अगस्त के आंदोलन की वजह से 15 अगस्त को हमारा देश स्वतंत्र घोषित हुआ। भारत छोड़ो दिवस हमें प्रतिवर्ष आजादी की कीमत याद दिलवाने आ जाता है।

~~~~❖❖●❖❖~~~~
~~~~

विश्व स्थानीय लोग दिवस

(9 अगस्त)

> 'स्थानीय लोगों का सम्मान, विश्व का कर्तव्य एवं ज्ञान।'

आज संपूर्ण विश्व में स्थानीय लोगों की संख्या 3 अरब से भी ज्यादा है, लेकिन इसके बावजूद न तो इनके लिए कोई घोषणा-पत्र जारी किया गया और न ही इस विषय पर कोई कानून बना। सन् 1990 में पहली बार विश्व संगोष्ठी में स्थानीय लोगों के महत्त्व की चर्चा हुई, जिसमें इनकी आर्थिक और सामाजिक स्थिति को आँका गया। संयुक्त राष्ट्र संघ ने अंतरराष्ट्रीय साधनों क़ी सहायता से एक ऐसा कार्यक्रम शुरू किया, जिसमें स्थानीय लोगों को प्रोत्साहित किया गया।

सन् 1994 में संयुक्त राष्ट्र संघ की बैठक में आम सभा ने सन् 1995 से 2004 तक विश्व स्तर पर स्थानीय लोगों के लिए अंतरराष्ट्रीय दशक वर्ष मनाने का निर्णय लिया, ताकि स्थानीय जनसंख्या के लिए स्वास्थ्य, शिक्षा, विकास व पर्यावरण संबंधी सुविधाएँ उपलब्ध कराई जा सकें। इस दशक ने स्थानीय लोगों में जागरूकता बढ़ाने का काम किया, ताकि वे पूर्ण और स्वतंत्र रूप से आधुनिक समाज में भागीदारी कर सकें। उन्हें समानता के आधार पर अपने ढंग से जीने का अधिकार मिला और पहचान बनी।

9 अगस्त, 1994 को संयुक्त राष्ट्र संघ ने स्थानीय लोगों के अधिकारों का मसविदा तैयार किया, जो आगे चलकर उन लोगों के लिए राष्ट्रीय एवं अंतरराष्ट्रीय कार्यक्रमों के लिए प्रारूप बना। अत: 9 अगस्त को स्थानीय लोग दिवस मनाने की घोषणा की गई। उनके लिए स्थायी संस्था बनाई गई, जो उनकी समस्याओं का निराकरण करे। स्थानीय लोग दुनिया-भर में बहुत कम बचे हैं। अत: समाज के क्रियाकलापों में उनकी पूर्ण भागीदारी की व्यवस्था की गई। उनकी शिक्षा और सुरक्षा को महत्त्व दिया गया, ताकि भविष्य में उनकी जाति विलुप्त न हो जाए। स्थानीय लोग दिवस मनाया जाना एक आंदोलन है, जिससे उन लोगों को सुरक्षा मिल सके।

अंतरराष्ट्रीय युवक दिवस

(12 अगस्त)

'युवजन राष्ट्र की ऊर्जा के द्योतक।'

अंतरराष्ट्रीय युवक दिवस विश्व-भर में प्रतिवर्ष 12 अगस्त को मनाया जाता है। इस दिन राष्ट्रीय युवक परिषद् के तत्त्वावधान में युवकों से संबद्ध विभिन्न मुद्दों को उठाया जाता है। युवजन बैठकें करके समाज व देश-हित में कार्य करने की शपथ लेते हैं।

अंतरराष्ट्रीय युवक दिवस के मुख्य उद्देश्य हैं—

- युवकों को बेहतर रूप से शिक्षित करना, ताकि वे प्राप्त अवसरों का भलीभाँति उपयोग कर सकें।
- युवाओं को उनके अधिकारों और जिम्मेदारियों के प्रति सचेत करना, उनमें सामाजिक, राजनीतिक और राष्ट्रीय भावनाओं का विकास करना।
- युवा संगठनों के प्रोत्साहन हेतु आर्थिक, शैक्षणिक तथा तकनीकी मदद देना।
- राष्ट्रीय नीति-निर्धारण में युवजन के योगदान हेतु प्रेरित करना।
- युवा संगठनों को राष्ट्रीय, क्षेत्रीय और अंतरराष्ट्रीय सहयोग के लिए प्रोत्साहित करना।
- संयुक्त राष्ट्र की आमसभा में युवा प्रतिनिधियों को भेजकर प्रोत्साहन देना।

अंतरराष्ट्रीय युवक दिवस युवजन के सर्वांगीण विकास को समर्पित दिन है। इसमें बढ़-चढ़कर हिस्सा लेकर युवजन अपना ही नहीं, देश तथा विश्व का भी कल्याण कर सकते हैं।

~~~~❖❖●❖❖~~~~

स्वतंत्रता दिवस

(15 अगस्त)

'स्वतंत्रता, मानव मात्र का जन्मसिद्ध अधिकार।'

प्रतिवर्ष 15 अगस्त को हम सब भारतीय अपनी स्वतंत्रता का उत्सव मनाते हैं, क्योंकि यही वह पवित्र दिन है, जब सन् 1947 में हमारा देश अंग्रेजों की गुलामी से
~~~~

आजाद हुआ था। हमने अपना सिर उठाकर अपनी हुकूमत अपने हाथ में ली थी। यह सही है कि शुरू में हमें कुछ परेशानियों का सामना करना पड़ा था, लेकिन समय के साथ वे दूर होती गईं।

सन् 1857 में स्वतंत्रता की पहली लड़ाई कुचल दी गई थी। सन् 1915 में महात्मा गांधी अफ्रीका से स्वदेश लौटे थे। महात्मा गांधी भारत के राजनीतिक क्षितिज पर उभरे और उन्होंने भारतीयों में स्वतंत्रता की नई अलख जगाई। देश में स्वतंत्रता हासिल करने के लिए एक नई ऊर्जा भर दी। परिणाम यह हुआ कि अंग्रेजों के साथ स्वतंत्रता का संघर्ष शुरू हो गया। इस संघर्ष के लिए गांधीजी ने दो हथियार ईजाद किए। वे थे, सत्य और अहिंसा। सत्य और अहिंसा मनुष्य के ऐसे गुण हैं, जो मानवता को अंदर से छू जाते हैं। अपने इन्हीं गुणों का गांधीजी ने इस्तेमाल किया और अंग्रेजों को भारत छोड़ने पर मजबूर कर दिया। उन्होंने भारतीयों के मन में स्वतंत्रता का ऐसा दीप जलाया कि भारतीय स्वतंत्र होने के लिए लाठियाँ और गोलियाँ खाने से भी पीछे नहीं हटे।

9 अगस्त, 1942 के 'अंग्रेजों, भारत छोड़ो' के नारे ने तो ऐसा तूल पकड़ा कि पूरा देश अंग्रेजों के खिलाफ उठ खड़ा हुआ। अंत में बिना खूनी क्रांति के सिर्फ सत्य और अहिंसा के मार्ग पर चलते हुए गांधीजी ने स्वतंत्रता हासिल की। देश महात्मा गांधी को 'बापू' के नाम से पुकारने में गर्व महसूस करता है।

स्वतंत्रता दिवस के दिन प्रतिवर्ष प्रधानमंत्री दिल्ली के लालकिला से तिरंगा फहराते हैं और आजादी के बाद से देश की उन्नति का इतिहास बताते हुए भविष्य की योजनाओं का जिक्र करते हैं। 15 अगस्त को स्वतंत्रता दिवस एक राष्ट्रीय पर्व के रूप में पूरे देश में मनाया जाता है। सरकारी इमारतों पर झंडे फहराए जाते हैं। देश के नागरिक भी अपने घरों पर तिरंगा फहराकर गर्व महसूस करते हैं। स्वतंत्रता दिवस का पैगाम है—देश की स्वतंत्रता की रक्षा करते हुए उसको विकसित करना, ताकि हर नागरिक को आगे बढ़ने का अवसर मिले।

~~~~❖❖●❖❖~~~~

विश्व फोटोग्राफी दिवस

(19 अगस्त)

'फोटोग्राफी की कला, इतिहास को बनाए ताजा।'

विश्व फोटोग्राफी दिवस 19 अगस्त को मनाया जानेवाला वह दिवस है, जो यादगार फोटोग्राफी के लिए प्रशंसा उपहार लाता है। इसी विशेष दिन को सन्
~~~~

1839 में एक रसायन द्वारा तैयार की गई सतह पर प्रकाश की सहायता से एक चित्र उकेरा गया था और फिर शुरुआत हुई फोटो खींचने की। यह दिन सभ्यता एवं संस्कृति के लिहाज से मानव-इतिहास का स्वर्णिम दिन कहा जाएगा। सच, यह एक आश्चर्य का विषय है कि भूतकाल की घटनाओं को फोटो में कैद कर हम जब चाहें, तब उन्हें पुनः देख सकते हैं और अपने आपको तरो-ताजा कर सकते हैं।

यह सब उन वैज्ञानिकों की मेहनत का फल है, जिन्होंने दिन-रात एक कर चित्र खींचने की कला का आविष्कार किया। इस दिन प्रतिवर्ष उनको हम सभी का नमन! वैसे तो आजकल फोटो खींचने के विभिन्न उपकरण बाजार में आ गए हैं, लेकिन सिद्धांत वही पुराना है। फोटोग्राफी द्वारा हम किसी भी प्राकृतिक दृश्य को हमेशा के लिए फोटो में यथावत कैद कर सकते हैं।

प्रतिवर्ष 19 अगस्त को विश्व फोटोग्राफी के दिन कला दीर्घाओं में तरह-तरह के फोटोग्राफ विभिन्न आयामों में प्रदर्शित किए जाते हैं। इस कला प्रदर्शनी को देखकर हम अनायास ही कह उठते हैं, वाह, क्या चित्र है! यह कला हमारे चित्त को हलका कर तनाव को दूर करती है। न जाने कितने लोगों को यह कला रोजी-रोटी भी देती है।

~~~~❖❖●❖❖~~~~

सद्भावना दिवस

(20 अगस्त)

'सद्भावना का राज़, भाईचारा और विकास।'

प्रतिवर्ष 20 अगस्त को दिवंगत प्रधानमंत्री राजीव गांधी के जन्मदिवस को सद्भावना दिवस के रूप में मनाया जाता है। वे युवा प्रधानमंत्री थे, जिनकी सोच युवा थी। भारत को इक्कीसवीं शताब्दी में प्रौद्योगिक स्तर पर एक उन्नतशील राष्ट्र बनाने के लिए उन्होंने ऐसे कई कदम उठाए, जिनसे भारत एक आधुनिक एवं विकसित राष्ट्र बनने के लिए उन्मुख हुआ। भारत में हर स्तर पर कंप्यूटरीकरण राजीव गांधी की दूर-दृष्टि का ही परिणाम है। उनकी सोच यह भी थी कि देश के राजनेता गुणवान् एवं चरित्रवान् हों, तभी देश को एक नई दिशा मिल सकती है। उन्होंने इस बात पर बल दिया कि राजनीति में मानवीय मूल्यों का समावेश हो। भारत में वोट देने की उम्र 21 वर्ष से घटाकर 18 वर्ष उन्हीं ने की, ताकि युवा पीढ़ी जल्दी-से-जल्दी भारत-निर्माण में अपनी नई शक्ति के साथ आगे आएँ। साथ ही पंचायतीराज पद्धति लागू
~~~~

करके शक्ति का विकेंद्रीकरण किया, ताकि क्षेत्रीय स्तर पर यह पद्धति ज्यादा कारगर साबित हो।

सद्भावना दिवस के दिन कई कल्याणकारी योजनाएँ बनाईं एवं कार्यान्वित की जाती हैं। योग्य लोगों को उनकी विशिष्ट सेवाओं के लिए 'राजीव गांधी राष्ट्रीय सद्भावना पुरस्कार' से सम्मानित किया जाता है।

सद्भावना एक ऐसी भावना है, जो मनुष्य को आंतरिक शांति प्रदान करती है, ताकि देश को मजबूत बनाया जा सके। भारत जैसे बहुसंप्रदाय वाले देश में सद्भावना दिवस मनाया जाना एक भावनात्मक एवं संवेदनशील कार्य है, जिससे सभी समुदाय जुड़ते हैं, विकसित होते हैं।

~~~~❖❖●❖❖~~~~

राष्ट्रीय खेल दिवस

(29 अगस्त)

'खेल भावना, मित्रता और जीने का तरीका।'

खेल मनुष्य के व्यक्तित्व निर्माण और प्राकृतिक भावनाएँ संतुष्ट करने का एक साधन है। खेलों की शुरुआत मानव-सभ्यता की कहानी के साथ ही शुरू हुई थी और आज खेल दुनिया-भर में मित्रता, सांस्कृतिक आदान-प्रदान का जरिया बन गए हैं। खेल अब सिर्फ मनोरंजन न रहकर जीविकोपार्जन के साधन बन गए हैं।

महान् खिलाड़ी मेजर ध्यानचंद का जन्म 29 अगस्त, 1905 में हुआ था। जीवन में खेलों के बढ़ते महत्त्व को देखते हुए ही 29 अगस्त के दिन सन् 1984 को भारतीय खेल प्राधिकरण की स्थापना की गई थी। इस प्राधिकरण के माध्यम से खिलाड़ियों का चयन, प्रशिक्षण आदि किया जाता है।

खेल हमें शारीरिक पुष्टता, भावनात्मक संतुलन व आपसी सहयोग सिखाता है। खेल दिवस हमारे जीवन में खेलों की भावना के साथ उसका महत्त्व भी बताता है। खेल सिर्फ शरीर को ही पुष्ट नहीं करता, बल्कि हमारा मानसिक स्वास्थ्य भी ठीक रखता है।

अब खेल के दायरे विस्तृत होते जा रहे हैं। हम खेल प्रबंधन, खेल मनोविज्ञान आदि विषय का भी अध्ययन कर जीविकोपार्जन कर सकते हैं। यह अब जीवन जीने का एक अच्छा तरीका साबित हो रहा है। हर मनुष्य को मनोरंजन के लिए एक खेल जरूर अपनाना चाहिए।
~~~~

स्कूलों में पठन-पाठन के साथ-साथ खेलों पर भी ध्यान दिया जाता है। कई बच्चे अलग-अलग खेलों में निपुण होते हैं। माता-पिता का कर्तव्य बनता है कि वे बच्चों को उचित प्रोत्साहन देकर देश के लिए अच्छे खिलाड़ी बनाने में मदद करें, ताकि ये खिलाड़ी देश-दुनिया में अपने देश का नाम रोशन कर सकें। खेल दिवस उल्लास के साथ खेल-भावना प्रेरित करने का भी दिन है। खेल घोर प्रतिस्पर्धा से जूझने और कुशल-नेतृत्व से लैस होने की क्षमता देते हैं। खेलों में टीम-भावना होती है, जो सिखाती है कि कैसे किसी मिशन को सफल बनाने के लिए सबको साथ लेकर चलें। क्रिकेट आज हमारे देश का ऐसा खेल है, जिसने सही मायनों में हमें दुनिया में सर्वोच्च प्रतिष्ठा दिलाई है।

□

सितंबर

विश्व योग दिवस

(2 सितंबर)

'योग अपनाओ, रोग भगाओ।'

विश्व योग दिवस प्रतिवर्ष 'पतंजलि योग संस्थान' द्वारा मनाया जाता है। यह दिवस महर्षि पतंजलि का जन्मदिवस भी है, जो एक जाने-माने भारतीय दार्शनिक और योग-विशेषज्ञ थे। ऐसा माना जाता है कि आधुनिक योग-विधि महर्षि पतंजलि की ही देन है।

योग का मतलब होता है, जुड़ना, यानी मनुष्य का प्रकृति से जुड़ना और शरीर का बुद्धि से। हमारा शरीर, बुद्धि और आत्मा प्राकृतिक वातावरण में स्वस्थ रहते हैं। हमें प्रतिदिन योग के कुछ साधारण आसन जरूर करने चाहिए, ताकि हम स्फूर्तिवान, तनावरहित और रोगों से मुक्त रह सकें। आजकल काफी बीमारियाँ, जैसे उच्च रक्तचाप, हृदयरोग, मधुमेह, जोड़ों का दर्द आदि विभिन्न योग आसनों एवं संतुलित आहार द्वारा ठीक की जा रही हैं। हमारे जीवन के दो स्तंभ हैं, ताकत और ज्ञान और ये दोनों ही योग द्वारा प्राप्त किए जा सकते हैं।

हम कह सकते हैं कि योग अच्छे रहन-सहन की कला एवं विज्ञान है। योग द्वारा स्वस्थ शरीर में अच्छे दिमाग को परिमार्जित कर सकते हैं। इससे शरीर के हर अंग पर अच्छा प्रभाव पड़ता है, जिससे शरीर पुष्ट बनता है। योग से चंचल दिमाग स्थिर होता है। यह सभी के लिए अनिवार्य होना चाहिए। योग दिवस के उपलक्ष्य में विश्व योग केंद्रों में गोष्ठियाँ एवं बैठकें आयोजित की जाती हैं। देश में योग के प्रचार एवं योग द्वारा उपचार की योजनाएँ बनाई जाती हैं। योग स्वस्थ एवं चुस्त रहने का सस्ता साधन है। इसे हर किसी को अपनाना चाहिए।

~~~~❖❖●❖❖~~~~
~~~~

विश्व नारियल दिवस

(2 सितंबर)

'नारियल एक, उपयोग अनेक।'

नारियल एक ऐसा फल है, जिसके प्रत्येक भाग का हम तरह-तरह से उपयोग करते हैं। नारियल दिवस नारियल की महत्ता को रेखांकित करता है। यह मिल-बैठकर यह पता लगाने का दिवस है कि किस प्रकार से हम इसे और उपयोग में ला सकते हैं। आजकल हमारा देश पॉलिथीन के कहर से गुजर रहा है, जो सड़ता नहीं है और नालों, रेल पटरियों तथा सड़क के किनारों को गंदा एवं प्रदूषित कर देता है। पॉलिथीन को हटाकर हम नारियल की जटा से बने थैलों का उपयोग कर सकते हैं। नारियल हर तरह से हमारे लिए उपयोगी है।

नारियल की खेती हमारे देश में लगभग एक करोड़ लोगों को रोजगार प्रदान करती है। देश के चार दक्षिणी प्रदेश केरल, कर्नाटक, तमिलनाडु और आंध्रप्रदेश में नारियल की सघन खेती की जाती है। देश का 90 प्रतिशत तक नारियल यहीं से प्राप्त किया जाता है। यह नमकीन मिट्टी में समुद्र के किनारे उगाया जाता है। जब नारियल कच्चा और हरा होता है, तब इसमें पानी भरा होता है। यह नारियल-पानी पौष्टिक एवं स्वास्थ्यवर्द्धक होता है। गरमी के मौसम में नारियल-पानी पीकर हम अपनी प्यास बुझाते हैं। जब नारियल पकता है, तो इसके अंदर से सफेद नारियल का फल प्राप्त होता है। यह पूजा में काम आता है। सफेद नारियल हम कच्चा भी खाते हैं, मिठाई और कई पकवान बनाने में भी इस्तेमाल करते हैं। नारियल के रेशों से गद्दे, थैले तथा और भी कई प्रकार की उपयोगी चीजें बनाई जाती हैं।

नारियल को विभिन्न प्रकार से उपयोग कर हम भिन्न-भिन्न वस्तुएँ बनाते हैं और देश के साथ-साथ दुनिया के अन्य देशों में इनका व्यापार भी करते हैं। इससे बनी वस्तुओं के निर्यात से हमारे देश को लगभग 470 करोड़ रुपए की राष्ट्रीय आमदनी होती है।

नारियल का उपयोग धार्मिक कर्मकांडो में भी किया जाता है। भारत में इस लिए यह पवित्र माना गया है।

नारियल दिवस के दिन इससे बनी विभिन्न वस्तुओं की प्रदर्शनियाँ लगाई जाती हैं, ताकि हम देखें और कहें—'वाह, नारियल वाह'!

शिक्षक दिवस
(5 सितंबर)

'शिक्षक रचनाकार, करता वह चमत्कार।'

भारत में शिक्षक दिवस प्रतिवर्ष 5 सितंबर को मनाया जाता है। यह दिन हमारे देश के एक प्रतिष्ठित विद्वान् डॉ. सर्वेपल्ली राधाकृष्णन् का जन्मदिवस (सन् 1888) है, जो भारत के उच्चकोटि के शिक्षक और राष्ट्रपति भी रहे। वह एक महान् दार्शनिक और भद्र पुरुष थे, जिनका मन सदा जीवन को समझने, कर्तव्य-निर्वाह, देश-प्रेम, स्वाभिमान एवं लक्ष्य-प्राप्ति में लगा रहता था। उन्हें किस-किस विशेषण से नवाजा जाए, यह समझना भी आसान नहीं हैं। उस महान् व्यक्ति के जन्मदिवस को हमने शिक्षक दिवस के रूप में स्वीकार कर अपने को गौरवान्वित किया है।

शिक्षक का कर्तव्य बहुत जिम्मेदारी भरा होता है, क्योंकि उन्हें विद्यार्थियों को उनकी विरासत एवं रुचि के अनुसार तराशकर एक संपूर्ण व्यक्तित्व में ढालना होता है। यह काम इतना कठिन है कि सिर्फ शिक्षक ही इसे दायित्वपूर्वक निभा सकता है। शिक्षक दिवस योग्य शिक्षकों को सम्मान तथा पहचान और अभावग्रस्त शिक्षकों को आर्थिक सहायता देने का दिवस है, ताकि समाज उनकी अहमियत को समझ सके। शिक्षक केवल शिक्षा ही नहीं देते, बल्कि विद्यार्थियों की मानसिक क्षमता एवं व्यक्तित्व को सँवारनेवाले भी होते हैं।

शिक्षक दिवस के दिन विद्यालयों में सभाएँ एवं सम्मेलन आयोजित किए जाते हैं। इस दिन शिक्षक नए उत्साह के साथ विद्यार्थियों को शिक्षादान का वायदा करते हैं। एक शिक्षक के लिए पढ़ाना उसका पेशा ही नहीं, बल्कि भावना भी है।

हमारी सरकार शिक्षकों के लिए कई कल्याणकारी योजनाएँ बनाती रहती है। इस दिन योग्यतम शिक्षकों को 'राष्ट्रीय शिक्षक सम्मान' से नवाजा जाता है।

शिक्षक अपनी भूमिका को अच्छी तरह निभाते हुए अपने विद्यार्थियों को उनकी क्षमता एवं रुचि के अनुसार एक संपूर्ण व्यक्तित्व के रूप में विकसित होने का वातावरण प्रदान करते हैं। शिक्षकों का परिवार, समाज एवं देश में महत्त्वपूर्ण स्थान है। शिक्षक यानी गुरु को भगवान् का दरजा दिया गया है।

~~~~❖❖●❖❖~~~~
~~~~

पढ़ें एक पुस्तक दिवस

(6 सितंबर)

अच्छी पुस्तकें सच्ची मित्र और हितैषी हैं। इनके सान्निध्य में कुसंगति का खतरा नहीं रहता। पुस्तकें एकांत की सर्वोत्तम साथी हैं। इन्हीं बातों को ध्यान में रखकर 6 सितंबर को 'पढ़ें एक पुस्तक दिवस' के रूप में मनाया जाता है।

आज के दिन बाजार से एक अच्छी पुस्तक खरीदें या पुस्तकालय अथवा अपने मित्र से लेकर शांति से बैठ जाएँ। अपनी व्यस्तता को ताक पर रख दें और उसे शुरू से आखिर तक पढ़ जाएँ। अगर पुस्तक के बीच में आपको झपकी आ जाए तो लें, हम किसी से नहीं कहेंगे।

पढ़ना एक ऐसा शौक है, जो जीवन भर जारी रह सकता है—अनवरत। पढ़ने से मन में सकारात्मक विचार फलते-फूलते हैं। हमारा नीर-क्षीर-विवेक जाग्रत् होता है। हमारी चिंतन-शक्ति बढ़ती है, पढ़ने से मानसिक तनाव खत्म होता है और मन सहज हो जाता है। इससे शिक्षा के साथ-साथ मनोरंजन भी होता है।

अगर आपके घर में बच्चे और बुजुर्ग हैं, तो समय निकालकर आज के दिन उन्हें कोई अच्छी पुस्तक पढ़कर सुनाएँ। इससे उनके साथ आपके बंधन मजबूत होंगे और आज के दिन की यादें अगले साल तक ताजा रहेंगी।

~~~~❖❖●❖❖~~~~

बुजुर्ग सम्मान दिवस

(7 सितंबर)

'दादा-दादी बच्चों का आधार, नाना-नानी देते प्यार।'

यह दिवस प्रतिवर्ष 7 सितंबर को मनाया जाने वाला एक पारिवारिक उत्सव है, जब घर के बुजुर्गों को सम्मान एवं पहचान दी जाती है।

अनुभव एक पाठशाला होता है, जो शिक्षा से भरा होता है। बुजुर्ग भी पाठशाला की तरह धनी होते हैं और रोज़मर्रा की जिम्मेदारियों से मुक्त होते हैं। बुजुर्गों के पास लाड़-प्यार एवं समय जैसी बहुमूल्य वस्तुएँ होती हैं, जिनकी सबसे ज्यादा जरूरत बच्चों को है।
~~~~

यह दिवस बच्चों को प्रेरित करता है कि वे अपने दादा-दादी, नाना-नानी के अनुभवों, समझ एवं उनकी विरासत को अपनाएँ।

यह दिवस सर्वप्रथम सन् 1978 में अमेरिका में मनाया गया था, क्योंकि वहाँ मानवीय संवेदनाओं का बंधन कमजोर होता है। यह सितंबर महीने में मनाया जाता है। सितंबर में पतझड़ का मौसम आता है और बुढ़ापा भी जीवन के पतझड़ को दर्शाता है। माता-पिता बच्चों को अपने अनुभवी हाथों से सँवारते हैं, उन्हें समय देते हैं और बदले में जीवन के अंतिम पड़ाव पर उन्हें बच्चों का सुनहरा साथ और उनके संग समय बिताने का मौका मिलता है। दादा-दादी, नाना-नानी, माता-पिता एवं उस घर के बच्चे आपस में खाते-पीते, हँसते-खेलते हैं एवं बुजुर्गों की भावनाओं का सम्मान करते हैं। बुजुर्ग उन्हें अपने जीवन में अर्जित सीख देते हैं। बच्चे भी जीवन के नियम एवं घटनाओं से रूबरू होते हैं।

बुजुर्ग दिवस हमें यह भी सीख दे जाता है कि किसी भी रिश्ते को बनाए रखने के लिए संबंधों में एक संतुलन होना जरूरी है, न ज्यादा इतराना और न ही ज्यादा घबराना चाहिए। यह संबंध एक-दूसरे की भावनाओं पर निर्भर करता है। आजकल एकल परिवार व्यवस्था में बच्चों के लिए माता-पिता एक जरूरत बन गए हैं। यह दिन दादा-दादी, नाना-नानी जैसे बुजुर्गों को सम्मान देने के उत्सव-दिवस के रूप में मनाया जाता है।

~~~~❖❖●❖❖~~~~

क्षमा दिवस

(8 सितंबर)

'क्षमा दान, महादान।'

क्षमा दिवस बैर की गाँठ खोलने का, यानी मनोमालिन्य धोने का दिवस है। क्षमा दिवस मन की पवित्रता को बढ़ाता है। इस दिन हम उन सभी को मन से क्षमादान देते हैं, जिनसे हमें शिकायत होती है। कहते हैं, क्षमादान साधारण मनुष्य नहीं कर सकता, केवल महान् लोग ही कर सकते हैं, लेकिन यह क्षमा दिवस हमें यह सीख देता है कि हर मनुष्य क्षमादान कर सकता है, बशर्ते उसका दिल उदार, दयालु और भाईचारे की भावना से ओत-प्रोत हो।
~~~~

जुर्म करनेवाले को माफ करना एवं दिल साफ रखना बहुत ही कठिन काम है। किसी मनुष्य को क्षमादान देने के लिए क्षमाकर्ता को पहले अपने हृदय को पवित्र करना और फिर अपने को झुकाना पड़ता है। क्षमादान दोहरी प्रक्रिया है। इसमें क्षमा करनेवाला एवं क्षमा पानेवाला दोनों ही शांति एवं संतुष्टि पाते हैं। क्षमा करनेवाला व्यक्ति क्षमा पानेवाले से बड़ा बन जाता है। यहाँ दो बातें गौरतलब हैं। इस प्रक्रिया में क्षमा पानेवाले व्यक्ति को सुपात्र बनना पड़ता है। दोष करने के बाद अगर मन में स्वत: पश्चात्ताप उत्पन्न हो एवं आगे से ऐसा न करने का संकल्प हो, तो वह क्षमा का पात्र बन जाता है। मनुष्य गलतियों का पुतला है। साधारण मनुष्य अज्ञानी एवं अहंकारी होते हैं। मनुष्य इन दोनों अवगुणों के कारण जुर्म करता है। अज्ञानी को पता ही नहीं होता कि वह जुर्म कर रहा है। उसे उसकी सजा मिल सकती है। दूसरी बात यह भी है कि मनुष्य स्वभाव से अहंकारी होता है। वह हर हाल में, हर वक्त दूसरों की तुलना में अपने को बड़ा समझता है और इस विचार को तुष्ट करने के लिए गलती भी कर बैठता है। स्थिति चाहे कोई भी हो, अंत में क्षमा दिवस हमें गलती करनेवाले को क्षमा करने के लिए प्रेरित करता है; क्योंकि क्षमादान एक महादान है, जिससे दोनों पक्षों का दिल हलका और निर्मल हो जाता है। मनुष्य को भूल से डरना नहीं चाहिए, क्योंकि भूल उन्हीं से होती है, जो कुछ करने का प्रयास करते हैं। भूल कितनी ही बड़ी क्यों न हो, लेकिन ध्यान रखें कि वह भूल दोबारा न होने पाए। क्षमा आत्मा का स्वभाव है, जिसमें कटुता के सारे विष घुल जाते हैं।

~~~~❖❖●❖❖~~~~

राष्ट्रीय नेत्रदान दिवस

(8 सितंबर)

'दृष्टि का दान, योद्धा का काम।'

दृष्टि ईश्वर-प्रदत्त एक नैसर्गिक उपहार है, जिससे हम इस दुनिया को देख सकते हैं, लेकिन दुनिया में कुछ ऐसे लोग भी हैं, जो भगवान् की इस अनुपम रचना को नहीं देख सकते। हमारे देश में प्रतिवर्ष लगभग 11 लाख लोग आँखों की पुतली खराब होने के कारण देख नहीं पाते। इनमें ज्यादातर बच्चे और नौजवान हैं।
~~~~

हजारों लोग प्रतिवर्ष अंधेपन से पीड़ित हो रहे हैं। यद्यपि हमारे देश में आँखों के अच्छे डॉक्टर एवं मशीनें उपलब्ध हैं, लेकिन नेत्र-दान करनेवालों की कमी है। अगर देश में लोग मृत्यु के बाद नेत्रदान का वादा कर लें, तो काफी लोगों को दृष्टि मिल सकती है।

नेत्रदान दिवस नागरिकों से नेत्रदान करने की गुहार लगाता है, ताकि नेत्रहीनों को दृष्टि का वरदान दिया जा सके। अगर मृत्यु के पश्चात् नेत्रदान करने हों, तो इसके लिए नेत्रदान संस्थाओं से संपर्क किया जा सकता है। राजधानी दिल्ली में प्रतिवर्ष लगभग 65,000 मौतें होती हैं, लेकिन सिर्फ 1700 नेत्र ही दान में दिए जाते हैं। नेत्रदान के लिए अभी लोग पूरे तौर पर जागरूक नहीं हैं। अत: नेत्रदान दिवस लोगों में 'नेत्रदान एक महादान' की जागरूकता लाने के लिए मनाया जाता है।

इस दिन नेत्र-संस्थाओं में मुफ्त नेत्र-चिकित्सा की जाती है। साथ ही आँखों से संबंधित पेंटिंग स्पर्धाएँ तथा नेत्रदान के लिए गीत लिखने की स्पर्धाएँ आदि आयोजित की जाती हैं। इनसे लोगों में नेत्रदान के बारे में फैला अंधविश्वास समाप्त होता है और ज्यादा-से-ज्यादा लोग भविष्य में नेत्रदान कर पुण्य का लाभ उठाने के लिए आगे आ सकते हैं।

~~~~❖❖●❖❖~~~~

अंतरराष्ट्रीय साक्षरता दिवस

(8 सितंबर)

'साक्षरता है एक दीप, मिटाए अँधेरे जीवन के।'

अंतरराष्ट्रीय साक्षरता दिवस प्रतिवर्ष 8 सितंबर को मनाया जाता है। यह दिवस विश्व में साक्षरता के लिए व्यापक अभियान का संदेशवाहक है, जो जन-जन में पढ़ाई और ज्ञान के प्रति लगाव, महत्त्व और रुचि जगाता है। यह अभियान पूरे वर्ष चलता रहता है। इसका उद्‌देश्य है कि सभी साक्षर बनकर ज्ञान का दीप थाम लें, ताकि इस विविधता भरी दुनिया में वे जो ढूँढ़ना चाहें, उसे ज्ञान के प्रकाश में प्राप्त कर लें। साक्षरता मनुष्य का सशक्तीकरण है। यही वह खिड़की है, जिससे झाँककर हम दुनिया को देख सकते हैं।

साक्षरता का असली मतलब है, वह ज्ञान जिससे हम अपने जीवन में आए
~~~~

सुअवसरों की पहचान कर सकें और उन्हें हासिल कर अपनी रुचि के अनुसार जीवन जी सकें और हम जीवन के हर आयाम को अपने हित में ढाल लें। निरक्षर व्यक्ति एक लुढ़कती हुई बंद बोतल के समान है, जिसमें संवेदनाएँ तो भरी हुई हैं, लेकिन वह अपनी संवेदनाओं को प्याले में ढाल नहीं सकता, क्योंकि साक्षरता जैसा हथियार उस व्यक्ति के पास नहीं है। उसका व्यक्तित्व दब जाता है। वह अपनी बात, अपना विचार कभी किसी के सामने नहीं रख पाता, क्योंकि साक्षरता के अभाव में वह ठीक से सोच नहीं सकता। साक्षरता मनुष्य के हाथ में वह औजार है, जिससे जीवन-नैया को अपनी चाह के अनुरूप मोड़ सके।

हमारी सरकार ने देश के सभी निरक्षरों को साक्षर बनाने का बीड़ा उठा रखा है। राष्ट्रीय साक्षरता मिशन चलाया जा रहा है। 14 वर्ष तक की आयु के सभी बच्चों के लिए अनिवार्य शिक्षा अभियान भी चलाया जाता है। साक्षरता सिर्फ पढ़ने और लिखने से ही नहीं आती, बल्कि अनुभवी लोगों से बातें कर, सत्संग द्वारा, अच्छी दोस्ती तथा अच्छी पुस्तकें पढ़ने से भी आती है। हमारा देश दुनिया की तुलना में साक्षरता में अभी पीछे है। अत: वयस्क शिक्षा, खुला विद्यालय तथा पत्राचार द्वारा शिक्षा को फैलाया जा रहा है। हमारे देश का नारा है—'शिक्षा जन-जन तक, शिक्षा आपके द्वार।'

~~~~❖❖●❖❖~~~~

विश्व प्राथमिक चिकित्सा दिवस

(14 सितंबर)

'प्राथमिक चिकित्सा का नियम यही,
शांत रहो और चिकित्सा करो वही।'

प्राथमिक चिकित्सा वह उपाय है, जो कहीं भी किसी दुर्घटना या अचानक बीमारी की वजह से पीड़ित व्यक्ति को अस्पताल पहुँचाने से पहले तुरंत आराम के लिए दी जाए, ताकि उसके जीवन को खतरा कम हो जाए। दुर्घटना के समय प्राथमिक चिकित्सा के महत्त्व को देखते हुए 14 सितंबर को प्राथमिक चिकित्सा दिवस मनाया जाना जागरूकता अभियान है, ताकि हर व्यक्ति को इसका ज्ञान हो।
~~~~

प्राथमिक चिकित्सा के तीन मुख्य लक्ष्य हैं—1. जीवन की सुरक्षा, 2. पीड़ित व्यक्ति की दशा और ज्यादा खराब होने से बचाव और 3. स्वास्थ्य-लाभ। प्राथमिक चिकित्सा देते समय एक बात विशेष ध्यान देने योग्य यह है, जिसे प्राथमिक चिकित्सा का ज्ञान हो, वही चिकित्सा करे, अन्यथा सहायता के लिए किसी अन्य जानकार को पुकारे। दुर्घटना से पीड़ित व्यक्ति की पहली आवश्यकता होती है, उसे लिटाकर उसकी साँस, नब्ज और परिसंचरण-तंत्र की जाँच की जाए। हवा के लिए उसकी नाक खुली होनी चाहिए, ताकि ऑक्सीजन उसके रक्त और हृदय में सुचारु रूप से पहुँच सके। उसके बाद अगर कहीं से खून निकल रहा हो, तो वहाँ जल्दी से पट्टी बाँधी जाए, ताकि शरीर से ज्यादा रक्त न निकल सके। अगर पीड़ित बेहोश हो, तो उसे खुली हवा में लिटा दिया जाए, जहाँ भीड़-भाड़ न होने पाए। अगर पीड़ित घबराया हुआ हो, तो उसे धीरे-धीरे शांत करने की कोशिश करना चाहिए। दुर्घटना अगर जलने से हुई हो, तो जले स्थान पर ठंडा पानी चीनी मिलाकर डालना चाहिए, ताकि जलन की सीमा कम हो सके। अगर ठंड लगी हो, तो पीड़ित को गरम कपड़े में लपेटना चाहिए और अपने शरीर की गरमी देनी चाहिए, कुत्ते, बंदर या साँप के काटने पर घाव को साबुन एवं पानी से अच्छी तरह धो देना चाहिए और फिर जल्दी-से-जल्दी डॉक्टर के पास पहुँचना चाहिए।

प्राथमिक चिकित्सा दिवस की यही सलाह है कि बच्चों को विद्यालयों में इसकी अनिवार्य शिक्षा दी जानी चाहिए और साथ ही हर व्यक्ति को प्राथमिक चिकित्सा का ज्ञान होना चाहिए, क्योंकि न जाने कब किसी की जीवन-रक्षा के लिए इसकी जरूरत पड़ जाए!

~~~~❖❖●❖❖~~~~

हिंदी दिवस

(14 सितंबर)

'हिंदी, भारतजन की मातृभाषा, राष्ट्रभाषा।'

प्रतिवर्ष 14 सितंबर को हिंदी दिवस मनाया जाता है, क्योंकि स्वतंत्रता-प्राप्ति के बाद इसी दिन सन् 1949 में भारतीय संविधान सभा द्वारा हिंदी को राजभाषा घोषित किया गया था। राष्ट्रभाषा वह भाषा है, जिसे पूरे देश में बोला जाता है। जिस प्रकार
~~~~

अंग्रेजी भाषा पूरे विश्व को जोड़ती है, ठीक उसी प्रकार हिंदी भारत के सभी प्रदेशों को जोड़ती है। यह अलग बात है कि हर प्रदेश के लोगों का हिंदी उच्चारण अलग-अलग है, लेकिन उनकी हिंदी एक ही है।

भारत सरकार के कार्यालयों में सभी हिंदी में बोलते एवं लिखते हैं। बहुत सारी जगहों पर अब भी गुलामी की मानसिकता की वजह से अंग्रेजी छाई हुई है। देश के बड़े-बड़े स्कूलों में अंग्रेजियत तो हावी है, लेकिन फिर भी हम भारतीयों की जुबान पर हिंदी ही चलती है। हिंदी बोलकर हम भारतीय होने का गर्व करते हैं और साथ ही हमारी आत्मा हिंदी से जुड़ती है, सुकून पाती है।

हिंदी दिवस मनाकर हम अपनी विरासत में मिली हिंदी भाषा द्वारा अपनी भावनाओं को व्यक्त करते हैं। हमारी राष्ट्रभाषा हिंदी, हम भारतीयों को फूलों की एक माला की तरह जोड़ती है। हिंदी भारत की अस्मिता और संस्कृति की प्रतीक है तथा हमारे भारतीय होने का गौरव है। हमारी भाषा हिंदी धरती माँ के दूध की तरह है, जिसे बोलकर हम पुष्ट और बलिष्ठ हो रहे हैं। हिंदी भाषा द्वारा सभ्यता एवं संस्कृति फल-फूल रही है।

हिंदी दिवस के दिन बढ़ावा देने के लिए जाने-माने लेखकों को पुरस्कृत किया जाता है। पुरस्कार में 'हिंदी पुरस्कार' 'हिंदी सेवी पुरस्कार' एवं 'इंदिरा गांधी राजभाषा पुरस्कार' देकर उन्हें प्रतिवर्ष सम्मानित किया जाता है।

हमारा लक्ष्य है, हिंदी सरकारी उपयोग के साथ-साथ जन-जन के व्यवहार की भाषा बने। इसके लिए आवश्यक है कि हम-आप अपने समस्त पत्राचार, औपचारिक-अनौपचारिक पत्र, आमंत्रण-निमंत्रण, आवेदन-प्रतिवेदन, सूचना, प्रपत्र, पत्र शीर्ष और नामपट्ट आदि में सर्वत्र हिंदी के प्रयोग का संकल्प लें।

~~~~❖❖●❖❖~~~~

अभियंता दिवस

(15 सितंबर)

'अभियंता की क्षमता, करे देश-निर्माण।'

अभियंता दिवस प्रतिवर्ष 15 सितंबर को मनाया जाता है, क्योंकि इस दिन भारत के महान् वैज्ञानिक डॉ. एम. विश्वेश्वरैया का जन्म हुआ था। वे सिर्फ कुशल अभियंता ही नहीं थे, बल्कि एक सफल व्यक्ति भी थे। उन्होंने देश को औद्योगिक
~~~~

मानचित्र पर अंकित किया और नागरिकों को परेशानियों से राहत दिलवाई। देश ने उनके जन्मदिवस (15 सितंबर, 1861) को अभियंता दिवस के रूप में मनाने की घोषणा की।

डॉ. विश्वेश्वरैया देश-निर्माण में अग्रणी थे। उनकी इन निःस्वार्थ सेवाओं के लिए उन्हें सन् 1955 में देश के उच्चतम नागरिक सम्मान 'भारत-रत्न' से सम्मानित किया गया। वे एक तत्त्वदर्शी, आत्मबोधी कर्मयोगी थे। उन्हें 'कर्म ही पूजा है' के दर्शन में विश्वास था। हर समय उच्चतम कर्म की कामना एवं पूर्ति में लीन रहते थे। उन्होंने कभी भी अपने समय को जाया नहीं किया और कर्म के द्वारा हमें यह संदेश दिया कि हम भारतीय भी सही दिशा में सत्कर्म करके विकसित बन सकते हैं। उनका कहना था कि हमारे देश में पर्याप्त क्षमता एवं साधन हैं, सिर्फ भ्रष्टाचार मिटाकर देश को प्रगति पथ पर अग्रसर किया जा सकता है।

अभियंता दिवस के दिन देश के विशिष्ट अभियंताओं को यांत्रिकी के क्षेत्र में किए गए सराहनीय कार्यों के लिए सम्मानित किया जाता है। यह दिवस हमें समझने एवं शपथ लेने का एक मंच प्रदान करता है कि हम सभी भारतीय अभियंताओं के साथ हाथ बढ़ाकर भारत का नव-निर्माण करें। हमें अपने नवयुवक अभियंताओं से नई ऊर्जा तथा अनुभवी अभियंताओं से उनके अनुभव लेकर भारत-निर्माण में लगना होगा। अभियंता दिवस हमें अपनी मातृभूमि की सेवा के लिए पुकार रहा है।

~~~~❖❖●❖❖~~~~

विश्व ओजोन दिवस

(16 सितंबर)

'ओजोन गैस की परत, धरती का कवच।'

ओजोन गैस हमारी धरती का रक्षा-कवच है, क्योंकि यह सूर्य की जहरीली किरणों से धरती के वातावरण को ढककर बचाती है। सूर्य की किरणों में पराबैंगनी किरणें होती हैं, जो धरती के जीव-जंतुओं के लिए हानिकारक होती हैं। आजकल औद्योगिक व रासायनिक प्रक्रियाओं द्वारा तथा नए-नए तकनीकी उपकरणों, जैसे वातानुकूलन यंत्रों, रेफ्रिजरेटरों द्वारा क्लोरो-फ्लोरो कार्बन गैसें निकल रही हैं। ये
~~~~

गैसें हवा में मिल जाती हैं, जो पानी में अघुलनशील होती हैं और सीधे वातावरण की ऊपरी परत में जाकर सूर्य-विकिरण से अभिक्रिया करती हैं। इस प्रकार ये वातावरण की ऊपरी ओजोन परत द्वारा सोख ली जाती हैं और ओजोन छिद्र बनता है, जिससे पराबैंगनी किरणें पृथ्वी की सतह तक पहुँच जाती हैं और पर्यावरण को हानि पहुँचाती हैं।

ओजोन दिवस 16 सितंबर को मनाया जाता है, क्योंकि इसी दिन संयुक्त राष्ट्र संघ से संबद्ध देशों द्वारा क्लोरो-फ्लोरो कार्बन गैस की पूर्ण मनाही पर सहमति बनी थी। यह दिवस लोगों में जागरूकता लाने का प्रयोजन है, जिससे लोग ओजोन परत में बने छिद्र का कारण और निवारण समझ सकें। पराबैंगनी किरणों से धीरे-धीरे से बीमारियाँ एवं पर्यावरण-संकट पैदा हो जाता है। यह दिवस समय रहते ही हमें सावधान कर रहा है कि अपने वातावरण में औद्योगिक रसायन कम-से-कम रिसने दें। विकसित देशों के कान खड़े हो गए हैं और वे इसका समाधान ढूँढ़ने में लगे हैं।

ओजोन परत में बने छिद्र के आकार का आकलन करने के लिए अमेरिका के नासा अंतरिक्ष केंद्र द्वारा ओजोन बैठक बुलाई गई थी, जिसमें यह बताया गया कि अंटार्कटिका के पास ओजोन परत गहरी हो गई है। यहाँ से होकर सूर्य की पराबैंगनी किरणें धरती के पर्यावरण में पहुँच वातावरण में बदलाव एवं बीमारियाँ पैदा कर रही हैं। ओजोन दिवस चेतावनी का दिन है, जो वैज्ञानिकों एवं तकनीशियनों को सावधान करता है कि ऐसे उपाय अपनाए जाएँ, जो ओजोन परत की अति को कम कर सकें। ओजोन दिवस पर ओजोन परत की सुरक्षा के लिए भारत अपनी वचनबद्धता दोहराता है।

~~~~❖❖●❖❖~~~~

अलजीमियर्स दिवस

(21 सितंबर)

‘याददाश्त की कमजोरी, परिवार को चुनौती।’

अलजीमियर्स, मस्तिष्क की एक ऐसी बीमारी है, जिसमें मानव के मस्तिष्क की कोशिकाएँ सिकुड़ने लगती हैं और धीरे-धीरे याददाश्त कमजोर पड़ जाती है। बीमारी मस्तिष्क की सोचने की शक्ति को हर लेती है और मरीज अपनी देखभाल तक नहीं कर पाता। यह एक आनुवंशिक बीमारी है, जो उम्र के ढलान पर शुरू होती है और
~~~~

पीढ़ी-दर-पीढ़ी चलती है। वैज्ञानिक इस बीमारी की दवा ईजाद करने में जुटे हुए हैं।

यह बीमारी मस्तिष्क की कोशिकाओं में एक प्रकार का प्रोटीन चिपकते जाने की वजह से शुरू होती है। यह 'प्रोटीन बीटा एमिलोआयड कहलाता' है, जो मस्तिष्क की कोशिकाओं में हानिकारक हो जाता है।

अलजीमियर्स दिवस इसलिए मनाया जाता है, ताकि लोगों में इस बीमारी की जानकारी बढ़े और जिस किसी को यह बीमारी होने की आशंका हो, परिवारवाले पहले से ही सतर्क हो जाएँ। इस की रोकथाम में परिवारवालों की अहम भूमिका होती है।

इस बीमारी की तह तक जाने के लिए वैज्ञानिक प्रयास कर रहे हैं और उन्हें कुछ कामयाबी भी मिली है। मस्तिष्क की कोशिकाओं को स्वस्थ रखने के लिए कुछ टॉनिक एवं दवाइयाँ विकसित कर ली गई हैं, जिनसे रोगी को काफी लाभ पहुँचता है। चिकित्सकों का मत है कि जिस वंश में इस बीमारी का चलन है, अगर पहले से ही सतर्क रहा जाए, तो काफी हद तक सफलता पाई जा सकती है। जैसे अगर स्थान एवं व्यवसाय बदल दिया जाए, जीवन-शैली शुद्ध की जाए, आहार पर ध्यान रखा जाए, सुबह की सैर की जाए एवं योग की मुद्राओं का अभ्यास किया जाए, तो यह बीमारी धीरे-धीरे गौण होती जाती है।

अलजीमियर्स दिवस यही आगाह करता है कि हमें अपने आहार, व्यवहार एवं विचार पर ध्यान देना चाहिए। शुद्ध जीवन-शैली में ईमानदारी, सच्चाई और परोपकार जैसी भावनाएँ भी निहित हैं। आज के युग में तनाव भी एक हानिकारक पक्ष है। हमें आध्यात्मिक ज्ञान द्वारा तनाव को कम करने की सीख अपनानी चाहिए। यह दिवस हमें जिंदगी के सकारात्मक पक्षों पर ध्यान देने की सीख देता है, क्योंकि, 'मन के हारे हार है, मन के जीते जीत।'

~~~~❖❖●❖❖~~~~

अंतरराष्ट्रीय शांति दिवस

(21 सितंबर)

'शांति के बिना रुक जाती है विकास की गति।'

संयुक्त राष्ट्र संघ की महासभा ने 7 सितंबर, 2001 को निश्चय किया कि प्रतिवर्ष 21 सितंबर का दिन अंतरराष्ट्रीय शांति दिवस के रूप में मनाया जाएगा। यह
~~~~

दिवस सारी दुनिया के देशों का आह्वान करता है कि वे अहिंसा की नीति अपनाते हुए युद्ध के खिलाफ हों तथा निरंतर शांति की तरफ अग्रसर हों। वैसे भी जरूरी नहीं कि किसी समस्या का समाधान युद्ध से ही ढूँढ़ा जाए, बल्कि शांति से ढूँढना काफी प्रभावशाली तरीका हो सकता है।

संयुक्त राष्ट्र संघ की स्थापना का उद्देश्य भी दुनिया में शांति स्थापित करना है। शांति के बिना विकास संभव नहीं है। आज तमाम देशों के बीच विकास की होड़ लगी है। इसलिए भी अंतरराष्ट्रीय शांति दिवस महत्त्वपूर्ण है।

अंतरराष्ट्रीय शांति दिवस मनाने का सामान्य तरीका यह है कि इस दिन कुछ क्षण मौन रहकर हम शांति की अपील करें। कई देशों में सार्वजनिक तौर पर तथा स्कूलों में समारोह आयोजित किए जाते हैं। इस दिन प्रत्येक व्यक्ति दुनिया में अमन-चैन तथा शांति की स्थापना के लिए प्रतिबद्ध हो, यही है इस दिन का संदेश।

इस दिन को यादगार बनाने के लिए कई कार्य किए जा सकते हैं, जैसे शांति मार्च का आयोजन, शांति के गीत गाना, सामूहिक बैठक आयोजित करना, किसी अस्पताल या नर्सिंग होम जाकर बीमारों की सेवा करना, वृक्षारोपण का कार्य करना, एक नया मित्र बनाना आदि।

शिक्षा को बढ़ावा देकर दुनिया में शांति कायम की जा सकती है। शांति की शिक्षा की कई शाखाएँ हैं, जैसे निरस्त्रीकरण की शिक्षा, पर्यावरण शिक्षा, अहिंसा का पाठ, अंतरराष्ट्रीय समझ को बढ़ावा देना, मानवाधिकार की शिक्षा आदि। इससे दुनिया में नई संस्कृति का उदय हो सकता है।

शांति के महत्त्व को देखते हुए संयुक्त राष्ट्र संघ 2001 से 2010 तक की अवधि को अंतरराष्ट्रीय शांति दशक के रूप में मना रहा है। इस दशक को मनाने का मुख्य उद्देश्य शांति की संस्कृति को बढ़ावा देना तथा दुनिया के बच्चों के प्रति अहिंसात्मक रवैया अपनाना है।

अंतरराष्ट्रीय शांति दिवस बताता है कि नफरत की आग बरबादी की तरफ ले जाती है, इसलिए हमें शांति का मार्ग अपनाकर विकास की तरफ अग्रसर होना चाहिए।

~~~~❖❖●❖❖~~~~
~~~~

विश्व आभार दिवस

(21 सितंबर)

आज के दिन—विश्व आभार दिवस—आपको अपनी कृतज्ञता और सराहना दरशाने का अवसर प्रदान करता है।

विश्व आभार दिवस की शुरुआत संयुक्त राष्ट्र ध्यान (मेडिटेशन) समूह ने की। इसका उद्देश्य वैश्विक स्तर पर व्यक्तियों और समूह के प्रति आभार प्रकट करना है। जो लोग विश्व स्तर पर लोगों को जोड़ने के लिए असाधारण कार्य करते हैं, उनके पुरस्कार-स्वरूप यह दिवस आयोजित किया जाता है। यह दिन ऐसे असाधारण कार्य करनेवाले लोगों के सम्मान, सराहना और उनके प्रति कृतज्ञता प्रकट करने के लिए मनाया जाता है।

छोटे स्तर पर आप भी इसे आयोजित कर सकते हैं—ऐसे लोगों का आभार प्रकट करके, जिन्होंने अपने जीवन में अच्छे कार्य किए हों। उन्हें 'धन्यवाद' देकर या कार्ड देकर भी आप सरलता से उनके प्रति आभार व्यक्त कर सकते हैं। बड़े स्तर पर आप सार्वजनिक रूप से प्रमाण-पत्र या पदक देकर उनका आभार प्रकट कर सकते हैं। इससे और लोग भी वैश्विक भावना के लिए प्रेरित होंगे।

~~~~❖❖●❖❖~~~~

गुलाब दिवस

(22 सितंबर)

'गुलाब फूलों का राजा है, सभी को भाता है।'

गुलाब एक ऐसा फूल है, जो दवाओं के रूप में, सुगंधि के लिए और जीवन की शिक्षा के लिए प्रयोग में आता है। गुलाब फूलों का राजा है। इसका रूप और सुगंध मनभावन है। यह न जाने कितनी तरह से हमारे काम में आता है।

22 सितंबर को 'गुलाब दिवस' मनाकर हम इसका आभार प्रकट करते हैं।

हम शादी, वर्षगांठ, स्वागत-समारोह में गुलाब का गुलदस्ता भेंटस्वरूप देते हैं, क्योंकि यह नए जीवन की अच्छी शुरुआत की शुभकामना करता है। यह खुशबू फैलाकर
~~~~

वातावरण को रंगीन बना देता है। गुलाब से इत्र, गुलकंद और भी कितनी ही तरह की चीजें बनाई जाती हैं।

पीला गुलाब प्रेम का प्रतीक माना जाता है, क्योंकि पीला रंग प्रेम जैसी मधुर भावनाओं को प्रकट करता है। वही प्यार जिस पर दुनिया कुरबान हो जाती है और जिसके द्वारा विश्व-विजय प्राप्त की जा सकती है। मनुष्य की भावनाओं में सबसे कोमल प्यार ही तो है, जिस पर मनुष्य न्योछावर हो जाता है।

गुलाब दिवस मनाने का खास मकसद यह भी है कि यह मनुष्य के जीवन के लिए सबसे बड़ी सीख है। गुलाब काँटों में रहकर भी खिलता है, मुसकराता है और परोपकारी बना रहता है। जिस तरह गुलाब काँटों में रहकर भी हमारे काम के लिए तत्पर रहता है, ठीक उसी प्रकार मनुष्य को भी दुःख-तकलीफों से घिरकर भी दूसरों की मदद के लिए तैयार रहना चाहिए।

यह गुलाब दिवस कैंसर रोगियों को सांत्वना दिलाने के रूप में भी मनाया जाता है। उन रोगियों को गुलाब भेंटकर उनके दिलो-दिमाग को सुकून पहुँचाया जाता है और वे गुलाब की भीनी-भीनी सुगंध में हलका और तरोताजा महसूस करते हैं। उन रोगियों को यह भी अहसास होता है कि किस प्रकार नुकीले काँटों में रहकर भी गुलाब खिला-खिला-सा दूसरों के लिए सुगंध बाँटता है।

~~~~❖❖●❖❖~~~~

विश्व बधिर दिवस

(23 सितंबर)

'बधिर करता अनसुना, सांकेतिक भाषा है निदान।'

बहरापन सुनने की कमी होती है, जिसकी वजह से हम बातें एवं आवाज नहीं सुन पाते हैं। ऐसे लोगों को दुनिया आवाज के बिना सूनी लगती है। बधिर दिवस मनाना जागरूकता का पैगाम है, जिस दिन डॉक्टर एवं तकनीशियन बैठकर बधिरता का निदान ढूँढ़ते हैं।

बहरापन जन्म से कान में किसी खराबी के कारण हो सकता है या फिर किसी बीमारी की वजह से मनुष्य बहरा हो जाता है। वैसे उम्र ढलने पर भी इनसान कम सुनने
~~~~

लगता है। बहरे लोगों की समस्या है कि वे कोई आवाज या बात नहीं सुन सकते, इसलिए उनका दिमाग भी विकसित नहीं हो पाता है। बहरे बच्चे बहरेपन की वजह से पढ़ाई भी ठीक से नहीं कर पाते। उनका मस्तिष्क भी विकसित नहीं हो पाता, परंतु अब न सुननेवालों के लिए सांकेतिक भाषा को ईजाद कर लिया गया है, जिससे वे इस दुनिया के लोगों से संकेत में बोल और सुन सकते हैं। वे अपनी भावनाओं, मनोवेगों और जरूरतों को दूसरों के सामने रखकर सहायता प्राप्त कर सकते हैं।

बधिर दिवस मनाना कल्याणकारी योजना है। इस दिन बधिरों की समस्याओं और उनके समाधान के लिए कई कार्यक्रम रखे जाते हैं।

कानून के अनुसार हर मनुष्य को शांति एवं सुखपूर्वक जीने का अधिकर है। बधिर दिवस इसी दिशा में एक ठोस कदम है, जिस दिन बधिरों के लिए कार्यरत लोग और संस्थाएँ अपने अनुभवों को बाँटते हैं और बधिरों के जीवन को सुगम एवं सुखमय बनाने का बीड़ा उठाते हैं, लेकिन यह काम सिर्फ कुछ ही लोगों का नहीं है, बल्कि समाज के सभी लोगों का यह दायित्व है कि जब कभी उनको जरूरत पड़े, हमें सहर्ष मदद के लिए सामने आना चाहिए। सबसे अहम बात यह है कि हमें बधिरों के स्वाभिमान को ठेस नहीं पहुँचाना चाहिए, बल्कि उनसे गरिमापूर्वक व्यवहार करें। आजकल सुनने के लिए बधिरों के कानों में यंत्र भी लगाए जा रहे हैं। बधिर दिवस बधिरों की सहायता करने का 'यादगार दिवस' है।

~~~~❖❖●❖❖~~~~

बालिका दिवस

(24 सितंबर)

'बालिकाएँ हैं जननी, इनकी रक्षा हमारा धर्म।'

बालिकाएँ समाज की सबसे कोमल भावनाओं से ओत-प्रोत होती हैं। बालिका दिवस मनाना एक बहुत शुभ-कर्म है, जिससे हम बालिकाओं के हर पक्ष को समझ सकते हैं। हमारी सामाजिक व्यवस्था ऐसी है कि लड़कियों को लड़कों की तुलना में कम भाग्यशाली तथा माता-पिता पर बोझ समझा जाता है। इसका कारण यह है कि पाल-पोसकर लड़कियों को शादी कर दूसरे के घर भेजना होता है। साथ ही शादी के
~~~~

वक्त दहेज में धन, जेवर आदि न जाने कितनी चीजें देनी पड़ती हैं, लेकिन हमारी बुद्धि यहीं तक सीमित है। हम निःस्वार्थ होकर सोच ही नहीं सकते कि सब एक समान हैं। अगर हमारे घर की एक अच्छी, पली-बढ़ी एवं पढ़ी-लिखी लड़की दूसरे के घर जाती है, तो वह हमारे घर के साथ-साथ दूसरे के घर भी सुख-शांति लाएगी और इस प्रकार हमारा समाज उन्नतशील बनेगा।

लड़कियाँ बड़ी होकर स्त्रियाँ बनती हैं और फिर माँ। वही माँ, जो संसार की जननी है। पुत्र और पुत्री दोनों एक ही प्रक्रिया से उत्पन्न होकर एक ही तरह से खिलते बच्चे हैं, तो फिर यह भेद क्यों? भेद तो हमारे चालाक, स्वार्थी समाज ने किया है। अगर हम सुखी, संपन्न समाज का निर्माण करना चाहते हैं, तो हमें अपनी लड़कियों को अच्छा पालन-पोषण देना होगा, क्योंकि वे पुरुषों की बेटी, बहन और फिर बड़ी होकर पत्नी, बहू, माँ, चाची, मामी, दादी, नानी और न जाने कितने नामों से जानी जाती हैं। बालिका दिवस समाज के लिए आँखें खोलनेवाला प्रयोजन है, जिसके द्वारा माता-पिता और समाज समझ सके कि लड़की-लड़का एक समान हैं।

~~~~❖❖●❖❖~~~~

राष्ट्रीय सेवा योजना दिवस

(24 सितंबर)

'राष्ट्रीय सेवा योजना—पहले आप की भावना।'

राष्ट्रीय सेवा योजना (एनएसएस) कार्यक्रम की स्थापना 24 सितंबर, 1969 को की गई थी। इसकी शुरुआत राष्ट्रपिता महात्मा गांधी की जन्म शताब्दी के दौरान की गई, जो युवाओं में राष्ट्रीयता की भावना भरते थे तथा समाज के उत्थान के लिए आगे आने का आह्वान करते थे।

विश्वविद्यालय अनुदान आयोग के प्रमुख के रूप में कार्य करते हुए डॉ. एस. राधाकृष्णन् ने अकादमिक संस्थानों के छात्रों में स्वेच्छिक सेवा की भावना को बढ़ावा देने के उद्देश्य से राष्ट्रीय सेवा पर बल दिया। सन् 1958 में तत्कालीन प्रधानमंत्री पं. जवाहरलाल नेहरू ने मुख्यमंत्रियों को पत्र लिखकर स्नातक स्तर पर छात्रों में सेवा भावना को प्रोत्साहित करने के लिए योजना बनाने की बात कही। सन् 1959 में शिक्षा
~~~~

मंत्रियों के सम्मेलन में इस योजना का प्रारूप सामने आया। बाद में 24 सितंबर, 1969 में तत्कालीन केंद्रीय मंत्री डॉ. वी.के.आर.वी. राव ने राष्ट्रीय सेवा योजना कार्यक्रम की शुरुआत की।

राष्ट्रीय सेवा योजना स्नातक स्तर के नीचे के छात्रों को स्वेच्छिक आधार पर सामाजिक सेवा पर बल देती है। यह योजना सामाजिक-आर्थिक विकास, विभिन्न समुदायों की समस्याओं को समझने तथा श्रम की महत्ता प्रतिपादित करने में महत्त्वपूर्ण भूमिका निभाती है।

कहा जाता है कि 'व्यक्ति की सेवा ईश्वर की सेवा है'। इस दृष्टि से भी राष्ट्रीय सेवा योजना के महत्त्व को समझा जा सकता है। राष्ट्रीय सेवा योजना की मूल भावना है—'मुझे नहीं, बल्कि आपको।' स्वयं से ऊपर उठकर जो दूसरों के लिए कुछ करना चाहता है, वास्तव में उसकी भूमिका महत्त्वपूर्ण हो जाती है और यही संदेश देती है राष्ट्रीय सेवा योजना। इस कार्यक्रम का प्रतीक चिह्न है, कोणार्क के सूर्य मंदिर (उड़ीसा) का पहिया, जो निरंतर सामाजिक कार्य करते रहने की प्रेरणा देता रहता है।

~~~~❖❖●❖❖~~~~

विश्व पर्यटन दिवस

(27 सितंबर)

'पर्यटन एक संस्कृति, मनभावन उपचार।'

पर्यटन एक सुखद अनुभव है, जो हमें नई भावनाएँ देकर शिक्षित करता है। यह दिन-प्रतिदिन के नियमित कार्यों से छुटकारा दिलाकर कुछ दिनों के लिए हमें राहत एवं नई ऊर्जा देता है। पर्यटन सामाजिक सभ्यता भी है, जो देश की आर्थिक उन्नति का व्यावसायिक जरिया भी है।

इन सब लाभों को देखते हुए 27 सितंबर को विश्व पर्यटन दिवस मनाया जाता है। इसी दिन 'विश्व पर्यटन संस्था' के नियम एवं कानूनों को अपनाया गया था।

पर्यटन हमें तरह-तरह के लोगों से मिलने एवं उनकी संस्कृति और विरासत को देखने-समझने का मौका प्रदान कर हमारे मस्तिष्क को और भी नए विचारों से समृद्ध बनाता है। आज के आतंकवाद से जूझती दुनिया को पर्यटन द्वारा विश्व शांति
~~~~

का संदेश मिलता है।

इसके कुछ अपने तौर-तरीके भी हैं। पर्यटन पर जाने से पहले हमें उस स्थान या देश के बारे में जानकारी जुटा लेना चाहिए। इसके बाद हमें अपनी आर्थिक क्षमता के आधार पर योजना बनाना चाहिए। नियोजित पर्यटन से हमें सुख, शांति और विविधता का अनुभव प्राप्त होता है।

प्रतिवर्ष लाखों लोग पर्यटक के रूप में विश्व-भर में भ्रमण करते हैं, जिससे वे प्रकृति, सुंदरता और आश्चर्य की खोजकर अपनी भावनाओं के धरातल को विस्तार प्रदान करते हैं। यह दिवस प्रतिवर्ष हमारे सामने तरह-तरह के विचारों को लेकर आता है, जिसमें सबसे नया विचार है—'पर्यटन, पर्यावरण के साथ।' पर्यटन करते वक्त हमें दर्शनीय स्थानों को गंदा न कर, प्रकृति के साथ संतुलन बनाए रखना चाहिए। यही सूत्र हमारे पर्यटन द्वारा उन्नति का दावा मजबूत करता है। यह दिवस हमें पर्यटन का लक्ष्य निर्धारित करने की सलाह देता है, ताकि लक्ष्य-प्राप्ति के बाद संतुष्टि मिल सके। अत: पर्यटन एक सभ्यता है, ज्ञान पाने का जरिया है, जीवन की रोमांचक रीत है, प्रकृति से सीधा साक्षात्कार भी होता है।

~~~~❖❖●❖❖~~~~

विश्व हृदय दिवस

(28 सितंबर)

'आहार, विचार, व्यवहार, हृदय का आधार।'

हृदय हमारे शरीर के अंदर छाती में पसलियों के पिंजड़े में बंद एक अति संवेदनशील एवं नाजुक पंपनुमा अंग है। यह हमारे पूरे शरीर में शुद्ध रक्त-संचार कर निरंतर ऊर्जा प्रदान करनेवाला अंग है, जो कभी थकता नहीं है। प्रतिक्षण धड़क-धड़ककर हृदय हमारे जीवित होने का प्रमाण देता रहता है। हमें इसकी सुरक्षा का संकल्प लेना चाहिए।

आज अति आधुनिक युग में हम इतने भौतिकतावादी एवं प्रगतिशील हो चुके हैं कि हृदय की परवाह छोड़कर इसे भाँति-भाँति के कष्ट पहुँचाते हैं। हृदय का ध्यान रखने के लिए 'विश्व स्वास्थ्य संगठन' ने 28 सितंबर को विश्व हृदय दिवस के रूप
~~~~

में मनाने का बीड़ा उठाया है, ताकि मानव जाति इस महत्त्वपूर्ण अंग के स्वास्थ्य के लिए सचेत हो जाए।

विश्व हृदय दिवस प्रतिवर्ष 28 सितंबर को मनाया जाना जागरूकता अभियान है, जिसके माध्यम से हम हृदय का महत्त्व और इसके बचाव के साधनों को सीखकर, इसे स्वस्थ रखने का प्रण लेते हैं। यह विशेष दिवस भारत में 'ऑल इंडिया हार्ट फाउंडेशन' एवं 'कार्डियोलोजिकल सोसाइटी ऑफ इंडिया' के सौजन्य से मनाया जाता है। वर्तमान समय में हृदय रोग जानलेवा बनता जा रहा है। इसका मुख्य कारण हृदय की रक्त-धमनियों में कोलेस्ट्रोल और वसा का अत्यधिक जमा हो जाना है। इसका कारण हृदय की रक्त धमनियों में शुद्ध प्राणवायु ऑक्सीजन का न जाना एवं रक्त का प्रवाह अवरुद्ध हो जाना है, जिससे हृदयगति रुक जाती है। इस बीमारी का इलाज भी बहुत महँगा है। हमें यह जान लेना चाहिए कि इस बीमारी के मुख्य कारण—1. असंतुलित भोजन, 2. तनाव भरा जीवन, 3. उच्च रक्तचाप, 4. शारीरिक श्रम की कमी, 5. धूम्रपान आदि हैं।

ज्ञान एवं ध्यान से अपनी दिनचर्या को सुधारकर हम इस विकार से दूर रह सकते हैं। आजकल बच्चे एवं किशोर वसायुक्त खाद्य पदार्थ खाते हैं और दूरदर्शन एवं कंप्यूटर के सामने बैठकर अपना समय गुजारते हैं और कम उम्र में ही हृदय रोग के शिकार हो जाते हैं। यह दिवस हमें जगाकर कहता है कि अगर हम अपना आहार, विचार एवं व्यवहार ठीक रखें, तो स्वस्थ रहेंगे।

□

अक्तूबर

अंतरराष्ट्रीय वृद्ध दिवस

(1 अक्तूबर)

'वृद्ध हैं अनुभव का खजाना,
इनसे सीखें जीवन की रीत।'

वृद्धावस्था मनुष्य के जीवन की सबसे अंतिम सीढ़ी होती है, जिस तक पहुँचकर मनुष्य जीवन के हर रंग को देख सकता है, पहचान सकता है, लेकिन यह भी देखने में आता है कि कभी-कभी समाज में वृद्धों की स्थिति बड़ी दयनीय हो जाती है, जो निंदनीय है। वृद्ध ऐसे मनुष्य हैं, जो जवानी में समाज की सेवा करते हुए, ऐशो-आराम से जीवन गुजारते हैं, लेकिन जिंदगी के चौथे पहर में वे एकाकी और उपेक्षित जीवन जीने को मजबूर हो जाते हैं। वृद्ध दिवस मनाना सामाजिक जागरूकता अभियान है, जिसके द्वारा वृद्धों के हर पहलू को उजागर कर हम उनके जीवन में झाँकने की कोशिश करते हैं। इस कोशिश के दौरान उनकी परिस्थिति, मनःस्थिति और मजबूरियों को जानकर उनसे सहानुभूति दर्शाते हैं। आखिरकार वृद्धावस्था सभी के जीवन में आती है।

वृद्ध वे हैं, जो जीवन के अंतिम पड़ाव पर पहुँच जाते हैं एवं बहुधा तन-मन-धन से लाचार हो जाते हैं। परिवार के बाकी सदस्य तो अपनी भागदौड़ भरी जिंदगी में लगे रहते हैं, लेकिन वृद्ध एकाकी महसूस करते हैं। यह दिवस हमें वृद्धों के साथ उनका सहायक बनने की सलाह देता है। हमें किसी-न-किसी तरह वृद्धों की सहायता करना चाहिए। अपने वृद्ध माता-पिता के साथ परिवार में रहना चाहिए, क्योंकि यही मनुष्यता की, सभ्यता की पुकार है।

उधर वृद्ध दिवस प्रत्येक मनुष्य को यह सीख देता है कि वृद्धावस्था आने से

पहले हमें कुछ तैयारी कर लेना चाहिए। रहने के लिए मकान, खाने और दवा के लिए कुछ निश्चित धन संचय करना चाहिए, जो हमें प्रतिमाह खर्च के लिए मिल सके। वृद्धावस्था में मेडीक्लेम इंश्योरेंस हो, तो ज्यादा अच्छा रहेगा। साथ ही समय व्यतीत करने एवं धनोपार्जन के लिए हलके-फुलके व्यवसाय भी अपना सकते हैं, जिससे आमदनी होती रहे। वृद्धावस्था आने से पहले ही हम इस अवस्था के स्वागत की तैयारी कर लें। जीवन के सुनहरे नियम के द्वारा वृद्धावस्था में भी स्वस्थ रहें, वित्तीय स्थिति ठीक रखें, अपने को व्यस्त रखने के लिए अपनी क्षमता एवं पसंद के अनुसार व्यापार अपनाएँ, ताकि परिवार के साथ सुखी बने रहें।

~~~~❖❖●❖❖~~~~

रक्तदान दिवस

(1 अक्तूबर)

'रक्तदान, जीवनदान।'

रक्त हमारे पूरे शरीर में संचरण करनेवाला लाल रंग का एक तरल पदार्थ है, जो जीवनदायी है। यह पूरे शरीर की कोशिकाओं से अशुद्ध रक्त लेकर हृदय को शुद्धिकरण के लिए देता है और फिर फेफड़ों द्वारा शुद्ध किए रक्त को हृदय से लेकर पूरे शरीर की कोशिकाओं में वितरित करता है। हम कह सकते हैं कि रक्त ही जीवन है। कभी-कभी हम बीमार पड़ जाते हैं, तो हमारे शरीर में खून की कमी हो जाती है या फिर जटिल शल्यक्रिया के दौरान शरीर को ऊपर से रक्त देने की जरूरत पड़ती है। तब एक स्वस्थ मनुष्य के शरीर में से शुद्ध रक्त लेकर बीमार मनुष्य को चढ़ाया जाता है, जो उसके लिए जीवनदायी होता है। रक्तदान की इसी महता को देखते हुए, प्रतिवर्ष 1 अक्तूबर को रक्तदान दिवस मनाया जाता है, ताकि लोगों में रक्तदान के प्रति जागरूकता फैले।

रक्तदान भाइचारे जैसे मानवीय गुणों से भरा होता है। मनुष्य एक सामाजिक प्राणी है और हर सुख-दुःख में एक मानव दूसरे मानव का सहभागी होने की अपेक्षा करता है। रक्तदान एक सरल प्रक्रिया है, जिससे रक्तदाता को कोई खास परेशानी या कमजोरी नहीं होती है। समय-समय पर रक्तदान शिविर लगाए जाते हैं और वह रक्त ब्लड बैंक में जमा कर दिया जाता है। जब-जब मरीजों को ब्लड की जरूरत पड़ती है, रक्त बैंक से निकालकर जरूरतों को पूरा किया जाता है।
~~~~

रक्तदान एक स्वेच्छिक दान है, जो स्वस्थ मनुष्य को अपने जीवन में कम-से-कम तीन बार स्वेच्छा से अवश्य करना चाहिए, लेकिन याद रहे कि बीमार मनुष्य या हृदय रोगी को रक्तदान नहीं करना चाहिए। रक्त लेने से पहले मनुष्य के रक्त की जाँच की जाती है, ताकि पता लग सके कि वह हेपेटाइटिस या एच.आई.वी. से पीड़ित तो नहीं है, नहीं तो मरीज को भी यह बीमारी हो जाने का खतरा हो जाता है। आजकल रक्तदान एक धंधा भी बनता जा रहा है। गरीब लोग रक्तदान से मिले पैसे लेकर नशाखोरी करते हैं, जो निंदनीय है। प्रतिवर्ष रक्तदान दिवस लोगों में रक्तदान के लिए जागरूकता बढ़ाता है।

~~~~❖❖●❖❖~~~~

विश्व शाकाहार दिवस

(1 अक्तूबर)

'शाकाहार-स्वस्थ तन-मन का आधार।'

कहा गया है, 'जैसा खाओ अन्न, वैसा बने मन।' इस दृष्टिकोण से देखा जाए, तो शाकाहार को दैनिक जीवन में सर्वोपरि रखा जा सकता है। शाकाहार हमारे तन-मन को न केवल तरोताजा रखता है, वरन निरोग भी बनाता है। शाकाहार के इन्हीं फायदों से प्रेरित होकर सन् 1977 में 1 अक्तूबर के दिन नॉर्थ अमेरिकन वेजिटेरियन सोसाइटी ने पहली बार शाकाहार दिवस का आयोजन किया, फिर धीरे-धीरे यह दिन विश्व शाकाहार दिवस के रूप में सारे संसार में मनाया जाने लगा।

यह दिन शाकाहार के प्रति लोगों को जागरूक करने के लिए मनाया जाता है। आज के दौर में लोगों ने यह अनुभव किया है कि शाकाहार को अपनाकर वे ज्यादा लंबा और स्वस्थ जीवन जी सकते हैं। इसलिए इस दिन शाकाहार से जुड़े लोग एकत्र होकर शाकाहार के फायदे गिनाते हैं। वे बताते हैं, शाकाहार से हार्ट अटैक, दिमागी दौरों और कैंसर जैसी जानलेवा बीमारियों का खतरा काफी कम किया जा सकता है।

लोग शाकाहारी जीवन के अपने अनुभव परस्पर बाँटते हैं। वे संदेश देते हैं कि मांसाहार रोककर जंतुओं का बूचड़खानों में निर्ममता से काटा जाना रोका जा सकता है। विश्व शाकाहार दिवस हमें सचेत करता है कि इसे अपनाकर स्वयं के साथ-साथ धरती पर मौजूद अन्य जीव-जंतुओं को भी जीने का अवसर प्रदान करें।

~~~~❖❖●❖❖~~~~

मद्यनिषेध दिवस

(2 अक्तूबर)

‘शराब गंदी लत है, बरबादी जिसकी नियति है।’

मद्यनिषेध दिवस (ड्राई डे) शराबविहीन दिवस को कहते हैं, जिस दिन शराब पीनेवाले न पीने की कसम खाते हैं। यह दिवस राष्ट्रपिता महात्मा गांधी के जन्मदिन पर प्रतिवर्ष 2 अक्तूबर को मनाया जाता है, क्योंकि वह शराब न पीने के दर्शन में विश्वास रखते थे। जिस तरह देश की स्वतंत्रता के हिमायती थे, उसी प्रकार भारत की शराब से भी स्वतंत्रता उनका नारा था।

शराब एक ऐसा पेय पदार्थ है, जो हमारे तंत्रिका-तंत्र एवं मस्तिष्क को प्रभावित करता है। ज्यादा मात्रा में शराब पी लेने पर हमारी सोच कमजोर पड़ जाती है एवं शरीर पर भी काबू नहीं रहता। यह जिगर एवं गुर्दों पर भी दुष्प्रभाव डालती है। हमारी बुद्धि एवं आयु को कम करती है।

ज्यादातर गरीब परिवारों में पति शराबी होते हैं और नशे में बच्चों को डाँटते-फटकारते हैं एवं पत्नी की बेवजह पिटाई तक करते हैं।

मद्यनिषेध के दिन शराब के बुरे प्रभावों को जनसाधारण में दर्शाया जाता है। शराब पीने से मनुष्य के शरीर पर बुरा प्रभाव तो पड़ता ही है, परिवार भी आर्थिक एवं सामाजिक संकट में पड़ जाता है।

शराब के बुरे प्रभावों के प्रति जन-जागरूकता फैले और नशाखोरी कम हो जाए, इसीलिए यह मनाया जाता है। इस दिन शराब की सारी दुकानें बंद रहती हैं।

हमारी सरकार शराब-विरोधी कई नियम एवं योजनाएँ बनाती है। सच है कि शराब की लत की वजह से सैकड़ों परिवार बरबाद हो गए। शराब एक अभिशाप है। इस दिन आयोजित होनेवाले कार्यक्रमों द्वारा लोगों की आँखें खुलती हैं और वे अपने स्वास्थ्य एवं परिवार को शराब के बुरे प्रभावों से बचाने की कसम खाते हैं।

~~~~❖❖●❖❖~~~~
~~~~

अंतरराष्ट्रीय अहिंसा दिवस

(2 अक्तूबर)

'अहिंसा का दर्शन, खुशहाल विश्व का दर्पण।'

अहिंसा! हाँ, अहिंसा मानवता के प्रति आदर एवं प्रेम का दर्शन है, जो इस जीवंत विश्व को शांति, समानता, सुख, सम्मान एवं सफलतापूर्वक जीने के काबिल बनाता है। अहिंसा एक ऐसी सोच एवं बरताव है, जो कण-कण को पल्लवित, पुष्पित एवं फलित करता है। यह ऐसी पुकार यह है, जो बिना आवाज के एक मानव दूसरे को सुना सकता है, समझा सकता है और उसके अनुसार बरताव कर सकता है।

अहिंसा शब्द को प्रायोग के धरातल पर उतारने वाले महामानव और कोई नहीं, बल्कि धन्य भारतमाता के सपूत, महात्मा गांधी थे। उनका कहना था कि जहाँ अहिंसा है, वहाँ ईश्वर है। मानव जीवन में अहिंसा के महत्त्व को देखते हुए संयुक्त राष्ट्र के सांस्कृतिक अंग यूनेस्को ने वर्ष 2007 में 2 अक्तूबर, जो महात्मा गांधी का जन्मदिवस है, को अंतरराष्ट्रीय अहिंसा दिवस मनाने की घोषणा की। यह उद्घोषणा भारत एवं उसके निवासियों के लिए महान् गर्व की बात है। भारत की राजधानी नई दिल्ली में 90 देशों के प्रतिनिधियों एवं विश्व के गण्यमान्य नेतागणों के सम्मेलन में यह घोषणा की गई थी, जिसे मीडिया द्वारा पूरे विश्व में देखा और पढ़ा गया। सम्मेलन का विषय था—'शांति, अहिंसा और सशक्तीकरण में गांधी का दर्शन'।

इक्कीसवीं शताब्दी वैज्ञानिक सफलता के साथ-साथ हिंसा एवं आतंकवाद से भरी हुई है। अतः इस सम्मेलन के अवसर पर इक्कीसवीं सदी में अहिंसा को सुख-शांति के लिए एक मानवीय हथियार समझा गया। वहाँ इस बात की भी चर्चा हुई कि आज हिंसा, आतंकवाद तथा असहनशीलता से घिरे पूरे विश्व में अहिंसा का दर्शन मानवोचित एवं सर्वविदित सोच-विचार का रास्ता है, जो बिना हिंसा, बिना अस्त्र-शस्त्र एवं बिना खून-खराबे के मानव-हृदय पर विजय प्राप्त करने का तरीका सुझाता है। हिंसा की समस्या का अहिंसा ही समाधान है, जिससे विश्व में न्याय एवं सत्य को स्थापित किया जा सकता है।

महात्मा गांधी अहिंसा की परीक्षा में उस वक्त उत्तीर्ण हुए, जब स्वतंत्रता-संग्राम के वक्त वे सांप्रदायिक हिंसा को मिटाने में सफल हुए। अहिंसा का उनका दर्शन रंग लाया और गांधीजी ने इसी सत्य और अहिंसा के बल पर इतने शक्तिशाली ब्रिटिश साम्राज्य से बिना हथियार के अपने देश की परतंत्रता की बेड़ियों को काटकर आजाद

किया। भारत माता को स्वतंत्रता एवं स्वाभिमान का मुकुट पहनाया गया।

हम कह सकते हैं कि गांधीजी का अहिंसा दर्शन, यानी इसे दूसरे शब्दों में हम 'गांधीगीरी' भी कहते हैं, देश-विदेशों में आपसी शांति एवं समझदारी के लिए अनिवार्य शर्त है। अस्त्र-शस्त्र से लड़नेवालों या देशों से बड़ा होता है, शस्त्रहीन एवं सदाचारी व्यक्तियों का देश। आज हम हिंसात्मक माहौल में जी रहे हैं, जिसके कारण हमें विभिन्न प्रकार की परेशानियाँ, जैसे अशांति, अस्वस्थता, अराजकता एवं डर जैसे माहौल में जीने को बाध्य होना पड़ रहा है। यह कैसा मानव-जीवन है, जहाँ न सुकून है और न ही शांति है!

अहिंसा के बल पर हम सभी प्रकार की बुराइयों पर विजय प्राप्त कर सकते हैं। अत: 2 अक्तूबर को मनाया जानेवाला अहिंसा दिवस आज के विश्व के लिए एक सामयिक दर्शन है, जो हिंसा करनेवाले एवं हिंसा सहनेवाले, दोनों पक्षों को अपनी बात समझाने के लिए एक प्लेटफॉर्म देता है। अंतत: सत्य की ही जीत होती है, क्योंकि असत्य अपना आधार खो देता है। इसलिए कहा गया है, सत्यमेव जयते!

~~~~❖❖●❖❖~~~~

विश्व आवास दिवस

(3 अक्तूबर)

'जीव पाता शरण व जीवन, अपने आवास में।'

विश्व आवास दिवस प्रतिवर्ष 3 अक्तूबर को मनाना लोगों में आवास के प्रति जागरूकता पैदा करने का अभियान है। इस दिन बेघर लोगों की दयनीय अवस्था एवं उससे निबटने के उपायों पर सघन विचार किया जाता है। निवास स्थान या आवास मनुष्य की मूलभूत आवश्यकता है, क्योंकि भोजन जीवन देता है और आवास गृहस्थी का संरक्षण करता है। 3 अक्तूबर का दिन आवास आवश्यकता के लिए जाना जाता है। इसी दिन 1976 में संयुक्त राष्ट्र संघ ने पहली बार मनुष्य की आबादी के संदर्भ में कनाडा के वैंक्यूबर में विश्व संगोष्ठी की थी। आबादी संगोष्ठी की वर्षगाँठ पर प्रतिवर्ष इस दिन आवास दिवस मनाया जाता है और हम इस दिन को याद करते हैं।

इस दिन हम बेघरों के लिए घर के बारे में विचार-विमर्श करते हैं। यहाँ तक भी बात उठाई जाती है कि गरिमापूर्ण जीवन के लिए मनुष्य की आवश्यकता सिर्फ एक घर की नहीं है, वरन सही और सुविधाजनक आवास की है, जिसमें दैनिक जीवन की
~~~~

आवश्यकताओं की पूर्ति हो सके। यह दिन सरकारी एवं गैरसरकारी निर्माण संस्थाओं को आवास-चिंतन के लिए मंच प्रदान करता है, जिस दिन वे, 'सभी के लिए आवास' की सोच पर बल देते हैं। इस दिन दुनिया की सफल आवास योजनाओं के आधार पर आवास की समस्या का निराकरण करने की योजना बनाई जाती है। कम लागतवाले, हवादार एवं रोशनीपूर्ण आवास को जनसाधारण के लिए अच्छा माना गया है। साथ ही बढ़ती आबादी की वजह से कई मंजिली इमारतों को बढ़ावा दिया गया है।

इस दिन का उद्देश्य है—एक 'आवास सभी को मिले'।

~~~~❖❖●❖❖~~~~

विश्व वन्यजीव दिवस

(6 अक्तूबर)

'वन्य जीव-जंतु, धरती की शान।'

विश्व वन्य जीव-जंतु दिवस 6 अक्तूबर को प्रतिवर्ष जीव-जंतुओं के हमारे जीवन में अभिन्न महत्त्व तथा उनकी रक्षा करने की हमारी प्रतिबद्धता को दर्शाने के लिए मनाया जाता है। वन्यजीव की कमी मात्र से ही हमारा जैव-मंडल असंतुलित हो जाता है और अनेक प्रकार की समस्याएँ सामने आने लगती हैं। अपने जैवमंडल को संतुलित रखने के लिए वन्य जीव-जंतुओं से हमारा गहरा संबंध है। इस महत्त्व को देखते हुए वन्य जीव-जंतुओं का संरक्षण करना हमारा धर्म एवं कर्तव्य बन जाता है। तभी सन् 1999 में 'पर्यावरण सुरक्षा एवं वन्य जीव-जंतु संरक्षण कानून' बनाया गया, ताकि इसे सख्ती से लागू किया जा सके एवं अपराधियों को दंडित भी किया जा सके।

आज विश्व-भर में लगभग 100 देशों में वन्य जीव-जंतुओं के 5 करोड़ आश्रयदाता हैं, जिनका लक्ष्य है, जीव-जंतुओं की सुरक्षा। पृथ्वी, जो सौरमंडल का जीव-पोषक ग्रह है, उसे संरक्षित करना जरूरी है। हमें अपने लाभ या मनोरंजन के लिए जीव-जंतुओं को नष्ट न करके प्राकृतिक आवास मुहैया कराना चाहिए, ताकि उनके साथ-साथ हमारा भविष्य भी सुरक्षित रह सके।

वन्यजीव दिवस कड़े शब्दों में हमें चेतावनी देता है कि प्रकृति के साथ हमजोली बनकर चलना होगा, यानी हमें विश्व की जैविक विविधता के साथ तालमेल बनाकर रहना चाहिए। सन् 1985 में दुनिया के लगभग 130 देशों में जीव-जंतुओं के संरक्षण के लिए 11 हजार से भी ज्यादा परियोजनाएँ शुरू की गईं, जिनका मकसद था, बिगड़ते
~~~~

प्राकृतिक पर्यावरण को सुधारना, ताकि मनुष्य के साथ दुनिया के जीव-जंतुओं का संतुलन बना रहे।

~~~~❖❖●❖❖~~~~

विश्व जंतु अधिकार दिवस

(7 अक्तूबर)

‘जंतुओं में भी जान है, सम्मान है।’

विश्व-संरक्षण के लिए जीव-जंतुओं के महत्त्व को देखते हुए सन् 1978 में संयुक्त राष्ट्र संघ की संस्था, ‘यूनेस्को’ ने 7 अक्तूबर को विश्व जंतु अधिकार दिवस मनाने की घोषणा की। उसी वर्ष ग्रेनेडा के प्रधानमंत्री ने संयुक्त राष्ट्र संघ में जंतु अधिकारों को लेकर भाषण दिया था। तभी से जंतु अधिकार दिवस को लेकर जागरूकता आई। इसके बाद ‘वर्ल्ड वाइल्ड लाइफ फंड’ की स्थापना की गई। ऐसा देखा जा रहा है कि कुछ जीव-जंतु दुनिया से लुप्तप्राय होते जा रहे हैं। इसका सीधा प्रभाव मनुष्य के अस्तित्व पर पड़ेगा। हम जंगली और समुद्री जंतुओं को देखने के लिए तरस जाएँगे और हमारे जीवमंडल का अस्तित्व भी खतरे में पड़ जाएगा।

हमारा कर्तव्य है कि हम जीव-जंतुओं का अपने लाभ के लिए शिकार न करें। पौधे और वन तथा ये जीव-जंतु हमारे जीवमंडल को संतुलित रखते हैं।

जंतु अधिकार दिवस मनुष्यों के सहयोग से जीवधारियों द्वारा मनाया जाता है। सन् 2008 में नौ सजे-धजे हाथियों ने अपनी पीठों पर जीव-जंतुओं के अधिकारों की कहानी बिल्ले पहनकर बयान की। हाथियों का काफिला मैसूर पैलेस से के.आर. सर्किल तक गया। उस वक्त सवारियों का आना-जाना बंद कर दिया गया और रास्ते पर लोगों की भीड़ जमा हो गई कि आखिर ये हाथी क्या कहना चाहते हैं? भीड़ ने बहुत कौतूहल से उन संदेशों को पढ़ा, जो उनके शरीर पर चिपकाए गए थे। वे संदेश थे—‘हमें भी जीने का अधिकार है, जंतु मित्र हैं, दुश्मन नहीं, हमारे निवासस्थान को बचाओ, वन्य जीव भारत के गौरव हैं।’ जंतु अधिकार दिवस मनाना मनुष्यों द्वारा जंतुओं के बचाव का आग्रह-दिवस है, मानव में जागरूकता पैदा कर जंतुओं के प्रति मनुष्य की संवेदना बढ़ाना है।

~~~~❖❖●❖❖~~~~

विश्व मुसकान दिवस

(7 अक्तूबर)

एक मुसकान खिले हुए फूल की तरह हमें तरो-ताजा कर सकती है। इसलिए आज के दिन मुसकराएँ और जी भरकर मुसकराएँ। मुसकान दुःखी मन पर मरहम का सा असर करती है, साथ ही करुणा दरशाने का अवसर भी प्रदान करती है।

मुसकान दिवस पर भले ही एक दिन के लिए ही सही, हम अपने सारे कष्टों, परेशानियों और दुःखों से छुटकारा पा सकते हैं। कई देशों में तो मुसकान भरे चेहरे इतने लोकप्रिय हुए हैं कि वहाँ इनके टिकट छापे गए हैं। कलाकारों ने इनके चित्र बनाए हैं।

'एक मुसकान : दुःखों का काम तमाम'—इस नारे को अपने जीवन में उतारें, फिर देखें कि आप अपने भीतर कैसा नव-परिवर्तन पाते हैं।

हार्वे बॉल ने विश्व मुसकान दिवस का आरंभ किया। उन्होंने अपनी स्माइली के व्यवसायीकरण के लिए विश्व मुसकान दिवस का आरंभ किया। आज स्माइली इतनी लोकप्रिय हैं कि लोग उन्हें एस.एम.एस., टेक्स्ट, ई-मेल तथा पत्रों आदि में धड़ल्ले से प्रयुक्त करते हैं।

~~~~❖❖●❖❖~~~~

भारतीय वायुसेना दिवस

(8 अक्तूबर)

'वायुसेना वहाँ पहुँच जाए,
जहाँ थल और नौसेना न जा पाए।'

भारतीय वायुसेना दिवस मनाना एक गौरव की बात है, ताकि उससे उसकी सामरिक ताकत का अंदाजा लगाया जा सके। तकनीक और संसाधन के मामले में हमारी वायुसेना बेहद मजबूत है। भारतीय वायुसेना ने आज आधुनिक लड़ाकू विमान खरीदकर स्वयं को दुनिया से मुकाबला करने को तैयार कर लिया है। सीमाओं की सुरक्षा और प्राकृतिक आपदाओं के वक्त इसकी सेवा सराहनीय है।

8 अक्तूबर भारतीय वायुसेना का स्थापना दिवस है। वायुसेना अपनी खामियों से सीख लेकर भविष्य में और मजबूत एवं चुस्त बनाने की योजनाओं में कार्यरत है। कहा जाता है कि भारत सन् 1962 के युद्ध में चीन को हरा सकता था, अगर वह अपनी वायुसेना
~~~~

की जंगी ताकत का सही इस्तेमाल करता, लेकिन तत्कालीन प्रधानमंत्री श्री जवाहरलाल नेहरू एवं थलसेना अध्यक्ष वायुसेना का लाभ उठाने की सोच ही न पाए। किसी भी विजय के लिए थलसेना और नौसेना के साथ वायुसेना में तालमेल होना चाहिए।

जब नेहरू वायुसेना के इस्तेमाल के सुझाव को अमल में लाने को तैयार हो रहे थे, तब चीन ने एकतरफा युद्धविराम की घोषणा कर दी। भारतीय डिफेंस रिव्यू में एयर वाइस मार्शल ने खुलासा किया कि तत्कालीन भारतीय वायुसेना का इस्तेमाल केवल सामानों की आपूर्ति के लिए किया गया, जबकि इसका युद्ध में भी उपयोग किया जाना लाजिमी था।

भारतीय वायुसेना दिवस अपनी गलतियों से सीख लेने की गुहार लगाता है और युद्ध के दौरान तीनों सेनाओं में तालमेल रखने की जोरदार वकालत करता है, क्योंकि त्रिकोणीय युद्धनीति से सहज ही विजयश्री प्राप्त होती है।

~~~~❖❖●❖❖~~~~

विश्व डाक दिवस
(9 अक्तूबर)

'डाक की विरासत, समाचार की उत्सुकता।'

विश्व डाक दिवस प्रतिवर्ष डाक सेवा को नई ऊँचाइयों तक पहुँचाने के उद्‌देश्य से मनाया जाता है। डाक सेवा पूरे विश्व को समाचारों एवं संवेदनाओं से जोड़ती है और मन को सुकून एवं शांति देती है। हर किसी को डाकिए द्वारा नए संदेश पाने का इंतजार रहता है। रहे भी क्यों न? मानव एक सामाजिक प्राणी है और उसका अस्तित्व भी समाज में रहकर ही है। इस प्रकार डाक सेवा हमारे जीवन का एक अभिन्न अंग है।

9 अक्तूबर के दिन सन् 1874 में यूनिवर्सल पोस्टल यूनियन की स्थापना हुई थी, फिर सन् 1947 में यू.पी.यू. संचार सेवा में अपनी महत्ता की वजह से संयुक्त राष्ट्र संघ की एक खास एजेंसी बन गई और दुनिया के बहुत सारे देश इसके सदस्य बन गए। सदस्य देश डाक सेवा के लिए एकल डाक क्षेत्र से जुड़े हैं।

भारत में राष्ट्रीय डाक दिवस 9 अक्तूबर को मनाया जाता है। ब्रिटिश शासन काल में भारत के गवर्नर जनरल ने सन् 1837 में डाक अधिनियम पारित किया था। उसके बाद स्वतंत्रता-प्राप्ति के बाद डाक द्वारा जनसाधारण की सुविधा को देखते हुए काफी सुधार
~~~~

किए गए हैं। हम डाकघरों को बैंक की तरह इस्तेमाल कर सकते हैं, यानी रुपया जमा कर सकते हैं, मनीऑर्डर भेज सकते हैं। सबसे आरामदायक स्थिति यह है कि डाकघर हमारे घरों के पास स्थित होता है और सुविधानुसार हम टिकट या लिफाफा खरीद सकते हैं। डाक दिवस के दिन संचार मंत्रालय भारत के प्रमुख व्यक्तियों, वस्तुओं या जीवों पर आधारित डाक टिकट जारी कर इस दिवस को देश की सेवा में समर्पित करते हैं और हम भारतीय इससे अपने को धन्य महसूस करते हैं।

अब डाकघरों को बहु-उपयोगी बनाया जा रहा है और नई-नई योजनाएँ बन रही हैं।

~~~~❖❖●❖❖~~~~

अंतरराष्ट्रीय बालश्रम उन्मूलन दिवस

(10 अक्तूबर)

'बालक राष्ट्र की धरोहर,
इनका भविष्य शिक्षा और स्वास्थ्य।'

हमारे देश में बाल मजदूरों की संख्या कई करोड़ है, जो दुनिया में सबसे ज्यादा हैं। बालक देश के भविष्य हैं। अगर इन्हें बचपन से ही श्रम की भट्टी में झोंक दिया जाए, तो देश का क्या भविष्य होगा? बचपन के दिन खाने, खेलने और शिक्षा पाने के होते हैं, लेकिन अगर इन तीनों चीजों में से किसी से भी इन्हें वंचित रखा जाए, तो इनके व्यक्तित्व का कैसे निर्माण होगा? यही बच्चे कल हमारे देश के निर्माता बनेंगे और तब फिर हम इनसे कैसे विकास की उम्मीद कर पाएँगे?

बचपन में खानपान, पालन-पोषण और शिक्षा की महत्ता को देखते हुए हमारी सरकार ने 10 अक्तूबर, 2006 से बालश्रम पर कानूनी रोक लगा दी है और इनसे श्रम करवाते समय पकड़े जाने पर जुरमाने का प्रावधान किया गया है।

बाल-मजदूर दुकानों, होटलों, कारखानों में काम करते हुए पाए जाते हैं। यह अच्छी बात नहीं है कि हम बच्चों को खाने-खेलने और शिक्षा का मौका न देकर उनसे श्रम करवाते हैं। इतना ही नहीं, मजबूर और नादान समझकर मजदूरी भी कम देते हैं। उन्हें हानिकारक परिवेश में रखा जाता है और समय से ज्यादा काम लिया जाता है।
~~~~

अब समय आ गया है, जब हम अपने समाज और देश की भलाई के लिए बाल-मजदूरी बंद कर उन्हें बचपन की सुविधाएँ देने का संकल्प लें। सरकार उनके लिए योजनाएँ तैयार कर रही है, जिनसे भोजन एवं शिक्षा दी जाएगी और कारीगरी सिखाई जाएगी।

बाल-श्रम उन्मूलन दिवस हमें जागरूक बनाता है कि अब समय आ गया है, जब हम सचेत हों और जन-आंदोलन द्वारा बाल-मजदूरी समाप्त करें। सरकारी तंत्र के साथ-साथ गैरसरकारी एवं सामाजिक संस्थाएँ मिलकर इस दिशा में अधिक प्रभावी ढंग से काम करें, तो बालश्रम को जड़ से मिटाया जा सकता है।

~~~~❖❖●❖❖~~~~

विश्व मानसिक स्वास्थ्य दिवस

(10 अक्तूबर)

'मानसिक स्वास्थ्य—शांति और सुख का आधार।'

विश्व मानसिक स्वास्थ्य दिवस हमें बताता है कि मानसिक स्वास्थ्य का हमारे जीवन से गहरा संबंध है और मानसिक तनाव हमारे लिए दुःखद स्थिति है तथा कई बीमारियों की जड़ है। शारीरिक बीमारी को तो हम जल्दी पहचान सकते हैं और डॉक्टर को दिखाकर दवा लेते ही ठीक हो जाते हैं, लेकिन मानसिक बीमारी जल्दी पकड़ में नहीं आती। मानसिक अस्वस्थता का अगर सही उपचार न किया जाए, तो मनुष्य की स्थिति दयनीय और दुःखद हो सकती है।

विश्व स्वास्थ्य संगठन ने हाल ही में एक रिपोर्ट प्रकाशित की है, जिसके अनुसार 90 प्रतिशत बीमारियाँ हमारे मन-चिंतन से जुड़ी हैं। मानसिक बीमारी कई बीमारियों की जड़ है, जैसे उच्च रक्तचाप, मधुमेह, सिरदर्द, छाती में दर्द आदि।

हम आधुनिक युग में इतने भौतिकवादी हो गए हैं कि हमारी जरूरत हो या न हो, हमें वे सभी चीजें चाहिएँ, जो महज दिखावे के लिए होती हैं। हम उन चीजों के बिना भी सुख-शांति से रह सकते हैं, लेकिन अहंकारवश हमें उन चीजों को प्राप्त करने की आपाधापी होती है।

मानसिक स्वास्थ्य कुछ हद तक हमारे हाथों में सुरक्षित हो सकता है। हम उन चीजों से किनारा कर सकते हैं, जो तनाव देती हैं। हमें अपनी क्षमता से ज्यादा काम नहीं करना और हैसियत से ज्यादा वायदा नहीं करना चाहिए। अपने लिए भी
~~~~

वक्त निकालकर सैर-सपाटा, सिनेमा-संगीत और दोस्त-परिवार के बीच समय गुजारना चाहिए। किसी के लिए काम न कर सकने की स्थिति में उसे 'नहीं' कहने की हिम्मत रखनी चाहिए। हाजिर-जवाबी और खुलकर हँसना भी मानसिक स्वास्थ्य लाता है।

मानसिक स्वास्थ्य दिवस इस भौतिक व अत्याधुनिक युग में हमें कदम-कदम पर सँभलकर चलने की सलाह देता है, ताकि शांत, आनंदमय और भरपूर सुखी जीवन जी सकें।

~~~~❖❖●❖❖~~~~

विश्व मृत्युदंड विरोध दिवस

(10 अक्तूबर)

'सही-गलत कर्मों की पहचान, मृत्युदंड का है निदान।'

मृत्युदंड विरोध दिवस 10 अक्तूबर को मनाया जाता है। इसी दिन मृत्युदंड पर रोक लगाने के लिए संयुक्त राष्ट्र संघ की जनरल असेंबली में सभा बुलाई गई थी। मृत्यदंड वह सबसे बड़ी सजा है, जो किसी अपराध-विशेष के लिए दी जाती है। वह अपराध-हत्या, यौन-हनन-हत्या, अपहरण-हत्या या फिर ऐसा ही कोई अन्य संगीन अपराध हो सकता है। किसी गंभीर अपराध के दोषी व्यक्ति को फाँसी आदि देने की प्रथा को ही मृत्युदंड कहा जाता है।

मानवाधिकार कानून के अंतर्गत किसी भी व्यक्ति का जीवित रहने का अधिकार, उसके जीवन का मूल-अधिकार या प्राकृतिक-अधिकार है। व्यक्ति को एक संवेदनशील और बुद्धिमान जीव एवं प्रकृति की सुंदरतम कृति होने के नाते जीवन जीने का पूर्ण अधिकार है। अत: प्राणदंड को संसार के कुछ देशों, जैसे ऑस्ट्रेलिया, ऑस्ट्रिया, ब्राजील, कनाडा आदि ने पूरी तरह रोक लगाकर समाप्त कर दिया है, फिर भी कुछ देशों, जैसे भारत, फ्रांस, जापान, ईरान आदि में प्राणदंड अत्यधिक गंभीर व जघन्य अपराधों के लिए दिया जाता है। यह दंड दूसरे व्यक्तियों में ऐसे अपराध के लिए भय एवं हतोत्साह पैदा करने के लिए दिया जाता है। हमारे देश भारत में मृत्युदंड निम्नलिखित अपराधों के लिए निर्धारित किया गया है—

1. भारत सरकार के विरुद्ध युद्ध करना।
2. हत्या या किसी निर्दोष व्यक्ति के विरुद्ध झूठी गवाही देकर उसे मृत्युदंड से दंडित करवाना।
~~~~

3. हत्या सहित डकैती तथा बलात्कार अथवा अपहरण सहित हत्या।

फिर भी विश्व के देशों से मृत्युदंड की सजा सुनाने से पहले कुछ अपेक्षाएँ की जाती हैं, जैसे दोषी व्यक्ति को देश के सर्वोच्च न्यायालय तक अपील करने का मौका, राष्ट्रपति से दया सहित माफी माँगने का अधिकार, गर्भवती महिला, पागल या फिर 18 वर्ष से कम आयुवाले व्यक्ति को मृत्युदंड न दिया जाए, मृत्युदंड का वैकल्पिक रूप आजीवन कारावास निर्धारित किया जाए और अंततः कम-से-कम कष्ट देकर मृत्युदंड दिया जाए।

मानवाधिकार के नियम के अंतर्गत मृत्युदंड के लिए जगह नहीं है, क्योंकि जीवन एक अलौकिक एवं अद्भुत घटना है, जिसका अंत सिर्फ प्राकृतिक तरीके से होना चाहिए। समय का यही तकाजा है कि मृत्युदंड के वैकल्पिक रूपों की खोज की जाए, जिससे मानवमात्र जघन्य अपराध करने से पहले ही डर कर सिहर उठे। डर मात्र से ही व्यक्ति के दिमाग और हाथ काबू में आकर उसे अपराध करने से रोक सकते हैं।

~~~~❖❖●❖❖~~~~

घुटना पुनःस्थापना दिवस

(10 अक्तूबर)

'शरीर का ढाँचा, घुटने पर साँचा।'

घुटना शरीर का एक ऐसा अंग होता है, जिस पर शरीर का पूरा भार टिका होता है। घुटना ही शरीर को उठाता, बिठाता है। यह एक ऐसा अंग है, जो पूरे शरीर को गति प्रदान करता है। अतः शरीर के लिए घुटने की महत्ता को देखते हुए 10 अक्तूबर को 'घुटना पुनःस्थापना दिवस' मनाया जाता है। इस दिवस के माध्यम से हम घुटने के महत्त्व के प्रति जागरूक होकर उसकी सही देखभाल के लिए प्रयत्न करते हैं।

घुटने को ठीक रखने के लिए सबसे जरूरी है कि हम अपना वजन ठीक रखें। शरीर का जितना ज्यादा वजन होगा, घुटने पर उतना ही ज्यादा भार पड़ेगा और इससे दर्द हो सकता है। यही नहीं, इसकी देखभाल व रखरखाव के लिए सही और संतुलित खानपान भी जरूरी है। घुटना ही हमें सुबह की सैर करवाता है। यह शहरी जीवन-पद्धति की बीमारियों से बचने के लिए सबसे कारगर व्यायाम है। सुबह की सैर से हम तनावमुक्त रहते हैं और संतुलित वजन व शरीर के अंगों को पुष्ट रख पाते हैं। चुस्त
~~~~

घुटनों से सुबह की सैर कर मोटापा कम करते हैं तथा मधुमेह, उच्च रक्तचाप, हृदयाघात, लकवे आदि रोगों से दूर रह सकते हैं।

घुटना दिवस बताता है कि हम अपनों घुटने की परवाह शरीर को हलका रखकर तथा सही खानपान द्वारा कर सकते हैं।

~~~~❖❖●❖❖~~~~

विश्व गठिया दिवस

(12 अक्तूबर)

'सही भाव अपनाओ, गठिया दूर भगाओ।'

गठिया, यानी जोड़ों का दर्द मनुष्य की एक दुःखदायी और स्थायी अवस्था है। इसमें शरीर की हड्डियों के जोड़ों में दर्द होता रहता है। कभी-कभी तो इन में विकार भी आ जाता है। प्रतिवर्ष 12 अक्तूबर को 'विश्व गठिया दिवस' मनुष्य में गठिया रोग से संबंधित भिन्न-भिन्न विषयों पर ध्यान केंद्रित करने के लिए मनाया जाता है, ताकि जोड़ों के दर्द से पीड़ित अपने-आपको सँभाल सकें। जैसे सन् 2005 में इस दिवस का केंद्रबिंदु था, 'दर्दविहीन जीवन', क्योंकि जोड़ों की बीमारी की तकलीफ ही हड्डियों में दर्द बढ़ाती है। कभी-कभी यह जीवन-भर का दर्द बन जाती है।

विश्व गठिया दिवस हमें जागरूक बनाता है कि जोड़ों के दर्द से निबटने का किस प्रकार प्रबंध किया जाए, ताकि हम दर्दरहित जीवन जी सकें। डॉक्टर हमें सलाह देते हैं कि खानपान को नियंत्रित कर सही व्यायाम एवं नियमित जीवन-शैली द्वारा इस दर्द का निवारण करना चाहिए। कुछ ऐसे खाद्य पदार्थ हैं, जो खाने पर दर्द को बढ़ावा देते हैं, जैसे गोश्त, दूध से बनी चीजें आदि। मरीज को सावधान रहना चाहिए कि कौन से खाद्य पदार्थ से दर्द बढ़ता है, फिर उस पदार्थ का त्याग करना चाहिए। कहते हैं न 'संतुलित आहार ही औषधि है।' साथ ही गरम खाद्य, जैसे अदरक, लहसुन आदि का प्रयोग करना लाभदायक है। धूप में हड्डियों को मजबूत करनेवाला विटामिन-डी पाया जाता है। सुबह-सवेरे धूप में शरीर को सेंकना भी एक दवा है। गरम तेल से शरीर की मालिश भी जरूरी है।

मनुष्य की जीवन-शैली भी जोड़ों का दर्द दूर करने में सहायक हो सकती है। हड्डियों के जोड़ों में रक्त का परिसंचरण ठीक हो, इसके लिए योग, फिजियोथेरेपी, मालिश या गरम तेल की सिंकाई से भी राहत मिलती है। हमें खुद ही पता लगाना पड़ता
~~~~

है कि वे कौन-कौन से उपाय हैं, जिनसे जोड़ों के दर्द पर काबू पाया जा सकता है। इस रोग या फिर कहें अवस्था में आयुर्वेदिक दवाइयाँ भी कारगर सिद्ध होती हैं। हम यह जानते हैं कि जोड़ों का दर्द एक ऐसी शारीरिक अवस्था है, जिसमें दर्द तो होता है, पर जानकारी और जागरूकता से उस पर काबू पाया जा सकता है।

~~~~❖❖●❖❖~~~~

विश्व दृष्टि दिवस

(12 अक्तूबर)

'दो आँखें, दो अनमोल रतन।'

विश्व दृष्टि दिवस प्रतिवर्ष 12 अक्तूबर को मनाया जाता है। इस दिवस को मनाने का मुख्य उद्देश्य है, दृष्टिहीनता तथा आँखों में आई खराबी की तरफ वैश्विक स्तर पर लोगों का ध्यान आकर्षित हो। 'विजन 2020, दृष्टि का अधिकार' के तहत इंटरनेशनल एजेंसी फॉर द प्रिवेंशन ऑफ ब्लाइंडनेस (आई.ए.पी.बी.) नामक संस्था। इस दिशा में काफी सक्रिय भूमिका निभा रही है।

'दृष्टि का अधिकार' को लेकर आई.ए.पी.बी. के साथ विश्व स्वास्थ्य संगठन ने भी पहल की है। 'विजन 2020' के माध्यम से प्रयास किया जा रहा है कि सन् 2020 तक दृष्टिहीनता की समस्या पर काबू पाया जाए, ताकि दुनिया के प्रत्येक व्यक्ति को दृष्टि का अधिकार मिल सके। माना जाता है कि दृष्टिहीनता के 80 प्रतिशत मामले रोके जा सकते हैं या ठीक किए जा सकते हैं।

12 अक्तूबर को विश्व दृष्टि दिवस मनाकर वैश्विक स्तर पर लोगों को जागरूक करने का प्रयास किया जाता है कि किस प्रकार आँखों की हिफाजत की जाए, ताकि दृष्टिहीनता या आँखों की समस्या आने ही न पाए।

आँकड़े बताते हैं कि विश्व के दृष्टिहीन लोगों की आबादी का दो-तिहाई हिस्सा एशिया और अफ्रीका में है। बच्चों में दृष्टिहीनता की समस्या एक गंभीर रूप लेती जा रही है। 15 साल से कम आयु के 5 प्रतिशत बच्चे बिना चश्मे के नहीं देख पाते।

भारत में दृष्टिहीनता रोकने के लिए राष्ट्रीय कार्यक्रम की शुरुआत 1976-77 में की गई थी। दृष्टिहीनता की समस्या पर काबू पाने के लिए भारत सरकार कई योजनाएँ कार्यान्वित कर रही है।

आँखों की सुरक्षा के लिए इन बातों पर सभी को ध्यान देना चाहिए—
~~~~

- बच्चे नुकीली चीजों के साथ न खेलें।
- ऐसी पिस्तौल, जिसमें प्लास्टिक बॉल या ऐसी कोई चीज डाली जाती हो, बच्चों को न दें, वरना आँखों के क्षतिग्रस्त होने का खतरा होता है।
- बच्चों को धनुष-बाण से न खेलने दें।
- दीपावली आदि के दौरान पटाखों से बचें।
- रासायनिक प्रयोगशाला में कार्य करते समय आँखों की सुरक्षा पर ध्यान दें।
- वेल्डिंग मशीन आदि से कार्य करते समय भी आँखों को बचाना चाहिए।

विश्व दृष्टि दिवस का संदेश है, आँखों की हिफाजत सबसे पहले। इस दिन दुनिया-भर के ऐसे कार्यक्रम आयोजित किए जाते हैं, ताकि लोगों का ध्यान आँखों की सुरक्षा की तरफ जाए।

~~~~❖❖●❖❖~~~~

धार्मिक स्वतंत्रता दिवस

(14 अक्तूबर)

'धर्म के बंधन में न बँधो, सबसे सहृदय मिला करो।'

14 अक्तूबर, 2006 को भगवान् बुद्ध के जन्म दिवस के साथ-साथ परिनिर्वाण के 2550 वर्ष पूरे होने के उपलक्ष्य में 'धार्मिक स्वतंत्रता दिवस' के रूप में मनाया गया। यह अखिल भारतीय सर्वधर्म संगठन द्वारा मनाया गया था, जिसमें सभी जातियों तथा अनुसूचित जनजातियों ने हिस्सा लिया। 14 अक्तूबर, 2006 को डॉ. भीमराव अंबेडकर द्वारा दी जानेवाली 'धम्म-दीक्षा' के 50 वर्ष, यानी स्वर्ण जयंती वर्ष दिवस भी था।

धार्मिक स्वतंत्रता दिवस का मनाया जाना, भारत जैसे देश के धर्मनिरपेक्ष स्वरूप की पुष्टि है। धार्मिक स्वतंत्रता, मनुष्यमात्र का मूलभूत अधिकार है। भिन्न-भिन्न धर्मों के लोग अपने धर्मों में आस्था रखते हुए अलग-अलग तरीकों से एक ही अलौकिक प्रकाश पुँज तक पहुँचते हैं, जो हमारे ही अंदर स्थित आत्मा का आधार है। हमारे देश में अनेक धर्मों के लोग रहते हैं। अत: हमें एक-दूसरे की धार्मिक-स्वतंत्रता के लिए सहनशील होना तथा सभी धर्मों का आदर करना चाहिए। धर्म चाहे कोई भी हो, एक ही बात सिखाता है, भाईचारा एवं सदाचार की वृत्ति।

बड़े खेद की बात है कि हमारे यहाँ कुछ लोगों के मन में धार्मिक सहिष्णुता की
~~~~

कमी है और लोग धर्म के नाम पर दंगे-फसाद कर बैठते हैं, जिनमें कितने ही निर्दोष लोगों की जानें जाती हैं और अपार धन-संपत्ति की बरबादी होती है। यहाँ एक बात गौरतलब है कि विभिन्न धर्मों के लोगों में कोई टकराव नहीं होता, बल्कि राजनीतिक-लाभ के लिए देश के तथाकथित राजनेता ही वोटों की खातिर धर्म को हथियार बनाने की ओछी रणनीति का सहारा लेते हैं। इस धार्मिक-स्वतंत्रता दिवस का मनाया जाना, आम नागरिक को जागरूक बनाने की एक प्रक्रिया है। लोगों को समझना होगा कि धर्म को राजनीतिज्ञों के हाथों का खिलौना न बनने दिया जाए। इसके लिए हमें धर्म के सही लक्ष्य को पहचानना होगा।

14 अक्तूबर को मनाए जानेवाला यह धार्मिक-स्वतंत्रता दिवस विभिन्न धार्मिक संस्थाओं द्वारा संगोष्ठियाँ आयोजित कर मनाया जाता है। यह हमें याद दिलाता रहेगा कि विभिन्न धर्म सम्मानीय हैं, न कि असहिष्णुता एवं हिंसा के पक्षधर। हमें ये धर्म मनुष्य को अलग-अलग ढंग से जीवन जीने की स्वतंत्रता देते हैं। 14 अक्तूबर, जो धार्मिक स्वतंत्रता दिवस है, एक ऐसा महान् दिवस है, जो मानवता को शांतिपूर्वक जीवन जीने का पाठ पढ़ता है, जिसमें सभी धर्मों के लोग अपने-अपने धर्म पर चलते हुए जीवन-लक्ष्य को प्राप्त कर सकें।

~~~~❖❖●❖❖~~~~

विश्व मानक दिवस

(14 अक्तूबर)

'मानक की शान, उपभोक्ता के नाम।'

14 अक्तूबर को मानक दिवस मनाया जाना एक महत्त्वपूर्ण जागरूकता अभियान है, जिससे हर उपभोक्ता जागरूक बनकर सही वस्तुएँ खरीदे एवं उपयोग कर संतुष्ट एवं सुरक्षित रह सके। वस्तुओं के मानकीकरण द्वारा सरकार ने एक महत्त्वपूर्ण उपाय किया, जिससे उपभोक्ताओं को शोषण से बचाया जा सके। मानकीकरण द्वारा वस्तुओं का एक मानक स्तर स्थापित किया जाता है, जो शोषण, मूल्य एवं वस्तुओं की गुणवत्ता आदि पर अंकुश लगाता है।

वस्तुओं का मानकीकरण मानक संस्था द्वारा निर्धारित किया जाता है। यह संस्था गुणवत्ता की जाँच करती है और वस्तुओं को मनुष्य के उपयोग में असुरक्षित पाने पर उत्पादकों के लाइसेंस भी रद करती है। भारत की मानक संस्था भारतीय मानक संस्थान
~~~~

एगमार्क तथा आई.एस.आई. चिह्नों द्वारा उपभोक्ताओं को वस्तुओं के उपयोग एवं सुरक्षा का आश्वासन देती है।

किसी वस्तु या संस्था की गुणवत्ता को बनाए रखना मुश्किल जरूर है, पर इसके दूरगामी और अच्छे परिणाम निकलते हैं। उत्पादक-संस्थाओं को अपने उत्पादों की गुणवत्ता को बनाए रखने के लिए सरकार प्रोत्साहन पुरस्कार देती है। यह 'राजीव गांधी राष्ट्रीय गुणवत्ता पुरस्कार' के नाम से जाना जाता है और दुनिया के दस गुणवत्ता पुरस्कारों में से एक है, जो पूर्ण गुणवत्ता प्रबंधन के लिए दिया जाता है। आई.एस.आई. चिह्न उपभोक्ताओं को वस्तुओं की गुणवत्ता, सुरक्षा एवं विश्वसनीयता प्रदान करता है। बी.आई.एस. औद्योगिक एवं उपभोक्ता वस्तुओं पर मानक स्थापित करता है, जबकि एगमार्क कृषि उत्पादों पर मानक स्थापित करता है, जो उपभोक्ताओं के उपयोग के लिए सुरक्षित होता है। इसी प्रकार हॉलमार्क सोने के आभूषणों की शुद्धता निर्धारित करता है।

ब्यूरो ऑफ इंडियन स्टैंडर्ड का मुख्यालय दिल्ली में है, जो हमें वस्तुओं की गुणवत्ता के लिए निश्चिंत करता है। आई.एस.आई. मार्क उन्हीं उपभोक्ता वस्तुओं पर लगाया जाता है, जिनकी गुणवत्ता की परख समय-समय पर की जाती है। अंतरराष्ट्रीय स्तर पर भी एक संस्था 'अंतरराष्ट्रीय मानकीकरण संगठन' (आई.एस.ओ.) है, जिसका कार्यालय जेनेवा में है। यह संगठन वस्तुओं, संस्थानों तथा कंपनियों को आई.एस.ओ. चिह्न से उनकी गुणवत्ता तथा सुरक्षा को प्रमाणित करता है।

मानक दिवस हमें वस्तुओं की खरीद के प्रति जागरूक बनाता है और मानक चिह्न लगी वस्तुओं को उपयोग में लाने की गुहार लगाता है। वस्तुएँ सही न निकलने पर हम बी.आई.एस. के क्षेत्रीय कार्यालय में शिकायत भी दर्ज करा सकते हैं।

~~~~❖❖●❖❖~~~~

विश्व सफेद छड़ी दिवस

(15 अक्तूबर)

'दृष्टिहीनों के लिए सफेद छड़ी, वरदान की एक कड़ी।'

सफेद छड़ी दिवस, यानी दृष्टिहीनों का मार्गदर्शन दिवस 15 अक्तूबर को मनाया जाता है। यह दिवस मनाना जनजागरूकता अभियान है, ताकि जनसाधारण को अहसास हो सके कि दृष्टिहीनों के लिए बाहरी दुनिया में चलना कितना कष्टकर और खतरनाक है और तब ऐसे में हमारा कर्तव्य बनता है कि हम जब भी किसी दृष्टिहीन
~~~~

को चलते वक्त या सड़क पार करते वक्त संकट में देखें, तो तुरंत उसकी सहायता करें। साथ ही जब दृष्टिहीन सड़क पार कर रहे हों, तो गाड़ीवालों को हॉर्न बजाकर उन्हें सावधान करना चाहिए या गाड़ी रोक लेना चाहिए, ताकि वे सुरक्षापूर्वक सड़क पार कर लें। यह दिवस दृष्टिहीनों के लिए सहयोग दिवस और हमारे लिए उनके प्रति कर्तव्य-दिवस है।

दृष्टि मनुष्य के लिए एक वरदान है, जिसके लिए हमें भगवान् और प्रकृति का शुक्रगुजार होना चाहिए। नेत्र की इस दृष्टि द्वारा ही हम संसार की सुंदर एवं रंगीन रचनाओं को देख पाते हैं एवं अपने जीवन को खतरों से बचाते हुए सुचारु रूप से चल पाते हैं, परंतु संसार में ऐसे मनुष्य भी हैं, जो दृष्टिहीन हैं और इस कारण उन्हें जीवनयापन में काफी दिक्कतों का सामना करना पड़ता है। उन्हें सड़कों पर चलने में सहूलियत हो, इसके लिए सफेद छड़ी का ईजाद किया गया है, जो आसानी से मोड़कर थैले के अंदर रखी जा सकती है और जब भी जरूरत हो, वे छड़ी खोलकर सड़कों पर अपनी जरूरत के अनुसार उसका इस्तेमाल कर सकते हैं।

दृष्टिहीनता एक प्रकार की विकलांगता है, जिससे जीवन जीना कठिन और कष्टकर बन जाता है। ऐसे में समाज और सरकार का दायित्व बनता है कि दृष्टिहीनों को विशेष सुरक्षा एवं आरक्षण दिया जाए, ताकि उनके साथ सामाजिक न्याय हो सके और उन्हें जीवन जीने का पूरा अधिकार मिल सके। इतिहास गवाह है कि कई ऐसे दृष्टिहीन मनुष्य हुए हैं, जिन्होंने अपनी योग्यता के बल पर सफलता हासिल की है। दृष्टिहीनों के लिए यह सफेद छड़ी दिवस हमसे गुहार लगाता है कि रास्तों और सड़कों पर उनका मार्गदर्शन कर हम अपना कर्तव्य निभाएँ।

~~~~❖❖●❖❖~~~~

विश्व खाद्य दिवस

(16 अक्तूबर)

'सीमित जनसंख्या भरपूर खाद्य।'

खाद्य जीवन के लिए अति आवश्यक वस्तु तथा हमारा मूल अधिकार है। खाद्य के बिना जीवित संसार की कल्पना भी नहीं की जा सकती है, परंतु विश्व के कुछ ऐसे देश भी हैं, जहाँ नागरिकों को भरपेट खाना भी नसीब नहीं है। विकसित देशों ने उन्हें खाद्य मुहैया कराने की जिम्मेदारी समझी। इसलिए संयुक्त राष्ट्र
~~~~

संघ के देशों द्वारा 16 अक्तूबर को खाद्य एवं कृषि संगठन (फूड ऐंड एग्रीकल्चर ऑर्गेनाइजेशन) की स्थापना की गई। यह संस्था विश्व-भर में खाद्य से संबंधित विभिन्न पहलुओं पर विचार एवं सहायता के लिए बनाई गई है।

खाद्य दिवस हमें प्रतिवर्ष यह सोचने को मजबूर करता है कि किस प्रकार दो वक्त की पेट-भर रोटी सभी को मिल सके। विश्व के विकसित देशों ने पिछड़े तथा विकासशील देशों को उक्त संस्था के माध्यम से खाद्य, बीज, उर्वरक, कृषि औजार तथा खेती के नए तौर-तरीकों का ज्ञान प्रदान किया है, ताकि ये देश अपने पैरों पर खड़े हो सकें। भूखे देशों की वित्तीय सहायता के लिए एक गैरसरकारी संस्था द्वारा 'हंगर प्रोजेक्ट' चलाया जा रहा है, जो पूरे विश्व से धन इकट्ठा कर विश्व के भूखे देशों को खाद्य मुहैया कराता है।

खाद्य दिवस हमारे देश को भी बहुत कुछ सोचने को मजबूर करता है। भारत एक कृषि प्रधान देश है। कृषि-मंत्रालय द्वारा किसानों और खेती से संबंधित जानकारी और कार्ययोजना के लिए 'फारमर्स कमीशन' (किसान आयोग) का गठन किया गया है। इस आयोग का मानना है कि हमें भरपूर एवं उन्नत खाद्य पदार्थों के लिए किसानों को जागरूक बनाना होगा। इस जागरूकता के तहत उनको वित्तीय सहायता, पैदावार बीमा योजना, खेती के नए तरीकों की जानकारी के लिए कार्यशालाएँ एवं गोष्ठियाँ आयोजित की जा रही हैं। खाद्य उपजाने का पूरा लाभ किसानों को होना चाहिए, न कि बिचौलियों को। किसानों एवं उनके परिवारों को गाँव में ही शहरी सुविधाएँ मुहैया कराने की योजना भी बनाई जा रही है। बीज एवं खाद्य भंडारण के लिए सुविधा तथा इसके संचालन के लिए सहकारी समितियाँ काम कर रही हैं।

खाद्य दिवस किसान भाइयों के प्रति आदर भाव रखने की प्रेरणा देता है। भारत देश तभी उन्नत बनेगा, जब यहाँ के किसान खुशहाल होंगे। अब समय आ गया है कि किसानों के लिए विकसित तकनीक की सुविधाएँ मुहैया कराई जाएँ। हम भारतवासियों को यह भी याद रहे कि हमारे किसान एक सीमित आबादी को ही पेट-भर खिला सकते हैं। अतः जनसंख्या सीमित हो और खाद्य भरपूर हो, तभी देश में शांति और चैन आएगा।

विश्व चेतना-शून्यता दिवस
(16 अक्तूबर)

'चेतना-शून्यता स्वास्थ्य संवर्धन के लिए वरदान।'

चेतना शून्यता (एनेसथीसिया) दिवस चेतना शून्य करनेवाले डॉक्टरों को धन्यवाद-ज्ञापन करने का दिवस है। इसी दिन वर्ष 1846 में 16 अक्तूबर के दिन विलियम थॉमस ग्रीन मोर्टन ने पहली बार किसी मरीज पर चेतना शून्य करने के लिए ईथर का सफल प्रदर्शन किया था। जब यह सिद्ध हो गया कि ईथर के प्रयोग से मनुष्य चेतना शून्य हो जाता है, तो चिकित्सकों को मरीजों पर शल्य-क्रिया करना आसान एवं सुविधाजनक हो गया। इसमें तेजी से वृद्धि हुई एवं कई बीमारियों को ठीक करने में सफलता प्राप्त हुई। कई प्रकार के दुःख-दर्दों का निवारण हुआ एवं बड़े पैमाने पर जीवन-रक्षा की जाने लगी।

ईथर के प्रयोग से पहले मरीजों को चेतना शून्य करने के लिए चिकित्सक जड़ी-बूटियों या कृत्रिम निद्रा का उपयोग करते थे, किंतु ईथर के सफल प्रयोग के बाद तो जैसे शल्यक्रिया में चिकित्सकों को एक ठोस विकल्प मिला और शल्य-क्रिया भी ज्यादा अच्छी तरह की जाने लगी तथा आधुनिक चिकित्सा पद्धति की शुरुआत हुई। शल्यक्रिया के दौरान चेतना शून्यता लाने वाले डॉक्टरों की बहुत बड़ी जिम्मेदारी होती है। मरीजों को चेतना-शून्यता के साथ-साथ उनके ब्लड-प्रेशर आदि पर कड़ी निगरानी रखनी पड़ती है। हालाँकि शल्य-क्रिया के दौरान चेतना-शून्यता चिकित्सक की भूमिका भी शल्य-चिकित्सक के बराबर होती है, लेकिन शल्य-चिकित्सा में चेतना शून्य करने वाले चिकित्सकों का नाम कोई मरीज नहीं जानता। मरीज सिर्फ शल्य चिकित्सक को ही जानते हैं।

अतः यह चेतना-शून्यता दिवस उन डॉक्टरों के लिए कृतज्ञता प्रकट करने का दिन है। आजकल चेतना-शून्य चिकित्सक मरीजों पर ईथर के और भी कई उपयोग कर रहे हैं। जैसे शल्य-क्रिया के बाद जब शरीर में बहुत दर्द होता है, तो उन्हें समय-समय पर फिर से कुछ समय के लिए चेतनाशून्य करते रहते हैं। इस तरह आधुनिक चिकित्सा विज्ञान में ईथर का दर्द से छुटकारा दिलाने के लिए भी इस्तेमाल हो रहा है। विश्व चेतना-शून्यता दिवस के दिन इन चिकित्सकों के दल एक साथ बैठकर पता लगाने की कोशिश करते हैं कि ईथर को आयुर्विज्ञान में और किस-किस तरह उपयोग में लाया जा सकता है।

~~~~❖❖●❖❖~~~~
~~~~

बॉस दिवस

(16 अक्तूबर)

हर कंपनी या दफ्तर में सर्वोच्च अधिकारी को बॉस का दरजा प्राप्त होता है। बॉस को आम भाषा में मालिक भी कह सकते हैं।

16 अक्तूबर को बॉस दिवस मनाया जाता है। इस दिन आप बॉस के सामने अपना दिल खोलकर रख सकते हैं। इसी प्रकार वह (बॉस) भी आपके सामने अपना दिल खोल सकता है कि उसे आपके बारे में क्या अच्छा लगता है और क्या गलत। वह आपसे क्या अपेक्षाएँ रखता है और क्या सुधार चाहता है।

वैसे तो बॉस हर दिन 'बॉस' होता है, लेकिन आज के दिन आप उसकी वास्तविक योग्यता की सराहना कर सकते हैं या उसे आईना दिखा सकते हैं।

लोगों की नजरों में अच्छा बॉस वही है जो निष्पक्ष हो, ईमानदार हो, कर्मचारियों को समझता हो, मिलनसार हो और कर्मियों से बेझिझक संवाद करता हो। बॉस दिवस ऐसे ही बॉसों को समर्पित है, जिनमें उपर्युक्त सारे गुण मौजूद हों।

एक घर में घर का सबसे बड़ा सदस्य घर का बॉस होता है। हम उससे प्रेरणा लेते हैं और वह निष्पक्ष रूप से पूरे परिवार का मार्ग-निर्देशन करता है।

इस दिवस की शुरुआत सन् 1958 में श्रीमती पेट्रिसिया बेज हर्सोकी ने की थी, जो एक जीवन बीमा कंपनी में कार्यरत थीं।

उन्होंने 16 अक्तूबर का चुनाव इसलिए किया, क्योंकि यह उनके पिता का जन्मदिवस था, और मालूम है, उनके बॉस कोन थे ? उनके पिता!

~~~~❖❖●❖❖~~~~

शब्दकोश दिवस

(16 अक्तूबर)

16 अक्तूबर को शब्दकोश दिवस नूह वेबेस्टर के सम्मान में मनाया जाता है, जिन्हें अमेरिकी शब्दकोश का जनक माना जाता है। नूह वेबेस्टर का जन्म 16 अक्तूबर, 1758 को हुआ था।

यह दिन मूलत: शब्दकोश कौशल पर जोर देने और शब्दावली में सुधार के लिए समर्पित है।

नूह वेबेस्टर ने 43 वर्ष की आयु में अपना शब्दकोश लिखना आरंभ किया और
~~~~

उसे पूरा करने में 27 वर्ष लगे! अंग्रेजी के परंपरागत शब्दों के अलावा इसमें बहुत से अमेरिकी विशिष्ट शब्द भी दिए गए हैं।

शब्दकोश दिवस को मनाने का सबसे अच्छा तरीका है अच्छी पुस्तक, शब्दकोश पढ़ें। हमें पूरा विश्वास है कि आज आप कुछ ऐसे नए शब्द सीखेंगे, जिन्हें आपने जीवन में अब तक सुना भी नहीं था।

~~~~❖❖●❖❖~~~~

अंतरराष्ट्रीय गरीबी उन्मूलन दिवस

(17 अक्तूबर)

'गरीबी एक अभिशाप, इसे मिटाना सबका दायित्व।'

अंतरराष्ट्रीय गरीबी उन्मूलन दिवस मनाना एक सामाजिक कारण है, जो मनुष्यता एवं सभ्यता की भी पुकार है। यह 17 अक्तूबर को मनाया जाता है, क्योंकि इसी दिन सन् 1995 में संयुक्त राष्ट्र संघ द्वारा सामाजिक उत्थान के लिए विश्व सम्मेलन आयोजित किया गया था। दुनिया-भर के 186 देशों ने डेनमार्क की राजधानी कोपेनहेगेन में इकट्ठे होकर गरीबी उन्मूलन के मसले को अहम मुद्दा बनाकर गरीबी से छुटकारा पाने की योजना का विकास करने की पहल की थी। गरीबी मनुष्य की एक अमानवीय स्थिति है, जो उसे गरिमाविहीन कर पशुवत जीने को मजबूर कर देती है। अतः विकसित देशों ने गरीबी-उन्मूलन के लिए एक संस्था गठित की, जो गरीबी हटाने के लिए कार्यक्रम तैयार करे।

गरीबी उन्मूलन दिवस दुनिया के संपन्न देशों को यह सोचने के लिए बाध्य करता है कि विश्व की सभ्यता तभी विकसित एवं पूर्ण कहलाएगी, जब दुनिया के तमाम लोग कम-से-कम एक सभ्य एवं गरिमापूर्ण जीने लायक जीवन-स्तर तक कमा-खा सकें। प्रतिवर्ष इस दिन गरीबी उन्मूलन के लिए विश्व सम्मेलन आयोजित होता है और इस संबंध में कार्यक्रम एवं योजनाएँ तैयार की जाती हैं। विश्व के गरीब पूरी जिंदगी अमानवीय ढंग से जीते हुए, कष्ट एवं यातना सहते हुए, जीवन बिताते हैं, जो संपन्न वर्ग के लिए निंदनीय है। आज देश-दुनिया में गरीबी-उन्मूलन के लिए संघर्ष जारी है।

ज्यादातर अमानवीय गरीबी दक्षिण एशियाई एवं अफ्रीकी देशों में है। ऐसे देशों में गरीबी-उन्मूलन के कार्यक्रम के साथ-साथ, शिक्षा, स्वास्थ्य, आबादी विस्फोट से
~~~~

बचाव एवं भ्रष्टाचार से निपटने के तरीके भी अपनाए जा रहे हैं। ये सभी घटक एक-दूसरे से जुड़े हैं और जब तक शिक्षा एवं स्वास्थ्य नहीं सुधरेगा, तब तक गरीबी-उन्मूलन एक सपना बनकर ही रह जाएगा। गरीबी उन्मूलन के लिए दो बातें गौरतलब हैं—बढ़ती आबादी एवं भ्रष्टाचार पर लगाम। ये दोनों तभी काबू में आएँगे, जब समाज शिक्षित और अधिकारों के प्रति जागरूक हो।

~~~~❖❖●❖❖~~~~

विश्व कविता दिवस

(19 अक्तूबर)

‘कविता साहित्य की आत्मा है।’

विश्व कविता दिवस विश्वभर के कवियों को आदर देने के लिए ‘सम्मान दिवस’ के रूप में मनाया जाता है। कविता से संसार का सांस्कृतिक विकास होता है। कविता कवि की एक ऐसी रचना है, जो सत्य बताती है, सुंदरता दिखलाती है, मन को लुभाती है। विश्व कविता दिवस लगभग 41 देशों द्वारा सन् 1951 से मनाया जा रहा है। पहली बार यह अमेरिका के ओहयो राज्य में कवियों के सम्मान में मनाया गया था। हमारे देश से भी इसमें कवियें को आमंत्रित किया जाता रहा है।

हालाँकि हमारे देश में कविता दिवस मनाने की परंपरा नहीं है, फिर भी दुनिया के प्रबुद्ध देश अपने बुद्धिमान कवियों को दाद सम्मान देने के लिए कविता दिवस मनाने लगे हैं। संगीत की तरह कविता की भी एक संस्कृति है, एक शान है। अच्छी कविता सुनकर मनुष्य का तन-मन डोल उठता है, मन आनंद के साथ हिचकोले खाने लगता है।

कविता, साहित्य की आत्मा है। कविता अपने अंदर तमाम मानवीय भावनाएँ व्यक्त कर सकती है। यह कहावत बहुत सही है कि, ‘जहाँ न पहुँचे रवि, वहाँ पहुँचे कवि,’ यानी कवि अपनी कल्पना के पंख लगाकर न जाने किस-किस दुनिया में विचरण कर लेता है! जब दुनिया उसकी कविता को सुनती है, तो वाह! वाह! कह उठती है। अत: कविता दिवस का उद्देश्य है कि कवियों को वह श्रेष्ठ स्थान मिले, जो हर तरह के कलाकारों, रचनाकारों को मिलता है।

~~~~

विश्व ओस्टियोपोरोसिस दिवस

(20 अक्तूबर)

'हड्डियों का खोखलापन, कोला छोड़ो,
दूध का करो सेवन।'

आजकल बाजार की सुविधा और नए फैशन की वजह से बच्चे दूध की बजाय कोल्ड ड्रिंक्स पीना ज्यादा पसंद करने लगे हैं। बदलती जीवन-शैली में बच्चों की इस तरह की आदतों को माता-पिता भी सामान्य मानने लगे हैं, लेकिन दूध से अलगाव और कोला से लगाव की यह आदत बच्चों के लिए आगे चलकर कई तरह की दिक्कतें और हड्डियों में खोखलापन पैदा कर सकती है।

विशेषज्ञों के मुताबिक बचपन में दूध की बजाय कोल्ड ड्रिंक्स पीने की आदत के कारण उनकी हड्डियों के खोखले हो जाने की बीमारी 'ओस्टियोपोरोसिस' तेजी से बढ़ रही है। इस बीमारी से शरीर में कैल्शियम की कमी हो जाती है, जिससे हड्डियों का घनत्व एवं अस्थिमज्जा बहुत कम हो जाती है और हड्डियाँ खोखली और कमजोर हो जाती हैं। हड्डियों की बनावट खराब होने लगती है और वे बेहद हलकी हो जाती हैं, जिससे थोड़ी-सी चोट लगने पर भी टूटने का खतरा बना रहता है।

अमेरिकन मेडिकल एसोसिएशन की ओर से किए गए एक अध्ययन के मुताबिक दुनिया-भर में यह समस्या तेजी से बढ़ रही है। पिछले कुछ वर्षों में कलाई और कूल्हे में फ्रैक्चर के मामले युवक और युवतियों में बढ़ गए हैं। अतः इस खान-पान के दोष से मुक्ति के लिए जनजागरूकता लाना जरूरी है। कई बार हम अज्ञानतावश भी ऐसी अस्वास्थ्यकर गलतियाँ करते रहते हैं। इन सब बातों का एक हल और एक ही समाधान है, ज्ञान। ज्ञान इस बात का कि कोला हमारे स्वास्थ्य के लिए हानिकारक है हमें उसे त्यागना ही पड़ेगा।

ओस्टियोपोरोसिस के प्रति लोगों को जागरूक बनाने के लिए 20 अक्तूबर को विश्व ओस्टियोपोरोसिस दिवस मनाया जाता है। दूध से लगाव और कोला से परहेज बच्चों, किशारों और वयस्कों को भी करना होगा, ताकि हमारा भविष्य सुरक्षित और स्वास्थ्य मुट्ठी में रहे। यह हम सभी जानते हैं कि स्वस्थ शरीर में ही स्वस्थ मस्तिष्क रह सकता है। चहुँमुखी विकास के लिए हमारा स्वस्थ रहना जरूरी है।

~~~~❖❖●❖❖~~~~
~~~~

आयोडीन-अल्पताजनित व्याधि दिवस

(21 अक्तूबर)

'आयोडीन की थोड़ी मात्रा, सफल करे जीवन-यात्रा।'

आयोडीन हमारे खाद्य का एक विशेष तत्त्व है, जो हमें स्वस्थ रखता है, लेकिन अगर हमारे भोजन में इसकी मात्रा कम हो जाए, तो कई व्याधियाँ हो सकती हैं। आयोडीन-अल्पता जनित व्याधि दिवस एक जनजागरण अभियान है, जिसके द्वारा हमें यह ज्ञान प्राप्त होता है कि आयोडीन हमारे शरीर के लिए कितना महत्त्वपूर्ण तत्त्व है। हमारे भोजन में आयोडीन की कमी से हमारी मानसिक क्षमता का ह्रास होता है। इस व्याधि से देश की आर्थिक व्यवस्था पर भी प्रभाव पड़ता।

आयोडीन हमारे शरीर के लिए एक महत्त्वपूर्ण पोषक तत्त्व है, जो थाइरोक्सिन हार्मोन बनाने के काम आता है। यह हार्मोन हमारे शरीर के विकास में सहायक होता है, लेकिन भोजन में इसकी कमी से घेंघा रोग तथा और भी कई प्रकार की व्याधियाँ और विसंगतियाँ, जैसे बौनापन, मोटापा उभर आते हैं। यह दिवस हमें समय रहते ही आगाह करने प्रतिवर्ष आ जाता है और बता जाता है कि भोजन में आयोडीन के सही इस्तेमाल से कई तरह की परेशानियों एवं व्याधियों से हम बच सकते हैं। इसके लिए सबसे जरूरी है आयोडीन युक्त नमक को आहार में लेने की, जिससे इसकी पूर्ति शरीर में होती रहे। आयोडीन-अल्पता जनित व्याधि को कम करने के लिए 'राष्ट्रीय आयोडीन-अल्पता व्याधि नियंत्रण' कार्यक्रम चलाया जा रहा है। इसके द्वारा देश के दूर-दराज इलाकों में लोगों को शिक्षित करना, आयोडाइज्ड नमक प्रयोग करना आदि बताया जा रहा है। इस कार्यक्रम को मीडिया द्वारा गाँव-गाँव, शहर-शहर में लोकप्रिय बनाकर लोगों को जागरूक किया जा रहा है, ताकि वे अपने भोजन में आयोडीन जरूर लें। खासकर गर्भवती महिलाओं को ज्यादा मात्रा में आयोडीन की जरूरत होती है, ताकि बच्चा स्वस्थ और बुद्धिमान पैदा हो। आयोडीन की सही मात्रा हमारे शरीर में रखने के लिए भोजन के हर खाद्य में एक मिले-जुले संतुलन के साथ आयोडीन युक्त नमक लें, तो हम अवश्य ही आयोडीन-अल्पताजनित व्याधि से दूर रह सकते हैं। इस प्रकार हम अपने परिवार, समाज और देश की सुदृढ़ आर्थिक स्थिति और विकास के भागीदार बन सकते हैं।

~~~~❖❖●❖❖~~~~
~~~~

राष्ट्रीय पुलिस दिवस

(21 अक्तूबर)

'भारतीय पुलिस, सदैव नागरिकों के साथ।'

भारत सरकार ने नागरिकों की जान-माल की रक्षा के लिए पुलिसकर्मियों की महत्त्वपूर्ण भूमिका को देखते हुए प्रतिवर्ष 21 अक्तूबर को पुलिस दिवस मनाने की घोषणा की है। दरअसल यह पुलिस दिवस, शहीद पुलिसकर्मियों का श्रद्धांजलि दिवस है। वर्ष 1959 में इसी 21 अक्तूबर के दिन कई पुलिसकर्मी लद्दाख में घुसपैठ करनेवाले चीनी बलों से लड़ते हुए शहीद हो गए थे। इस हमले में कई पुलिसकर्मी घायल हुए और कुछ बंदी बनाए गए थे, लेकिन महज राइफलों के साथ लड़ते हुए भारतीय पुलिसकर्मी डटे रहे, जबकि चीनी बलों के पास कई तरह के अत्याधुनिक हथियार थे, फिर भी भारतीय पुलिसकर्मी साहस और देशभक्ति के बल पर लड़ते रहे, जब तक कि लद्दाख में घुस आए चीनी बल भगा नहीं दिए गए।

पुलिस का जीवन आशंकाओं से भरा होता है। उन्हें किसी भी वक्त नागरिकों की सुरक्षा के लिए किसी भी खतरनाक स्थिति का सामना करना पड़ सकता है। उनके लिए दिन-रात, बदलता मौसम, तीज-त्योहार सब ड्यूटी के दिन होते हैं। अगर हम नागरिकों की रक्षा के लिए उनके त्याग को जानें, तो हम समझ पाएँगे कि वास्तव में पुलिस हमारी कितनी बड़ी हितैषी और रक्षक है।

ज्यादातर पुलिसकर्मी आतंकवादी गतिविधियों के खिलाफ लड़ाई में मारे जाते हैं। यह सदैव नागरिकों की रक्षा में तैनात रहते हैं तथा कदम-कदम पर हमारी सहायता करते हैं। छोटी-मोटी झड़पों की सूचना पाते ही निपटारा करने पहुँच जाते हैं। यही नहीं, यह हमारे संकट के समय भगवान् के समान हमारी रक्षा करते हैं।

~~~~❖❖●❖❖~~~~

किसान दिवस

(22 अक्तूबर)

'किसान सभा, अर्थव्यवस्था की रीढ़।'

भारत एक कृषिप्रधान देश है और किसान भारतीय अर्थव्यवस्था की रीढ़ हैं, जिनके बल पर हमारी आर्थिक उन्नति निहित है। भोजन मनुष्य की पहली
~~~~

मूलभूत आवश्यकता है। इसके बिना जीवन असंभव है। जिनकी मेहनत और मजदूरी से हमारा पेट भरता है, हमें भी उन्हें सहारा, शिक्षा, स्वास्थ्य एवं स्वावलंबन देना चाहिए। 22 अक्तूबर को मनाया जाने वाला किसान दिवस जन-जागरूकता अभियान है। इससे जनसाधारण को उनकी अहमियत, परेशानियाँ एवं अपेक्षाएँ जानने का अवसर प्राप्त होता है। यह किसान भाइयों को सम्मान देने का दिन है, क्योंकि इनका पेशा अन्न उगाना मानवीय कार्य है।

22 अक्तूबर का दिन किसान दिवस के नाम से जाना जाता है। इसी दिन हमारे देश के किसान नेता स्वर्गीय चौधरी चरणसिंह का जन्मदिवस है। उनके जन्मदिन को किसान दिवस के रूप में मनाया जाना हमें यह सोचने के लिए बाध्य करता है कि जो हमारा पेट भरता है, उसी का अपना पेट खाली क्यों रहता है? किसान कितनी मेहनत से अपनी चमड़ी जलाकर उपज पैदा करता है और खुद सुख-शांति से वंचित रह जाता है? समाज का यह कैसा न्याय है? हालात ऐसे हैं कि कर्ज में डूबे किसान कोई चारा न पाकर आत्महत्या तक करने को मजबूर हो रहे हैं। हमारे समाज को इस बात पर शर्म आनी चाहिए। इन्हीं हालात को देखते हुए किसानों की समस्या को सुलझाने के लिए, 'राष्ट्रीय किसान आयोग' का गठन हुआ है, जो उनके हर पहलुओं एवं परेशानियों के लिए कार्ययोजना तैयार कर रहा है।

किसानों की सहायता के लिए बीमा कंपनियाँ सामने आ रही हैं। उनकी फसलों का बीमा किया जा रहा है। सरकार किसानों को बीज, उर्वरक आदि खरीदने के लिए क्रेडिट कार्ड उपलब्ध करा रही है तथा कम ब्याज पर ऋण दिया जा रहा है। इतना ही नहीं, किसानों को शिक्षित कर स्वास्थ्य सुविधाएँ दी जा रही हैं। उन्हें वैज्ञानिक स्तर पर ट्रेनिंग देने के लिए 'किसान विज्ञान केंद्रों' की स्थापना की जा रही है। उनको बीज उपलब्ध कराने व उनकी उपज के भंडारण के लिए सहकारी समितियाँ चलाई जा रही हैं। हमें प्रत्येक किसान को शिक्षित करना होगा, तभी हमारा भारत देश विकसित देश कहलाएगा।

~~~~❖❖●❖❖~~~~

संयुक्त राष्ट्र दिवस

(24 अक्तूबर)

'संयुक्त राष्ट्र विश्व का प्रहरी, दुःखों को दूर करे।'

द्वितीय विश्वयुद्ध के पश्चात् विश्व में शांति एवं सुरक्षा के उद्देश्य से जिस संघ की स्थापना की गई, उसका नाम संयुक्त राष्ट्र संघ है। यह 24 अक्तूबर, 1945 को अस्तित्व में आया। इसलिए प्रतिवर्ष 24 अक्तूबर को संयुक्त राष्ट्र दिवस मनाया
~~~~

जाता है। इसका मुख्य सिद्धांत सह-अस्तित्व, शांति, दुनिया के देशों को युद्ध से बचाना, निरक्षरता, गरीबी और बीमारी का उन्मूलन है।

संयुक्त राष्ट्र समय-समय पर अपनी कार्यप्रणाली और ढाँचे में परिवर्तन लाता है, ताकि बदली हुई अंतरराष्ट्रीय परिस्थितियों में ज्यादा-से-ज्यादा प्रभावशाली बना रहे। इसके पाँच महत्त्वपूर्ण अंग हैं, जिनमें आमसभा, सुरक्षा परिषद्, अंतरराष्ट्रीय न्यायालय, आर्थिक एवं सामाजिक परिषद् तथा सचिवालय शामिल हैं। इसका प्रधान कार्यालय न्यूयॉर्क में है। सचिवालय का मुख्य प्रशासनिक अधिकारी महासचिव होता है, जो इस विश्व-संस्था के संपूर्ण कार्यों का सूत्रधार कहा जा सकता है। इसको भी वही शक्तियाँ दी गई हैं, जो एक देश के प्रधान को दी जाती हैं। संयुक्त राष्ट्र संघ के कई प्रमुख संगठन भी हैं, जैसे यूनेस्को, विश्व स्वास्थ्य संगठन, यूनीसेफ आदि।

संयुक्त राष्ट्र संघ ने राष्ट्रों में आपसी तनाव को कम करने, निशस्त्रीकरण, निर्मम हत्याओं को रोकने, शरणार्थियों की सुरक्षा, जनसंख्या वृद्धि पर रोक, जनस्वास्थ्य संवर्धन, वृद्धों, विकलांगों व आवासहीन लोगों की मदद करने में भी महत्त्वपूर्ण भूमिका निभाई है। इस प्रकार संयुक्त राष्ट्र संघ पूरे विश्व का प्रहरी है, जो मानवता के लिए समर्पित है।

~~~~❖❖●❖❖~~~~

विश्व बचत दिवस

(30 अक्तूबर)

'बूँद-बूँद भरे, गागर में सागर।'

बचत हमारे भविष्य का आधार है, हमारी सुरक्षा की गारंटी है। थोड़ी-थोड़ी बचत द्वारा हम कई सालों में बहुत बड़ी रकम जमा कर लेते हैं, जो भविष्य में हमारी जरूरतों को पूरा करने में सहायक होती है। इस प्रकार बचत के लाभ को देखते हुए बचत करना हर मनुष्य की आदत होनी चाहिए। बचत किया गया धन हमारे आड़े समय में काम आता है और उससे जिंदगी सुधर जाती है। बचत मनुष्य का एक अभिन्न गुण होना चाहिए। थोड़ी-थोड़ी बचत करना, एक आंदोलन बन चुका है, जो भविष्य में सुरक्षित निवेश के काम आता है। यह बचत सिर्फ मनुष्य को ही लाभ नहीं देती, बल्कि इसी बचत योजना के तहत देश को भी आर्थिक लाभ होता है।

प्रतिवर्ष 30 अक्तूबर को राष्ट्रीय बचत संस्था द्वारा यह बचत दिवस मनाया
~~~~

जाता है, ताकि लोगों को बचत के तरीके एवं लाभ समझाए जा सकें। खर्च के साथ ही बचत का महत्त्व है। खर्च और बचत के बीच सही तालमेल होना चाहिए, तभी यह सफल हो पाएगी। अगर हम जरूरी चीजों में खर्च न कर सिर्फ बचत करें या गैरजरूरी चीजों में खर्च कर बिलकुल बचत न करें, तो दोनों अवस्थाओं में असंतुलन पैदा हो जाएगा। संतुलन के साथ बचत हमारी वृद्धावस्था की साथी है। वृद्धावस्था में हम आर्थिक तथा शारीरिक रूप से कमजोर पड़ जाते हैं। अतः युवावस्था से ही थोड़ी-थोड़ी बचत हमारे जीवन-पर्यंत काम आती है और हमारा जीवन सफल होता है। साथ ही बचत की योजनाओं से देश की बड़ी-बड़ी योजनाएँ कार्यान्वित होती हैं।

बैंक और डाक-घर के बचत खातों में बचत की जा सकती है। बांड और सर्टिफिकेट खरीदकर भी अपना धन बचाया जा सकता है। देखा गया है कि महिलाएँ बचत में सबसे चुस्त होती हैं। वे अपने घरेलू खर्चों में से ही थोड़ा-थोड़ा करके बचाती रहती हैं।

बचत दिवस बताता है कि बचत के लिए किए गए निवेश का धन, उसके धारकों को सही समय पर, बिना विलंब के मिल जाना चाहिए, तभी बचत की गरिमा बरकरार रहेगी।

~~~~❖❖●❖❖~~~~

यूनिसेफ दिवस

(31 अक्तूबर)

'यूनिसेफ एक मशाल, बच्चों का है सवाल।'

यूनिसेफ का पूरा नाम, 'यूनाइटेड नेशंस चिल्ड्रंस फंड' (संयुक्त राष्ट्र बाल कोष)है। यूनिसेफ का गठन संयुक्त राष्ट्र संघ द्वारा सन् 1946 में बच्चों की देखभाल के लिए चंदा इकट्ठा करने वाली एक संस्था के रूप में किया गया था। सन् 1950 में पहली बार स्कूली बच्चों द्वारा 160 देशों के बच्चों के लिए चंदा जोड़ा गया। यह पैसा बच्चों के टीकाकरण, दवाई, स्वच्छ पेयजल, अच्छा पोषण और शिक्षा के लिए इस्तेमाल किया गया था। तब से यह परंपरा बन गई कि यह संस्था बच्चों को मानवीय आधार पर सहायता, सुरक्षा, विकास, लड़कियों की शिक्षा, एच.आई.वी. एड्स से बचाव आदि के लिए आर्थिक सहायता जुटाती है।
~~~~

यूनिसेफ दिवस बच्चों के लिए जानकारी प्राप्त करने का दिवस है कि किस प्रकार विकासशील देशों के बच्चे गरीबी और बीमारी से जूझ रहे हैं और यह भी जानकारी देता है कि संयुक्त राष्ट्र संघ द्वारा बच्चों के अधिकारों की घोषणा हुई थी, जिसपर दुनिया के ज्यादातर देशों ने हस्ताक्षर किए थे। उनमें हमारा देश भारत भी शामिल है, जो बच्चों के अधिकारों का हिमायती है, लेकिन विडंबना यह है कि दुनिया-भर में सबसे ज्यादा बाल-मजदूर भारत में ही हैं।

यूनिसेफ के सामने चुनौती यह है कि बच्चों के जीवन में हर हाल में सुधार लाया जाए, क्योंकि आज के बच्चे ही कल के राष्ट्र-निर्माता हैं। यूनिसेफ का नारा है कि बहुत छोटे बच्चों को टीकाकरण, पोषण तथा शिक्षा जैसे बुनियादी अधिकार दिए जाएँ। लड़कियों को शिक्षा विशेष रूप से दी जानी चाहिए, क्योंकि यह महिलाओं के लिए विकल्प का दायरा बढ़ाती है। यूनिसेफ ऐसी गतिविधियों पर जोर देता है, जिनका बच्चों की जीवन-रक्षा, विकास और संरक्षण पर प्रत्यक्ष और स्थायी प्रभाव पड़ता है। भारत में यूनिसेफ ने अपना पहला कार्यालय सन् 1949 में खोला था और तब से यह असहाय बच्चों के स्वास्थ्य, शिक्षा, जल, पर्यावरण, स्वच्छता, विकास, पोषण, आदि का कार्यभार बखूबी सँभाल रहा है। करीब 15 करोड़ बच्चों को पोलियो से बचाव की खुराक से लेकर, बाल-वेश्यावृत्ति रोकने की प्रायोगिक परियोजना तक इसके कार्यों में शामिल है। इसकी रणनीति का लक्ष्य है, बाल अधिकारों की पूर्ति में महिलाओं की क्षमताएँ बढ़ाना और समाज से लिंगभेद मिटाना।

□

नवंबर

कैंसर चेतना दिवस

(7 नवंबर)

‘कैंसर साध्य है, अगर पता जल्दी लग जाए।’

कैंसर एक घातक रोग है, जो शरीर के किसी अंग में कोशिकाओं के गाँठ बनने के कारण हो जाता है। अगर इन गाँठों की समय रहते जल्दी पहचान कर ली जाए, तो इसका इलाज संभव है। आजकल आपाधापी की जिंदगी में और स्वास्थ्य उपचार महँगा होने के कारण हम अपनी बीमारियों को दबा लेते हैं, जिससे कभी-कभी लेने के देने पड़ जाते हैं।

7 नवंबर को मनाया जाने वाला कैंसर चेतना दिवस प्रतिवर्ष यही संदेश लेकर आता है कि हमें अपने स्वास्थ्य के प्रति जागरूक रहना चाहिए।

यह दिवस हमें चेतावनी देता है कि शरीर के किसी अंग में गाँठ, सूजन या स्राव निकलता रहे, घुलने में परेशानी या फिर कोई और बदलाव नजर आए, तो तुरंत बिना डरे डॉक्टर को दिखाना चाहिए, क्योंकि अगर कैंसर निकला, तो जल्द-से-जल्द उपचार करवाने में भलाई है।

आजकल कैंसर के इलाज के लिए नई-नई पद्धतियाँ विकसित कर ली गई हैं, जैसे रेडियोथैरेपी, केमो-रेडिएशन आदि, जो काफी कारगर साबित होती हैं।

इस दिवस का संदेश है कि हमें शुद्ध-स्वच्छ एवं तनावरहित जीवन-शैली अपनानी चाहिए। देखा गया है कि तनाव से भी कई घातक बीमारियाँ जन्म लेती हैं। असंतुलित भोजन, शरीर की साफ-सफाई का अभाव, तंबाकू, पान-मसाला, शराब आदि से परहेज। हम प्रकृति के जितने करीब रहेंगे, उतने ही स्वस्थ, सुखी एवं शांत रहेंगे। यह दिवस अस्पतालों में मनाया जाता है और विशिष्ट डॉक्टर बैठक करते हैं, ताकि इस बीमारी की

नई दवाइयाँ और तरीके खोजे जा सकें। स्वास्थ्य-मेला लगाकर तथा लोगों में परचे बाँटकर भी जागरूक बनाया जाता है, ताकि हम अपने स्वास्थ्य की देखरेख खुद कर सकें और किसी गड़बड़ी का संदेह होते ही फौरन डॉक्टर की सलाह लें।

~~~~❖❖●❖❖~~~~

राष्ट्रीय कानूनी साक्षरता दिवस
(9 नवंबर)

'कानूनी जागरूकता, लोकतंत्र की नींव।'

हमारे देश में प्रतिवर्ष कानूनी साक्षरता दिवस 9 नवंबर को मनाया जाना समान समाज की स्थापना की दिशा में एक महत्त्वपूर्ण कदम है। इस दिवस का मुख्य नारा एवं मुद्दा है—'न्याय सभी के लिए।' यह दिवस हमें जागरूक बनाता है और ज्ञान देता है कि अपनी शिकायत के लिए शीघ्र न्याय पाने का हक सभी नागरिकों को है, चाहे वे अज्ञानी और निर्धन ही क्यों न हों। न्याय जल्द-से-जल्द पाने का सुअवसर सभी को मिले, क्योंकि न्याय के लिए विलंब भी न्याय की अवहेलना है और यह असंतोष एवं असुरक्षा की भावना पैदा करता है।

आजकल न्यायालयों में इतने मुकदमे दर्ज हैं कि उनकी जल्दी सुनवाई और निबटारा नहीं होता। इस कारण समय-समय पर विभिन्न लोक-अदालतों का गठन किया जा रहा है, ताकि जल्द-से-जल्द लोगों की शिकायतों का समाधान हो एवं उन्हें न्याय मिले। लोक-अदालत के लिए वकीलों की नियुक्ति, न्यायालय शुल्क तथा अरजी-पेशी आदि के मामूली खर्चे शामिल होते हैं।

साधारण नागरिकों के लिए जल्द न्याय पाने के महत्त्व को देखते हुए सन् 1987 में इसी दिन संसद् द्वारा कानूनी सेवा ऐथोरिटी ऐक्ट पारित किया गया था। इस एक्ट के तहत छोटी-मोटी कानूनी सलाह एवं कार्रवाइयों के लिए 'लोक अदालतें' गठित करने का प्रावधान न्याय को सुलभ बनाना है। ये कानून द्वारा बनाए गए मंच हैं और स्थानीय स्तर पर कानूनी विवाद को सुलझाने के लिए कृतसंकल्प हैं। इन लोक-अदालतों को इतनी न्यायिक शक्ति दी गई है कि इनके द्वारा दिए गए फैसले न्यायालय के निर्णय की तरह दोनों पक्षों को मान्य होते हैं। यही व्यवस्था जेलों में बंद कैदियों के लिए भी 'कानूनी सहायता कोष' गठित करके असहाय एवं निर्धन कैदियों के लिए भी की गई है।

कानूनी साक्षरता दिवस मनाने के उपलक्ष्य में कानूनी साक्षरता और जागरूकता
~~~~

कैंप गाँवों, कस्बों तथा शहरों में लगाए जाते हैं, ताकि वहाँ आकर कोई भी व्यक्ति निःशुल्क कानूनी सेवा का ज्ञान ले सके और न्याय पाने का रास्ते एवं अधिकार को जान सके। इस प्रकार यह दिवस एक समान जल्दी न्याय पाने के लिए लोगों को जागरूक बनाता है।

~~~~❖❖●❖❖~~~~

शांति और विकास के लिए विश्व विज्ञान दिवस

(10 नवंबर)

'विज्ञान का ज्ञान, शांति और विकास की पहचान।'

कोई भी ज्ञान तभी सही साबित होता है, जब वह मनुष्य को शांति और विकास प्रदान करता है। विज्ञान भी एक ऐसा ही ज्ञान है, जिसके द्वारा हम अपने जीवन की कठिनाइयों को सुलझा सकते हैं, लेकिन यह मनुष्य की सोच पर निर्भर करता है कि वह विज्ञान के इस ज्ञान को शांति और विकास में लगाए या फिर अणुबम बनाकर संसार की सभ्यता और संस्कृति को मिटा दे। जब दुनिया के समृद्ध देश अपनी सामरिक प्रतिरक्षा के लिए बम और मिसाइलें तैयार कर बैठे, तब संयुक्त राष्ट्र संघ से संबद्ध संस्था यूनेस्को की आँखें खुलीं और उसके कार्यकर्ताओं ने 10 नवंबर को एक आमसभा बुलाई, जिसमें विज्ञान को विनाश के लिए नहीं, बल्कि विकास के लिए इस्तेमाल करने की शपथ ली गई। सभी ने मिलकर दुनिया को उड़ानेवाले बमों को नष्ट करने का आह्वान किया और विज्ञान को शांति और विकास के लिए प्रयोग करने का वचन दोहराया।

प्रतिवर्ष 10 नवंबर को मनाया जानेवाला शांति और विकास के लिए विज्ञान दिवस हमें याद दिलाने आ जाता है कि हम विकास के रास्तों को भूल न जाएँ। विज्ञान ने हमें अंधविश्वास, बीमारियों और गरीबी से लड़ने का हथियार दिया है। हमें प्रदूषित हवा, मिट्टी व पानी को शुद्ध करने का तरीका बताया है। विज्ञान ने ही हमारे पर्यावरण को शुद्ध रखने, चाँद तक पहुँचने, कंप्यूटर द्वारा ज्ञान का खजाना पल झपकते ही पाने, कुछ ही घंटों में दुनिया के इस कोने से उस कोने तक पहुँचने का राज बताया है।

~~~~❖❖●❖❖~~~~

विश्व करुणा दिवस

(13 नवंबर)

'करुणामय हो मानव-जीवन, हो जन-मत की यही भावना।'

13 नवंबर को प्रतिवर्ष करुणा दिवस मनाया जाता है। इस दिन सन् 1998 में जापान की राजधानी टोकियो में प्रथम वर्ल्ड काइंडनेस मूवमेंट कॉन्फ्रेंस का आयोजन किया गया था। उस दिन की स्मृति के रूप में प्रतिवर्ष 13 नवंबर को करुणा दिवस का आयोजन विश्व-भर में किया जाता है।

विश्व करुणा दिवस का उद्देश्य है कि हम अपने स्वार्थ से, अपने देश की सीमाओं से, अपनी संस्कृति से, अपनी जाति से और अपने धर्म से आगे बढ़कर यह सोचें कि विश्व के नागरिक हैं। विश्व-नागरिक बनकर हम केवल अपने या अपने देश के ही विकास और खुशहाली के बारे में न सोचें, बल्कि सार्वभौमिक हित की बात सोचें और जब हम विश्व-भर के नागरिकों से अपनी भावनाएँ जोड़ लेते हैं, तो हम समानानुभूति से भर जाते हैं तथा पूरी तरह उनसे जुड़ जाते हैं। ऐसा होते ही कुछ खास विभिन्नताओं के बावजूद उनमें हमें कई समानताएँ नजर आने लगती हैं। करुणा भरी दृष्टि से देखने पर हमें ये सब खूबियाँ नजर आने लगती हैं। करुणा दिवस हमें ऐसी भावनाएँ मन में जागृत करने की प्रेरणा देता है।

कभी-कभी भिन्न जातियों एवं संस्कृतियों के बारे में सही जानकारी हमें नहीं मिल पाती, जो भ्रमित करती है। विश्व करुणा दिवस मानव एवं प्राकृतिक संसाधनों की खोज के आरंभ का दिवस है, जो हमें विश्व नागरिकता से जोड़ता है।

~~~~❖❖●❖❖~~~~

बाल दिवस

(14 नवंबर)

'बालक ही कल के नागरिक, उनका संरक्षण जरूरी है।'

14 नवंबर को बाल दिवस पूरे भारत में मनाया जाता है। इसी दिन आजाद भारत के प्रथम प्रधानमंत्री पं. जवाहरलाल नेहरू का जन्म हुआ था। वे बच्चों को बहुत
~~~~

प्यार करते थे और बच्चे उन्हें प्यार से 'चाचा नेहरू' कहते थे। इस दिन देश में बच्चों से संबंधित कार्यक्रम मनाए जाते हैं तथा उनके कल्याण की योजनाएँ बनाई जाती हैं।

बाल दिवस का दिन हमें यह याद दिलाता है कि बच्चे समाज और देश की धरोहर होते हैं। अत: उनके पालन-पोषण के लिए हमें उनको अधिकार सहित पलने-बढ़ने का मौका देना चाहिए। वर्ष 1974 में भारत के बच्चों के कल्याण के लिए एक 'राष्ट्रीय बाल नीति' बनाई गई। देश की राजधानी तथा प्रांतों में कई बाल-भवन बनाए गए, जिनमें उनके लिए मनोरंजक कार्यक्रम होते हैं और प्रतिभाशाली बच्चों को आगे बढ़ने का अवसर मिलता है। इस दिशा में कई गैरसरकारी संस्थाएँ भी कार्यरत हैं। ये संस्थाएँ साधनहीन बच्चों को सड़कों से उठाकर बालगृह ले जाती हैं और उन्हें जीने की कला सिखाती हैं।

पूर्व राष्ट्रपति डॉ. ए.पी.जे. अब्दुल कलाम को भी बच्चों में गहरी रुचि है। वे बच्चों के स्वभाव को बखूबी जानते हैं। उनका मानना है कि बच्चों को अपने अंदर की भावनाएँ दबानी नहीं चाहिएँ, बल्कि उन्हें उजागर करना चाहिए, ताकि उनके पंख सफलता की ऊँचाई छूने के लिए उड़ना सीखें। डाक-तार विभाग ने बच्चों के नाम एक डाक टिकट जारी किया, जिसमें यह दर्शाया गया कि बच्चों की जीवन-शैली में पौष्टिक आहार, आवास, शिक्षा एवं मनोरंजन के साथ खेल-कूद शामिल हो। भारत में बाल-श्रमिकों की परंपरा समाप्त करने के लिए एक व्यापक योजना बनाई गई है, ताकि जो बच्चे ढाबों, कारखानों एवं दूसरे निर्माण के कार्यों में जीविका के लिए कार्यरत हैं, उन्हें छुड़वाकर शिक्षा दिलवाई जाए, ताकि उनका भविष्य उज्ज्वल हो सके।

देश में इन दिनों 'राष्ट्रीय बाल आयोग' स्थापित करने की योजना बनाई जा रही है, ताकि उनकी शिकायतों को सुना जा सके एवं उनके अधिकारों की रक्षा भी हो। बाल-शोषण से छुटकारा दिलवाना भी आयोग का कार्य होगा। बाल दिवस के दिन बच्चों को बड़ों से यही अपेक्षाएँ हैं कि वे बच्चों के लिए एक सकारात्मक सोच एवं व्यवहार अपनाएँ। बाल दिवस संदेश देता है कि बच्चों को बच्चे की नजर से देखा जाए एवं उनकी बात भी ध्यानपूर्वक सुनी जाए।

अंतरराष्ट्रीय सहनशीलता दिवस

(16 नवंबर)

'सहनशीलता में शक्ति, साथ में प्रगति।'

सहनशीलता एक महान् गुण है, जो हमें देवत्व की ओर ले जाता है। सहनशील रहकर हम शांत रहते हुए अपने को पहचान पाते हैं और सफलतापूर्वक अपने लक्ष्य की ओर अग्रसर होते हैं। यह एक ऐसी स्थिति है, जो हमें दूसरों से न उलझकर स्वयं के लिए जीने का समय प्रदान करती है। सहनशीलता से हमें सुख और शांति मिलती है और हम बेकार के झगड़े-झमेलों से भी बच जाते हैं। असहनशीलता हमारी सुख-शांति को हर लेती है और हमसे न जाने कितनी गलतियाँ, गाली-गलौच और अनर्थ करा देती है, जिसकी वजह से हम जीवन-पर्यंत भुगतते रहते हैं।

जीवन में सहनशीलता के लाभ को देखते हुए 'यूनेस्को' ने सन् 1995 से 16 नवंबर को विश्व-भर में सहनशीलता दिवस मनाने का फैसला किया। यह दिवस हमारे लिए शिक्षा दिवस बनकर आता है, जो सिखाता है कि किस प्रकार परिवारजनों, पड़ोसियों और विभिन्न समुदायों में सहनशीलता बरतने से हमारा समाज सुख, शांति एवं समृद्धि की ओर अग्रसर होता है, लेकिन थोड़ी-सी भी असहनशीलता ईर्ष्या, विवाद, झगड़े, अशांति, आतंकवाद और न जाने कैसी-कैसी नारकीय स्थिति पैदा कर देती है। हमें यह बात भी याद रखनी चाहिए कि अति सहनशीलता भी खतरनाक है। ऐसी स्थिति में हमें अपने विवाद को सुलझाने के लिए हिंसा का रास्ता न अपनाकर शांतिपूर्ण तरीके से उस मुद्दे पर विरोध-प्रदर्शन करना चाहिए।

आज पूरी दुनिया विभिन्न समुदायों के बीच असहनशीलता की वजह से अंगार के ढेर पर बैठी हुई है और जब-तब आतंकवादी हमलों से जान-माल की बरबादी हो रही है। आज के परिप्रेक्ष्य में सहनशीलता मानव सभ्यता और संस्कृति मिश्रित होना चाहिए, जो हमें देवत्व की ओर ले जाए।

नागरिक दिवस

(19 नवंबर)

> 'नागरिकों की पहचान सुनिए,
> जिएँ नागरिक कर्तव्यों के लिए।'

नागरिकता देशवासियों का जन्मसिद्ध अधिकार है। वैसे तो दूसरे देश की नागरिकता भी कई शर्तों पर प्राप्त की जा सकती है। नागरिकता देश में जन्म के साथ ही प्रत्येक बच्चे को स्वत: मिल जाती है और वह उस देश का भोजन, संरक्षण, शिक्षा और देश की गतिविधियों में भाग लेने का हकदार बन जाता है। उसे जन्म-पंजीकरण से लेकर टीकाकरण, वयस्क होने पर वोट देने का अधिकार और अनगिनत सुविधाएँ मिलती हैं, जो आजीवन मिलती रहती हैं। मनुष्य के लिए उसके जीवन में नागरिकता के महत्त्व को देखते हुए प्रतिवर्ष 19 नवंबर को नागरिक दिवस मनाया जाता है।

सबसे महत्त्वपूर्ण बात यह है कि नागरिकता से हमें देश का संरक्षण प्राप्त होता है। हम विश्व के किसी भी देश में रहें और यदि संकट आ जाए, तो हमारा देश ही हमें बचाने का उपाय करता है। बेरोक-टोक हम अपने देश में कहीं भी जा सकते हैं, जीविकोपार्जन के लिए कोई भी उद्यम अपना सकते हैं, समय-समय पर अपने मन के उदगार प्रकट कर सकते हैं, धार्मिक स्वतंत्रता के साथ जी सकते हैं, किसी भी पर्व-त्योहार को अपनी इच्छानुसार मना सकते हैं। किसी देश का नागरिक होना बड़े गर्व की बात है। वहीं से शुरू हो जाता है, देश के प्रति हमारे अधिकारों का सिलसिला।

जब हम नागरिक होने का गर्व करते हैं और अधिकारों का लाभ उठाते हैं, तो हमें यह बात भी ध्यान में रखनी चाहिए कि कर्तव्य के बिना अधिकार अधूरा है। हम देश के पूर्ण नागरिक तभी कहलाएँगे, जब उस देश के प्रति अपने कर्तव्यों को भी निभाएँगे। इन मुख्य कर्तव्यों में संविधान का पालन, राष्ट्रध्वज और राष्ट्रगान का आदर शामिल है। भारत की एकता और अखंडता की रक्षा, राष्ट्र की सेवा, स्त्रियों का सम्मान, सभ्यता, संस्कृति और परंपरा को महत्त्व, सार्वजनिक संपत्ति की सुरक्षा और देश के विकास के नियमों का पालन करना हमारा मूल कर्तव्य होना चाहिए। तभी हम देश के सच्चे नागरिक कहलाएँगे और देश भी हमारे नागरिक होने पर गर्व करेगा।

अंतरराष्ट्रीय बाल अधिकार दिवस

(20 नवंबर)

'बच्चों के लिए कहो, हाँ।'

अधिकार और मान-मर्यादा ऐसे मूलभूत नैतिक गुण हैं, जो जन्म के पश्चात् मानव होने के नाते प्राप्त होते हैं। यही आवश्यक नैतिक गुण बाल अधिकार कहलाते हैं। बालक विशेष देखभाल तथा सहायता के हकदार हैं। सभी बालकों को समान सामाजिक संरक्षण प्राप्त होना चाहिए। इसके अतिरिक्त बच्चों को बालश्रम, वेश्यावृत्ति, क्रय-विक्रय, दैहिक शोषण से मुक्ति का अधिकार भी है। बालश्रम खत्म करने व बचपन को संरक्षित करने के संबंध में संयुक्त राष्ट्र संघ द्वारा एक रणनीति तैयार हुई और 20 नवंबर, 1990 में इसे लागू कर दिया गया। प्रतिवर्ष 20 नवंबर को अंतरराष्ट्रीय बाल अधिकार दिवस मनाया जाता है, ताकि ऐसी नीतियाँ और कार्यक्रम बनाए जाएँ, जिनसे उनके अधिकारों को संरक्षण मिलता रहे।

बच्चों को यदि बालपन से वंचित किया जाता है, तो यह शायद अपने राष्ट्र के भविष्य के साथ खिलवाड़ होगा, क्योंकि जब अच्छे नागरिक उभरकर नहीं आएँगे, तो देश का भविष्य भी खतरे में होगा। बालकों के अधिकारों को क्रियान्वित करने के लिए बाल-अधिकार समिति का भी गठन किया गया है, लेकिन यह बड़े खेद की बात है कि भारत में बाल अधिकार की स्थिति अच्छी नहीं है। भारत के बच्चों में गरीबी, शोषण एवं कुपोषण बहुत ज्यादा है, जिससे बच्चों की स्थिति नारकीय बनी हुई है। आज भी हजारों बच्चे कुपोषण के शिकार होकर प्रतिवर्ष मरते हैं। हालाँकि भारत में बाल मजदूरी गैरकानूनी है, फिर भी लाखों बच्चे बाल मजदूरी के जाल में फँसे हैं। हजारों कन्या-भ्रूणों की हत्या की जा रही है। लाखों बच्चे गरीबी की मार को सहते हुए दुकानों एवं कारखानों में अमानवीय स्थिति में काम कर रहे हैं।

अब भी समय है कि हम अपने बच्चों के लिए सचेत हो जाएँ, ताकि उन्हें कम-से-कम भोजन, शिक्षा और मनोरंजन तो दे ही सकें, जिससे हमारे देश का भविष्य उज्ज्वल हो। संयुक्त राष्ट्र की एक संस्था यूनीसेफ बच्चों के अधिकारों की रक्षा के लिए प्रतिबद्ध है। अधिकांशतः क्षेत्रीय कार्यालयों में तैनात यूनीसेफ के कर्मचारी बच्चों के लिए स्वास्थ्य, शिक्षा, जल, पर्यावरण, स्वच्छता व उनके पोषण, संरक्षण में संलग्न हैं।

~~~~❖❖●❖❖~~~~
~~~~

दर्शन दिवस

(21 नवंबर)

'जीवन दर्शन, समझाए जीवन के नियम।'

जीवन की सच्चाई व नियम को समझने में दर्शन के ज्ञान को ध्यान में रखते हुए संयुक्त राष्ट्र संघ की संस्था यूनेस्को ने 21 नवंबर, 2002 को दर्शन दिवस मनाने की घोषणा की। दरअसल मानव जीवन यूँ ही नहीं प्राप्त होता है। यह जीवन प्रकृति से एक खास नियम के तहत, एक खास लक्ष्य के लिए ही मिला है, लेकिन हम अज्ञानतावश इसे यूँ ही गँवा देते हैं। जो दर्शनशास्त्र के ज्ञाता हैं, वे मानव जीवन को नियम एवं अपनी क्षमताओं के अनुसार पहचान कर एक लक्ष्य हासिल करते हैं और सभ्यता के इतिहास के पन्नों में अपना नाम दर्ज करा जाते हैं।

दर्शन एक ऐसी विद्या है, जो मनुष्य को सह-अस्तित्व की शिक्षा और ज्ञान देती है। इसके पाठ जीवन के दर्शन, घटनाओं एवं अनुभवों पर आधारित होते हैं, जो सत्यता और प्रकृति के करीब हैं। दर्शन दिवस मनाना एक तर्कसंगत प्रक्रिया है, जिससे जन-जन में यह प्रकाश फैलता है कि हर मनुष्य को उसके जीवन पाने का अर्थ मालूम हो सके।

यह दिवस दुनिया के लगभग 50 से भी ज्यादा देशों में संगोष्ठियाँ-बैठकें आदि आयोजित करके मनाया जाता है, ताकि दर्शन के ज्ञान का संचार हो सके। दर्शन दिवस पहली बार यूनेस्को के मुख्यालय पेरिस में 'गरीबी' और 'अन्याय' के लिए चिंतन एवं कार्यान्वयन के लिए मनाया गया था। ये दो मुद्दे मनुष्य जीवन की ऐसी स्थितियाँ हैं, जिन पर काबू पाए बिना मानव-जीवन अर्थहीन हो जाता है। इन स्थितियों पर दार्शनिक तरीके से चिंतन वास्तव में समाधान की तरफ ले जाता है।

~~~~❖❖●❖❖~~~~

विश्व टेलीविजन दिवस

(21 नवंबर)

'टेलीविजन बाँटे ज्ञान और करे मनोरंजन भी।'

टेलीविजन एक ऐसा माध्यम है, जो हमें घर बैठे ही दुनिया-भर की ताजा खबरें, मनोरंजक कार्यक्रम, सिनेमा, घटनाएँ, आविष्कार, जीव-जंतुओं की कहानियाँ और न जाने कितने कार्यक्रम हमारी चारदीवारी के अंदर दिखा देता है। टेलीविजन सभी आयु
~~~~

वर्गों के लिए कार्यक्रम लेकर चौबीस घंटे हमारे लिए हाजिर रहता है। बस बटन दबाने भर की देर होती है कि हम अपने मनपसंद कार्यक्रम से मुखातिब हो जाते हैं।

विश्व टेलीविजन दिवस मनाने की परंपरा संयुक्त राष्ट्र की महासभा ने सन् 1996 में शुरू की थी। इसी वर्ष 21 नवंबर के दिन संयुक्त राष्ट्र के मुख्यालय, न्यूयॉर्क में पहली बार विश्व टेलीविजन अदालत की बैठक बुलाई गई थी। उसमें इस बात पर जोर दिया गया था कि टेलीविजन पर ऐसे कार्यक्रम जरूर दिखाए जाएँ, जिससे विश्व-शांति, सुरक्षा, आर्थिक और सामाजिक विकास के मुद्दे तथा विश्व-सभ्यता का आदान-प्रदान हो सके।

टेलीविजन संचार का सबसे सशक्त माध्यम है। यह कितने आश्चर्य की बात है कि एक कमरे में अपने परिवार के साथ बैठकर हम खेल प्रतिस्पर्धा, समाचार, नई खोजें और दुनिया-भर की घटनाएँ बैठे-बैठे देख और सुन लेते हैं। टेलीविजन से यह अपेक्षा की जाती है कि वह जनसंचार का ऐसा माध्यम बने, जो झोंपड़ी से महल तक, बिना पक्षपात के सच्ची सूचनाएँ दे तथा लोगों में आपसी समझ को बढ़ाए। सच मानें तो टेलीविजन ने सभ्यता के विकास में एक क्रांति ला दी है। टेलीविजन में वह ताकत है, जो दुनिया के सामाजिक विकास को एक नया मोड़ दे सकती है।

~~~~❖❖●❖❖~~~~

विश्व नमस्ते दिवस

(21 नवंबर)

विश्व नमस्ते दिवस को आप 'विश्व नमस्कार दिवस' या 'विश्व हैलो दिवस' भी कह सकते हैं। इसका मूल उद्देश्य विश्व शांति को बढ़ावा देना है। इस दिन की विषय-वस्तु है 'शांति के लिए दस लोगों से मिलें'। विश्व नमस्ते दिवस मनाना बहुत आसान है। बस लोगों से मिलें और हैलो या नमस्ते कहें।

विश्व नमस्ते दिवस मिस्र और इजराइल के बीच संघर्ष के दौरान सन् 1973 में मनाना आरंभ किया गया था। इस दिन के प्रवर्तक ब्रायन मैकॉर्मेक एवं माइकल मैकॉर्मेक को भरोसा है कि आपके प्रयास विश्व शांति को बढ़ावा देने में मदद कर सकते हैं। उनका मानना है कि यह प्रक्रिया बातचीत से ही आरंभ हो सकती है, इसलिए दस लोगों से मिलें और बातचीत करें।

अतः आज के दिन कुछ अलग करें। घर से बाहर सड़कों पर निकलें और कम-से-कम दस लोगों से 'हैलो' या 'नमस्ते' कहें।

~~~~❖❖●❖❖~~~~

कानून दिवस
(26 नवंबर)

'कानून है नियम, जो दिलाता न्याय।'

अपने साथ-साथ सभी को सुखपूर्वक रहने देने का नाम ही न्याय है। अगर समाज में किसी को न्याय नहीं मिलता, तो उसे न्याय पाने के लिए कानून का सहारा लेना पड़ता है। राज्य में रूल एंड ऑर्डर स्थापित करने के लिए बनाए गए नियम ही कानून हैं, जिनका उल्लंघन दंडनीय अपराध है।

कानून एक प्रकार से उन सिद्धांतों व नियमों का संग्रह है, जो नागरिकों के अधिकारों के हनन तथा अन्य मानवता विरोधी विषयों पर नियंत्रण रखता है, ताकि शांतिपूर्ण एवं विकसित समाज की रचना हो सके।

पीड़ितों को न्याय दिलाने तथा अपराधियों को दंडित करने हेतु न्यायालय गठित होते हैं, न्यायालय वह स्थान है, जहाँ न्यायाधीश पीड़ित की पीड़ा ध्यान से सुन सके और अपराधी की धरपकड़ पुलिस के द्वारा करवा सके, ताकि कानून के दायरे में अपराधी को सजा दी जा सके। अपराधी के लिए सजा का आदेश न्यायाधीश करता है।

कानून दिवस एक महत्त्वपूर्ण दिन है, जो कानून द्वारा पीड़ितों की रक्षा एवं मुआवजा दिलवाने की प्रतिबद्धता व्यक्ति करता है। यह दिवस कानून भंग करनेवालों को जुरमाना एवं सजा दिलवाने की भी याद दिलाता है। सजा पाकर अपराधी अन्याय करने से डरता है और समाज में न्याय व शांति कायम रहती है।

न्याय सभी के लिए होना चाहिए, चाहे वह किसी भी धर्म, जाति, लिंग या समाज का व्यक्ति हो। 26 नवंबर को यह दिवस उच्चतम न्यायालय की बार एसोसिएशन द्वारा मनाया जाता है, क्योंकि इसी दिन देश ने भारतीय 'संविधान' को सन् 1949 में अपनाया था। यह कानून दिवस मानवता की सुख-शांति के लिए एक महत्त्वपूर्ण दिवस है। कानून में यह भी प्रावधान है कि किसी भी व्यक्ति को सजा देते वक्त ध्यान रहे कि किसी निरपराधी को सजा न मिले।

विश्व मोटापा विरोध दिवस

(26 नवंबर)

'मोटापा करो कम, क्योंकि यह अभिशाप है।'

मोटापा एक बीमारी है, एक अभिशाप है। मोटापे की वजह से पूरी काया खराब हो जाती है तथा समाज में लोग कभी-कभी मजाक भी उड़ाते हैं। कई बार मोटापा बीमारी का कारण भी बनता है। मोटापा विरोध दिवस मनुष्य से मोटापा रोकने की गुहार लगाता है। यह एक शपथ दिवस है। इस दिन मोटे लोगों को शपथ लेना चाहिए कि वे किसी भी उपाय द्वारा जल्दी नहीं, तो धीरे-धीरे, ज्यादा नहीं तो कम अपना वजन जरूर घटाने का प्रयास करेंगे।

हमें चाहिए कि जैसे ही मोटे होने लगें, वैसे ही इसके खिलाफ उपाय शुरू कर दें, ताकि मोटापा हमारे ऊपर हावी न होने पाए। मोटापा हमारा दुश्मन है।

मोटापा दिवस हमें यह भी सिखाता है कि मोटापा, शरीर में चर्बी इकट्ठी होने के कारण होता है। अत: चर्बी गलाने के लिए हमें ज्यादा-से-ज्यादा शारीरिक श्रम करना चाहिए, चाहे वह घरेलू काम हो या फिर सुबह की सैर। यह दिवस हमें समय रहते ही सचेत करता है कि ज्यादा तले-भुने खाद्य पदार्थ खाने से शरीर की नाड़ियों में चर्बी जमने लगती है और फिर हृदय रोग, मधुमेह, आदि बीमारियाँ हो सकती हैं। हमें कम वसा वाला तथा हरी पत्तेदार सब्जियों से युक्त संतुलित भोजन करना चाहिए स्वादिष्ट लगने पर भी भूख से ज्यादा नहीं खाना चाहिए।

अगर हम शुरू से ही खानपान और व्यायाम का ध्यान रखें, तो मोटापा होगा ही नहीं। हमारे देश में भी लाखों लोग मोटापे की समस्या से ग्रस्त हैं। इस अभिशाप से मुक्ति पाएँ।

~~~~❖❖●❖❖~~~~

एन.सी.सी. दिवस

(26 नवंबर)

'एन.सी.सी. के जवान, देश की पुकार पर तैनात।'

एन.सी.सी. दिवस प्रतिवर्ष 26 नवंबर को मनाया जाता है। यह दिन देश के लिए गर्व का दिन होता है, क्योंकि इसके जवान देश के निर्माण में एक अहम भूमिका अदा
~~~~

करते हैं। एन.सी.सी. की वायुसेना, नौसेना और थलसेना शाखाओं के कैडेट आपदा प्रबंधन से लेकर युद्ध में कुशल सैनिक होते हैं, जो देश की पुकार सुनते ही देश की एकता और अखंडता को अक्षुण्ण रखने के लिए निकल पड़ते हैं। इस प्रकार एन.सी.सी. देश के नौजवानों को अनुशासित नागरिक एवं बहादुर सैनिक बनाती है।

इसके कैडेट्स शुरू से ही अनुशासन, चरित्र, एकता और राष्ट्रभक्ति की भावना सीखते हैं। हमारे देश की एक-तिहाई आबादी युवकों की है और ये ही देश के विकास के प्रमुख सूत्रधार हैं।

26 नवंबर एन.सी.सी. का स्थापना दिवस है। इसी दिन सन् 1948 में देश के लिए प्रशिक्षित युवा शक्ति की आवश्यकता को देखते हुए 'नेशनल कैडेट कोर' की स्थापना की गई थी। इसके अंतर्गत युवाओं में स्कूल तथा कॉलेज स्तर पर चरित्र का विकास, साहस, कुशल-नेतृत्व, अनुशासन, धर्मनिरपेक्ष नजरिया, साहसिक कार्य, खेल-कूद तथा स्वार्थरहित सेवा करने की भावना का विकास किया जाता है, ताकि वे देश के कुशल, साहसिक एवं अनुशासित नागरिक बन सकें। एन.सी.सी. अपनी स्थापना के बाद से देश के लाखों युवकों को योग्य नागरिक बनाकर अपनी अस्मिता पर गर्व करता है।

एन.सी.सी. के जवान गणतंत्र दिवस परेड में शामिल होने भारत के कोने-कोने से आते हैं। विभिन्न बोलियाँ बोलकर, भिन्न-भिन्न संस्कृतियों को दर्शाते हुए, विभिन्नता में एकता का एक मनोरम दृश्य प्रस्तुत करते हैं। इनके कैडेट्स रक्षा विभाग की तीनों टुकड़ियों जल, थल और वायुसेना में सम्मिलित किए जाते हैं।

इसके जवान परेड निकालकर अपनी पहचान दर्शाते हैं। इस अवसर पर विभिन्न वर्गों के विशेष कैडेटों को पुरस्कार प्रदान किए जाते हैं। एन.सी.सी. दिवस मनाया जाना एक जनजागरण अभियान है, जिसके तहत बच्चों, युवकों तथा नागरिकों को इसकी महत्ता का ज्ञान होता है। इनसे प्रेरित होकर हर नागरिक अपने देश के लिए एक सिपाही बन सकता है और आवश्यकता पड़ने पर देश को अपना कौशल एवं श्रम प्रदान कर गौरवान्वित हो सकता है। हमें अपने देश की एन.सी.सी. पर भरोसा है।

~~~~❖❖●❖❖~~~~

धन्यवाद दिवस

(26 नवंबर)

26 नवंबर को धन्यवाद ज्ञापन दिवस के रूप में मनाया जाता है। वैसे तो हम दिन भर में न जाने कितने लोगों को धन्यवाद देते हैं और बहुत से लोगों से
~~~~

धन्यवाद प्राप्त करते हैं। लेकिन यह दिन धन्यवाद ज्ञापन के लिए खास है।

इस दिन हम सुंदर प्रकृति की रचना के लिए ईश्वर को धन्यवाद दे सकते हैं। फूलों को धन्यवाद दे सकते हैं, जो अपनी मुसकान और सुगंध से हममें ताजगी और उत्साह का संचार करते हैं।

हम अपने राष्ट्र, अपनी मातृभूमि को धन्यवाद दे सकते हैं, जहाँ के नागरिक होने का हमें गौरव प्राप्त हुआ।

धन्यवाद ज्ञापन की परंपरा सदियों पुरानी है। आदिमानव का जीवन बड़ा संघर्षपूर्ण था। धीरे-धीरे उसने फसल उगाना सीखा और अच्छी फसल के लिए उसने प्रकृति यानि ईश्वर को धन्यवाद दिया। अच्छी वर्षा के लिए उसने ईश्वर को धन्यवाद दिया। प्राकृतिक आपदाओं से बचने के लिए उसने ईश्वर की शरण ली और उससे बचने पर उसे धन्यवाद दिया। इस प्रकार धन्यवाद कृतज्ञता ज्ञापन की एक परंपरा बन गई।

अधिकांश लोग भोजन आरंभ करने से पहले और बाद में ईश्वर को धन्यवाद देते हैं, जो उन्हें नैतिक बल प्रदान करता है। अत: धन्यवाद देने का कोई भी मौका न चूकें। आइए, आज से इसकी पहल आरंभ करें।

~~~~❖❖●❖❖~~~~

कंप्यूटर सुरक्षा दिवस

(30 नवंबर)

‘कंप्यूटर की सुरक्षा, राष्ट्र की उन्नति।’

कंप्यूटर सुरक्षा दिवस की शुरुआत 30 नवंबर, 1988 को ‘एसोसिएशन फॉर कंप्यूटर सिक्युरिटी डे’ द्वारा की गई थी। जैसा कि नाम से ही स्पष्ट है, इसका मूल उद्देश्य लोगों को कंप्यूटर से संबद्ध सुरक्षा मुद्दों के प्रति जागरूक करना है।

कंप्यूटर की दुनिया में आज जो अहमियत है, उससे सभी परिचित हैं। आज पूरी दुनिया माउस की एक क्लिक से हमारे सामने आ खड़ी होती है, कंप्यूटर और इंटरनेट ने दुनिया को हमारे घर की चौखट पर खड़ा किया है, लेकिन हम जानते हैं कि विकास के साथ विनाश भी जुड़ा हुआ है। अत: रोकने के लिए हमें हरदम सचेत रहना पड़ता है। कंप्यूटर में भरी जानकारी को सुरक्षित रखने के लिए भी हमें हरदम सचेत रहना होगा, वरना छोटी-सी भी त्रुटि हमारी अमूल्य जानकारियों को बरबाद करने के लिए काफी होती है।
~~~~

कंप्यूटर सुरक्षा दिवस पर एसोसिएशन व इससे जुड़े अन्य निकाय कंप्यूटर सुरक्षा के प्रति लोगों को जागरूक करते हैं। वे तरह-तरह के कार्यक्रम आयोजित करते हैं, जिनमें शामिल हैं—

- कंप्यूटर सुरक्षा के लिए पोस्टर प्रदर्शन।
- पासवर्ड बदलते रहने के लिए लोगों को प्रेरित करना।
- समय-समय पर कंप्यूटर वायरस की जाँच करना।
- कंप्यूटर-सुरक्षा की जानकारी देने के लिए प्रशिक्षण देना।
- अपने डाटा का बैकअप लेते रहना।
- अनावश्यक फाइलों को डीलिट करना।
- मौजूदा कंप्यूटर-सुरक्षा नीतियों को प्रचारित करना।
- नई व विकसित कंप्यूटर-सुरक्षा नीति जारी करना।

इस प्रकार, कंप्यूटर सुरक्षा दिवस हमारे कंप्यूटरों की जीवन-रेखा की तरह है, जो साल-दर-साल हमें सचेत करता रहता है।

□

दिसंबर

विश्व एड्स दिवस
(1 दिसंबर)

‘जानकारी और सुरक्षा, एड्स से निवारण।’

एड्स वर्तमान काल की सबसे बड़ी विभीषिका है। अज्ञानता और असुरक्षा के कारण विश्व की जनसंख्या का एक हिस्सा इस बीमारी से काल-कवलित हो चुका है। अब भी समय है, हम सचेत हो जाएँ और इसके संक्रमण से बचने के कारगर उपाय करें। इस दृष्टि से विभिन्न पहलुओं पर चर्चा करने के लिए 1 दिसंबर को एड्स दिवस मनाया जाना एक महत्त्वपूर्ण कदम है।

एड्स दिवस मनाया जाना एक जन-आंदोलन है, जिससे इस बीमारी के स्वरूप और प्रभाव के विषय में लोगों को जानकारी मिले। यह बीमारी असुरक्षित जीवन-शैली, खुले यौन-संबंध, संक्रमित रक्त तथा सूई और संक्रमित माँ से बच्चे में आती है। खासकर समाज में हाशिए पर रहनेवाले लोगों में अज्ञानता और जानकारी के अभाव से आर्थिक न्यूनता के कारण इसके फैलने का ज्यादा खतरा होता है। इसका इलाज भी बड़ा महँगा है और आसानी से सर्वत्र सुलभ भी नहीं है।

एड्स दिवस के दिन जनसमुदाय में इसकी जानकारी के लिए परचे बाँटे जाते हैं, नुक्कड़ नाटकों द्वारा इसकी सूचना दी जाती है। साथ ही जनसंचार माध्यमों द्वारा बचने के उपाय और उससे जुड़ी व्यवस्था को समझाया जाता है। वास्तविकताओं को सामने लाने, उन्हें अच्छी तरह समझाने और पता लगाने के उद्‍देश्य से इस दिवस के आयोजन की अहम भूमिका है। युवाओं को उनकी आयु के अनुरूप सुरक्षित यौन संबंधों तथा अन्य जानकारी देने के लिए नए तरीके अपनाए जाते हैं। महिलाओं और पुरुषों में जागरूकता लाने के लिए प्रभावी कार्यक्रम तैयार होते हैं।

इस बीमारी की सबसे बड़ी विडंबना यह है कि संक्रामक व्यक्ति के साथ सामाजिक भेदभाव किया जाता है। उसे हेय और उपेक्षित दृष्टि से देखा जाता है। यह दिवस मानवता की पुकार को सुनाने का प्रयास करता है कि उन्हें भी सम्मानपूर्वक जीने का अधिकार है। इस बीमारी की कुछ दवाइयाँ भी ईजाद कर ली गई हैं और रोगी ठीक भी हो रहे हैं। एड्स दिवस नागरिकों को एक सुअवसर प्रदान करता है कि इसके विभिन्न पहलुओं को समझें और वैज्ञानिक तरीके से इसकी रोकथाम करें। इस दिन कार्यकर्ता उलटे वी आकार का लाल फीता लगाकर जन-जागरूकता बढ़ाते हैं।

~~~~❖❖●❖❖~~~~

दासता उन्मूलन दिवस

(2 दिसंबर)

'दासता पशुवत है, बेबसी है।'

दासता मनुष्य की बेबसी की स्थिति है, जिसमें वह अपनी स्वतंत्रता का अधिकार खो देता है। ऐसी परतंत्रता में मनुष्य दूसरों की हुकूमत पर कठपुतली की तरह नाचता रहता है। ऐसी दासता से मनुष्य की सारी आकांक्षाएँ, क्षमताएँ, उल्लास और लक्ष्य दफन हो जाते हैं तथा वह पशुवत अपने मालिक के हुक्म पर चलता रहता है।

दासता उन्मूलन दिवस मानव स्वतंत्रता के प्रति जनजागरण अभियान है। मनुष्य स्वतंत्र पैदा होता है, तो फिर दास कैसे बन जाता है? किसी भी मानव की स्वतंत्रता की गरिमा उसका मानवीय अधिकार है, फिर बंधुआ मजदूर, दास और औरतों को दासी समझना, जबरन मजदूरी यह दासता ही तो है। दासता उन्मूलन दिवस मनुष्य को गरिमामय जीवन की कसौटी पर तौलता है और बंधुआ मजदूर, घर और दुकानों में बाल मजदूरों तथा स्त्रियों के शोषण एवं यौन-उत्पीड़न के खिलाफ सवाल उठाता है।

अमेरिका में दास प्रथा अब्राहम लिंकन द्वारा समाप्त कर दी गई थी। उसके बाद से दासता उन्मूलन के लिए कई नियम-कानून बनाए गए। दासता सभ्य समाज के लिए एक कलंक है। मानवाधिकार के कार्यकर्ताओं ने दासता को समाज से उखाड़ फेंकने का बीड़ा उठाया है, ताकि एक समान समाज की स्थापना हो सके। दासता उन्मूलन के लिए सिर्फ नियम और कानून ही काफी नहीं हैं। इसके लिए
~~~~

नवयुवकों को सामने आना होगा और गरीबों को रोजगार मुहैया कराना होगा, क्योंकि गरीबी मनुष्य की ऐसी बदतर स्थिति है कि वह उसे कुछ भी करने को मजबूर कर देती है। शिक्षा और रोजगार द्वारा दासता का उन्मूलन किया जा सकता है। अगर शोषित जनता शोषण करने वालों के खिलाफ विरोध दरज करने की हिम्मत रखे, तो वह दिन दूर नहीं, जब समतामूलक समाज की स्थापना होगी। जहाँ न दास होंगे और न मालिक, सभी अपने लिए स्वतंत्र होंगे।

~~~~❖❖●❖❖~~~~

विश्व विकलांगता दिवस

(3 दिसंबर)

‘हम विकलांग नहीं, बल्कि संभावनाएँ हैं।’

विश्व की लगभग 6 प्रतिशत आबादी विकलांगों की है। विकलांगता कोई अभिशाप नहीं है, बल्कि विकलांग हमारी तरह मनुष्य हैं। 3 दिसंबर, 1982 को विकलांगता दिवस मनाया जाना जागरूकता अभियान है। विकलांगता जन्म से या फिर युद्ध, आतंकवाद, दुर्घटना, प्राकृतिक आपदाओं आदि से होती है।

समाज में विकलांगों की दयनीय स्थिति को देखते हुए सरकार ने सन् 1995 में विकलांगता अधिनियम पारित किया, जिसके तहत उन्हें अवरोधहीन पर्यावरण, शिक्षा एवं नौकरियों में 3 प्रतिशत आरक्षण का प्रावधान किया गया। आजकल रेलगाड़ियों, बसों, हवाई-यात्रा में विकलांगों के लिए खास व्यवस्था है, ताकि वे अपने काम को बिना किसी परेशानी के कर सकें, सबसे अहम बात यह है कि चाहे कितना भी अच्छा वातावरण समाज उन्हें क्यों न दे, लेकिन सबसे ज्यादा जरूरी है, विकलांगों के प्रति लोगों का नजरिया बदलना। विकलांगता की चोट सबसे ज्यादा तब लगती है, जब उन्हें दीन और हीन समझा जाता है। तब उनकी रही-सही शक्ति भी कम हो जाती है और उनका मनोबल टूटने लगता है।

यदि मनुष्य विकलांग है या हो जाता है, तब उसका प्रबंधन जरूरी है। उसके पुनर्वास के लिए समाज एवं सरकार को सामने आना पड़ेगा। उनका मनोबल जॉन मिल्टन, हेलेन केलर, स्टीफेन हॉकिंस, सूरदास जैसे महान् विकलांग मनुष्यों के व्यक्तित्व और कृतित्व द्वारा बढ़ाया जा सकता है। विकलांगता दिवस विकलांगों के प्रति हीन नजरिया बदलने और उन्हें सुअवसर मुहैया कराने की गुहार करता है।

~~~~

नौसेना दिवस

(4 दिसंबर)

'जल सेना का सीप, भारत प्रायद्वीप।'

4 दिसंबर को भारत में नौसेना दिवस मनाया जाना, नौसेना द्वारा अपनी अहमियत दिखाना है। इसी दिन सन् 1971 में भारतीय नौसेना ने पाकिस्तान के साथ लड़ाई में उसे मात देकर विजयश्री प्राप्त की थी। बँगलादेश का जन्म इसी भारत-पाक युद्ध की देन है। यह युद्ध स्वतंत्रता-प्राप्ति के बाद लड़ा जानेवाला सबसे बड़ा युद्ध था। इसके दौरान नौसेना ने सिर्फ अपना एक युद्धपोत आई.एन.एस. खुकरी खोया था।

भारतीय नौसेना जाँबाज सिपाहियों, बुद्धिमान अफसरों, आधुनिक जलपोतों और पनडुब्बियों से सुसज्जित है। आजकल भारतीय नौसेना सिर्फ भारतीय जल परिधि तक ही सीमित नहीं है, बल्कि कई बचाव और रक्षा के साहसिक कारनामों में भी संलग्न है। इसके पास नाभिकीय आई.एन.एस. चक्र जैसी पनडुब्बी है, जो अत्याधुनिक है और अनेक सुविधाओं से भी लैस है। नौसेना विमानवाहक युद्धपोत, मिसाइलों, जलीय जीवन की सुविधाओं, सुरक्षा के पुख्ता प्रबंध और शोध कार्यों के लिए प्रयोगशालाओं से लैस है।

नौसेना दिवस अपने नौसेना के मुख्यालय में उत्सव के रूप में अपनी क्षमता के प्रदर्शन के साथ गर्व से मनाया जाता है। इस दिन नौसेनिक अपनी शौर्यगाथा का इतिहास गाते हैं, अपनी उपलब्धि दिखाते हैं और भविष्य में अपने देश की सुरक्षा के लिए कुछ भी कर गुजरने का वायदा दोहराते हैं। इस विशेष दिवस को नौसेना के आला अफसर अपने सैनिकों तथा कर्मियों के लिए कई लाभकारी योजनाएँ घोषित करते हैं, ताकि ये उनके जीवन को और अधिक सुरक्षित बना सकें। हमें अपनी भारतीय नौसेना पर नाज है।

~~~~❖❖●❖❖~~~~

विश्व गरिमा दिवस

(5 दिसंबर)

'गरिमापूर्ण जीवन, हर मनुष्य की अभिलाषा।'

इस दिन को 'दलित संघर्ष दिवस' भी कहा जाता है। गरिमापूर्ण जीवन मानव का एक मौलिक अधिकार है, जिसके लिए वह कर्तव्यरत रहकर अपने बहुमूल्य जीवन
~~~~

को जीता है एवं अपने सपने साकार करता है, लेकिन हमारे भारतीय समाज में जाति-व्यवस्था एक ऐसा काला धब्बा है, जो गुणों एवं अधिकारों की क्षमता के कारण नहीं, बल्कि अमुक जाति में जन्म लेने के कारण लगता है, परंतु यह भेदभाव भगवान् ने नहीं, बल्कि चालाक इनसान ने अपनी अहमियत दिखाने के लिए किया है।

दलितों के प्रति भेदभाव मिटाने के लिए 'वर्ल्ड डिगनिटी फोरम' की स्थापना की गई, जिसका मानना है कि जाति-धर्म और भेदभाव रहित गरिमापूर्ण मानव-जीवन संसार में सुख और शांति लाएगा। मनुष्य के साथ सामाजिक, आर्थिक एवं लैंगिक भेदभाव भी अवांछनीय है।

यह कहाँ का कानून है कि मनुष्य को उसके जाति एवं धर्म से आँका जाए? तभी तो भारतीय संविधान में दलित एवं निचले तबके के बच्चों के लिए विद्यालयों में एवं पिछड़ी जाति के लोगों को नौकरियों में आरक्षण का प्रावधान है, ताकि सभी को सामाजिक न्याय मिल सके। यह मनुष्य का स्वभाव है, स्वयं को दूसरों से बड़ा एवं ऊँचा समझना, इसे बदलना होगा। निचले तबके के बच्चों को निःशुल्क पढ़ाया जाता है तथा अच्छे बच्चों को प्रोत्साहन देने के लिए पुरस्कार भी दिए जाते हैं।

गरिमा दिवस हमें यही याद दिलाता है कि सभी मनुष्य बराबर हैं। सभी को समान अधिकार मिलें, इसके लिए समाज में जागरूकता लाने की जरूरत है, जिसके लिए शिक्षा सबसे बड़ा हथियार है।

~~~~❖❖●❖❖~~~~

स्वयंसेवक दिवस

(6 दिसंबर)

'स्वेच्छिक सैनिक, शांत और बहादुर बनो।'

स्वयंसेवक वे स्वेच्छिक सैनिक होते हैं, जो अपनी इच्छा से किसी काम में हाथ डालते हैं और फिर उसे बखूबी निभाते हैं। हमारे जीवन में कहीं भी, किसी भी समय, किसी भी प्रकार की विपत्ति आ सकती है। उस समय जान-माल की रक्षा के लिए क्षेत्रीय मानव संसाधन की जरूरत पड़ती है। ऐसे समय में क्षेत्रीय, एन.सी.सी. तथा नागरिक सुरक्षा के स्वयंसेवकों की सहायता ली जाती है। वे शीघ्र सेवा तथा श्रमदान द्वारा घायलों तथा जरूरतमंदों को नाना प्रकार की सहायता युद्धस्तर पर मुहैया कराते हैं।
~~~~

विपत्ति या आपदा प्रबंधन में स्वयंसेवकों की अहम भूमिका को देखते हुए स्वयंसेवक दिवस मनाना जागरूकता अभियान है। इससे लोगों में भाईचारे की भावना बलवती होती है एवं कर्तव्यबोध के नाते स्वयंसेवक बनने की प्रेरणा मिलती है, लेकिन स्वयंसेवक बनने के लिए कुछ शर्तें आवश्यक हैं। जैसे स्वयंसेवी महिला हो या पुरुष उन्हें ईमानदार, क्षमतावान, स्वस्थ, एक साथ मिलकर काम करने की आकांक्षा वाला तथा आपातकाल के समय फौरन हाजिर होने में समर्थ होना जरूरी है। उन्हें कम-से-कम 18 वर्ष की आयु का होना तथा पढ़ना, लिखना और क्षेत्रीय भाषा का ज्ञान होना जरूरी है। आजकल आतंकवादी हमले, बाढ़, सूखा, भूकंप, चक्रवात और यहाँ तक की युद्ध की स्थिति में भी काफी संख्या में देश को स्वयंसेवकों की जरूरत है। अतः नागरिक सुरक्षाकर्मियों की भरती की की जाती रहती है और उन्हें प्रशिक्षित भी किया जाता है, ताकि आपदा के समय स्वयंसेवक हाजिर होकर जान-माल की रक्षा कर सकें और समाज एवं देश को आर्थिक हानि से बचा सकें। कुछ ऐसे नियम एवं गुण स्वयंसेवकों में होने चाहिएँ, जो विपत्ति के समय जरूरी हैं, जैसे सेवाभावना, शांत रहना, प्राथमिक चिकित्सा देने का ज्ञान आदि स्वयंसेवक दिवस की यही पुकार है कि आपदा प्रबंधन के लिए बहादुर, चतुर एवं लगनशील स्वयंसेवक समाज एवं देश के लिए स्वेच्छा से आगे आएँ एवं इस दिवस की सार्थकता सिद्ध करें।

~~~~❖❖●❖❖~~~~

झंडा दिवस

(7 दिसंबर)

‘सेना का झंडा, दिल खोलकर दें चंदा।’

झंडा दिवस प्रतिवर्ष 7 दिसंबर को मनाया जाता है। झंडा दिवस मनाने का उद्‌देश्य यह है कि सैनिकों के परिवार के सदस्यों की सहायता के लिए कुछ चंदा देकर उनका मनोबल बढ़ाएँ एवं उनके परिजन के लिए कल्याणकारी योजनाएँ शुरू की जाएँ। हमारी सेना हमारे देश की प्रहरी है। हम सभी का यह कर्तव्य है कि उसके साथ हमारी भागीदारी हो और हम आर्थिक सहायता द्वारा उसे सशक्त करें।

झंडा दिवस के दिन सेना के जवान हमें सेना का एक झंडा भेंट करते हैं और बदले में हम उन्हें कुछ आर्थिक सहायता प्रदान करते हैं और उनके साथ होने का वायदा करते हैं। झंडा दिवस के दिन राष्ट्र सैनिकों की कर्तव्यनिष्ठा एवं बहादुरी के लिए
~~~~

कृतज्ञता ज्ञापन करता है। इस तरह हम उनसे घनिष्ठता बनाते हैं और मातृभूमि की रक्षा की खातिर उनको प्रोत्साहित करते हैं।

प्रतिवर्ष झंडा दिवस पर हम साहसी और कर्तव्यशील सेवानिवृत्त एवं सेवारत जवानों की शौर्य गाथाओं को सिर-माथे लगाते हैं। इस दिन भारत के राष्ट्रपति, प्रधानमंत्री और रक्षामंत्री नागरिकों से सैनिकों की कल्याणकारी योजनाओं के क्रियान्वयन के लिए दिल खोलकर चंदा देने का आग्रह करते हैं। यह पैसा युद्ध के दौरान मारे गए सैनिकों के परिवारजनों को सहायतार्थ प्रदान किया जाता है। इस प्रकार युद्धरत जवान अपने परिवारजन के लिए निश्चिंत रहते हैं। उन्हें देश के लिए सेवारत रहने में कोई चिंता नहीं सताती, क्योंकि उनके परिवार की देखभाल के लिए सैनिक व असैनिक लोग तत्पर रहते हैं। झंडा दिवस पर सैनिकों की भलाई के लिए हमें स्वेच्छा से चंदा देना चाहिए, ताकि उनके लिए कल्याणकारी योजनाएँ सतत् चलती रहें।

~~~~❖❖●❖❖~~~~

अंतरराष्ट्रीय नागर विमानन दिवस

(7 दिसंबर)

अंतरराष्ट्रीय नागर विमानन दिवस अंतरराष्ट्रीय नागरिक उड्डयन के महत्त्व के बारे में जागरूकता को बढ़ाता है।

यह खास दिन विश्व भर में सामाजिक और आर्थिक विकास के लिए नागरिक उड्डयन के महत्त्व के प्रति लोगों को जागरूक करने के लिए मनाया जाता है। इसका उद्देश्य वायु परिवहन में 'सुरक्षा और दक्षता' को बढ़ाना भी है।

नागरिक हवाई परिवहन किसी भी देश के बुनियादी ढाँचे और परिवहन व्यवस्था का एक महत्त्वपूर्ण हिस्सा है। आज के दिन को अपनी नागरिक उड्डयन प्रणाली की सराहना और प्रशंसा करते हुए आयोजित करें।

अंतरराष्ट्रीय नागर विमानन संगठन की स्थापना 7 दिसंबर, 1944 को की गई थी। सन् 1944 में इस संगठन ने अपनी 50वीं वर्षगाँठ के अवसर पर पहले अंतरराष्ट्रीय नागर विमानन दिवस का आयोजन किया। सन् 1966 में संयुक्त राष्ट्र महासभा ने एक प्रस्ताव पारित कर 7 दिसंबर को 'अंतरराष्ट्रीय नागर विमानन दिवस' के रूप में मान्यता दे दी।

~~~~

विश्व मानवाधिकार दिवस

(10 दिसंबर)

‘मानवाधिकार, मानव-जीवन की गरिमा।’

प्रत्येक मानव चाहे वह किसी भी देश, धर्म, लिंग, जाति, स्तर या फिर किसी भी देश का हो, वह जन्म से बराबर एवं स्वतंत्र है। एक मनुष्य का जीवन तभी सफल है, जब उसे गरिमामय, लक्ष्यपूर्ण जीवन जीने का अवसर प्राप्त हो। मानवाधिकार मनुष्य की क्षमताओं को पूरी तरह खिलने का अवसर देते हैं, लेकिन इनसान जैसे-जैसे बड़ा होता है, वह अहंकारी बनता जाता है और एक ऐसे समाज की रचना करता है, जिसमें वह लैंगिक, धार्मिक, रंगभेद, आर्थिक और भी न जाने कितने भेदभाव के पैमाने गढ़ता चला जाता है। मानवाधिकार दिवस मानवता के खिलाफ क्रूरता की भर्त्सना करता है। इन सब भेदभावों के अंत के लिए संयुक्त राष्ट्र संघ ने सन् 1948 में 10 दिसंबर को ‘मानवाधिकार की सार्वभौमिक घोषणा’ को अपनाया।

मानवाधिकार अधिनियम के तहत मानव के मूलभूत अधिकार, जैसे जीवन, स्वतंत्रता, समानता और गरिमा संविधान द्वारा निश्चित हैं। मानवाधिकार के उल्लंघन को रोकने के लिए भारत में सन् 1993 में ‘राष्ट्रीय मानवाधिकार आयोग’ का गठन किया गया, जो मूल अधिकार-उल्लंघन की देखरेख, जाँच-पड़ताल का कार्य करता है तथा उल्लंघन होने पर न्यायालयों को जुर्म के खिलाफ कार्रवाई करने की सिफारिश करता है।

प्रतिवर्ष 10 दिसंबर को संयुक्त राष्ट्र मानवाधिकार आयोग के सभी सदस्य देश जेनेवा में 6 सप्ताह के लिए बैठक करते हैं। इस बैठक में मानवाधिकार से जुड़े सारे मुद्दों पर चर्चा होती है और खासकर यातनापूर्ण तथा क्रूर अमानवीय व्यवहार पर खुलकर चर्चा होती है, ताकि भविष्य में इसे रोकने की योजनाएँ एवं कानून बनाए जा सकें। इस दिन कार्यशालाएँ, गोष्ठियाँ और संभाएँ आयोजित की जाती हैं, ताकि मानवाधिकार उल्लंघन के नए-नए क्षेत्रों का पता लग सके। मानवाधिकार दिवस मनाना सभ्यतम समाज की रचना करने की दिशा में एक महत्त्वपूर्ण कदम है। आचार, विचार एवं संस्कार ही मानवाधिकार हैं। एक बात गौरतलब है कि मानवाधिकार पाने के लिए मानव को सुपात्र भी बनना पड़ेगा।

~~~~❖❖●❖❖~~~~
~~~~

ऊर्जा संरक्षण दिवस

(14 दिसंबर)

'ऊर्जा संचय भी, ऊर्जा उत्पादन है।'

ऊर्जा काम करने की शक्ति है और शक्ति से विकास एवं उन्नति होती है। ऊर्जा उत्पादन की एक सीमा होती है। बढ़ती जनसंख्या को अधिक-से-अधिक ऊर्जा की जरूरत है। अत: हमें दो ठोस कदम उठाने होंगे। एक तो बढ़ती जनसंख्या पर अंकुश लगाना होगा, दूसरा ऊर्जा का संरक्षण करना होगा, लेकिन सवाल उठता है कि ऊर्जा का संरक्षण किस प्रकार करें?

ऊर्जा संरक्षण में जागरूकता लाने के लिए प्रतिदिन या फिर कहें प्रतिवर्ष 14 दिसंबर को ऊर्जा संरक्षण दिवस मनाया जाता है। इसी खास दिन को सन् 2001 में 'ऊर्जा संरक्षण अधिनियम' भारतीय संसद् द्वारा पारित किया गया था। इस दिन लोगों में जागरूकता लाई जाती है कि हमारे देश में ऊर्जा संरक्षण के बहुत अवसर हैं।

ऊर्जा संरक्षण अधिनियम का मुख्य उद्देश्य लोगों में इसके लिए प्रेरणा, इच्छा और इसके उपाय खोजना है, ताकि ऊर्जा का भंडारण बना रहे। इस दिवस पर नागरिकों से आग्रह किया जाता है कि ऊर्जा संरक्षण को जीवन का आवश्यक अंग बना लें। हमें ऊर्जा बचानेवाले उपकरण प्रयोग में लाने चाहिए, बेवजह पंखे, बत्ती, टी.वी., ए.सी., फ्रिज आदि चीजों का इस्तेमाल नहीं करना चाहिए। बचाई गई ऊर्जा को देश के विकास कार्यों में लगाया जा सकता है।

भारत सरकार ने एक सेंट्रल कोऑर्डिनेटिंग बॉडी, 'ब्यूरो ऑफ एनर्जी एफिशियेंसी' स्थापित की है। यह ऊर्जा संरक्षण के लिए जरूरी कार्ययोजना तैयार कर कार्यान्वित करती है। 'राष्ट्रीय ऊर्जा संरक्षण सम्मान' उन संस्थानों को दिया जाता है, जो इस दिशा में उत्कृष्ट कार्य करते हैं। इस दिन सम्मेलन आयोजित किया जाता है, ताकि ऊर्जा संरक्षण के नए-नए तरीके ईजाद किए जाने की योजना बन सके। धीरे-धीरे इस तरह हरेक नागरिक ऊर्जा बचाने लगे, तो यह ऊर्जा संरक्षण दिवस सार्थक हो जाएगा।

अंतरराष्ट्रीय बाल प्रसारण दिवस

(दिसंबर का दूसरा रविवार)

'मेरी बातें, मैं ही बोलूँ।'

अंतरराष्ट्रीय बाल प्रसारण दिवस सन् 1992 में शुरू किया गया, ताकि बच्चों की विभिन्न इच्छाएँ, विचार, मंशा सुनी तथा सुनाई जा सकें। वयस्क लोगों की दुनिया में बच्चों की बातें पूरी तरह से उभरकर सुनाई नहीं दे पातीं। अतः बाल प्रसारण दिवस उन्हें अपनी बात कहने और सुनने का एक मंच प्रदान करता है।

यह दिवस बच्चों के लिए कार्यरत गैरसरकारी संस्थाओं, यूनिसेफ, स्कूलों के छात्र-छात्राओं, बस्तियों के निरक्षर बच्चों द्वारा अपनी भावनाओं एवं जरूरतों को प्रसारित कर मनाया जाता है, ताकि वयस्कों की दुनिया उन्हें समझकर मान्यता प्रदान करे। यह बाल प्रसारण दिवस उन्हें भागीदारी द्वारा अपनी बात कहने का एक सुनहरा मौका देता है।

भारत में यह दिवस प्रतिवर्ष अलग-अलग शहरों में मनाया जाता है। इस दिन प्रश्नोत्तर द्वारा बच्चों का मनोरंजन किया जाता है, ज्ञान एवं जागरूकता बढ़ाई जाती है तथा बच्चों को उपहार आदि दिए जाते हैं।

बच्चों के लिए यह दिवस अत्यंत महत्त्वपूर्ण है, क्योंकि इस दिन अपने मन की बात वे अपने शब्दों में व्यक्त कर सकते हैं। इससे उनका आत्मविश्वास बढ़ता है। जिस देश में बच्चों को जितना प्यार, अभिव्यक्ति का अवसर, न्याय पाने का भरोसा और सुरक्षा प्रदान की जाती है, वह देश उतना ही विकसित होता है।

बच्चों का यह खास दिन बच्चों द्वारा, बच्चों के लिए विभिन्न मुद्दे प्रसारित करता है। यह बच्चों के सपने, आकांक्षाएँ एवं साहस व्यक्त करने का अभियान है, जो बच्चों के लिए जागरूकता को बढ़ावा देता है। क्रियाकलाप उन्हें संतुष्टि तथा विश्वास प्रदान करता है और एक जिम्मेदार नागरिक बनाने की दिशा में एक ठोस कदम है। बच्चे छोटे और अनुभवहीन होते हैं। माता-पिता, समाज, देश-दुनिया से यह अपेक्षा की जाती है कि इनमें बच्चों को हर प्रकार का सहारा, शिक्षा एवं सुरक्षा मिले, ताकि बड़े होकर वे देश तथा समाज के अच्छे नागरिक बनें।

विजय दिवस
(16 दिसंबर)

'याद किए जाएँगे शहीद, यही है विजय दिवस की रीत।'

विजय मनुष्य के विश्वास एवं सफलता की अनुभूति है। विजयश्री मिलने पर हमें अपनी ताकत एवं क्षमताओं का पता चलता है और हम अपने आप पर पहले से ज्यादा भरोसा कर उन्नति के मार्ग पर अग्रसर होते हैं। इसी प्रकार की एक ऐतिहासिक विजय भारत को 16 दिसंबर, 1971 को मिली थी। हम भारतीय इस दिन को 'विजय दिवस' के रूप में मनाते हैं।

यह 16 दिसंबर का वह ऐतिहासिक दिन है, जब भारतीय सेनाओं ने पाकिस्तान पर जीत दर्ज की थी और हजारों पाकिस्तानी सैनिकों ने भारतीय सैनिकों के सामने घुटने टेक दिए थे। देश की अखंडता एवं गरिमा को बचाए रखने के लिए जान न्योछावर करनेवाले सैनिकों को राजधानी दिल्ली के इंडिया गेट स्थित अमर जवान ज्योति पर विजय दिवस के मौके पर श्रद्धासुमन अर्पित किए जाते हैं। इस मौके पर तीनों सेनाओं के अध्यक्ष मौजूद होते हैं।

16 दिसंबर, 1971 को भारत-पाक युद्ध के बाद बँगलादेश का जन्म हुआ था। इस दिन दुनिया का सबसे बड़ा सैन्य आत्मसमर्पण हुआ था। पाकिस्तान के लगभग 90,000 सैनिकों ने हथियार डाल दिए थे। पूर्वी थल सैनिक कमांड के तत्कालीन जनरल ऑफिसर कमांडिंग इन चीफ लेफ्टिनेंट जनरल जगजीत सिंह अरोड़ा ने ढाका में पाकिस्तान के तत्कालीन लेफ्टिनेंट जनरल ए.ए.के. नियाजी से आत्मसमर्पण का दस्तावेज ग्रहण किया था।

यह विजय दिवस विशेष रूप से जवानों एवं सैनिकों द्वारा मनाया जाता है। इंडिया गेट स्थित अमर जवान ज्योति पर समारोह के अलावा एनसीसी के कैडेटों द्वारा सांस्कृतिक कार्यक्रम आयोजित किए जाते हैं। दिल्ली के नेशनल स्टेडियम में तीनों सेनाओं का बैंड शो होता है और अन्य कार्यक्रम प्रस्तुत किए जाते हैं। समारोह आम जनता के लिए भी खुले रहते हैं। शाम को तीनों सेनाओं के बैंड इंडिया गेट पर अपना कार्यक्रम पेश करते हैं। आम लोग भी अमर जवान ज्योति पर रात 11 बजे के बाद से श्रद्धासुमन अर्पित करते हैं।

प्रत्येक वर्ष 16 दिसंबर को विजय दिवस मनाना हम भारतीयों, विशेषकर सैनिकों के लिए गर्व की बात है। इस दिन हम अपनी ऐतिहासिक उपलब्धि पर गर्व करते हैं तथा भविष्य में इसी तरह की चुनौतियों का डटकर मुकाबला करने का हौसला बुलंद करते हैं। हमें अपने सैनिकों पर नाज है।

~~~~❖❖●❖❖~~~~

अल्पसंख्यक अधिकार दिवस

(18 दिसंबर)

'अल्पसंख्यकों की गुहार, सद्भावना की दरकार।'

भारत विविधता में एकतावाला देश है। हमें अपने देश के बहुआयामी गठन पर नाज है। यहाँ हिंदुओं की तुलना में मुसलमान, सिख, ईसाई, बौद्ध एवं पारसी अल्पसंख्यक हैं। अल्पसंख्यक होने की वजह से कभी-कभी इनका जीवन खतरे में पड़ जाता है। ऐसे संकट की आशंका को देखते हुए, संयुक्त राष्ट्र संघ ने सन् 1992 में 18 दिसंबर को 'अल्पसंख्यक दिवस' घोषित किया। इस घोषणा में कहा गया कि प्रत्येक देश का यह कर्तव्य है कि वह अपने अल्पसंख्यकों चाहे वे मूलवंश, जातीय, धार्मिक, भाषायी या फिर किसी भी जनजाति के हों, की सुरक्षा निश्चित करेगा।

अल्पसंख्यकों की सुरक्षा एवं उन्नति के लिए हमारे देश में राष्ट्रीय अल्पसंख्यक आयोग गठित किया गया, जो उनके लिए प्रहरी का काम करता है। यह अल्पसंख्यकों के संरक्षण एवं विभेद निवारण का अध्ययन कर सरकार एवं संस्थाओं को सिफारिशें देता है। प्रतिवर्ष अल्पसंख्यक दिवस मनाकर देश के नागरिकों से अपील की जाती है कि इनके प्रति किसी भी प्रकार का विभेद या असहनशीलता न दिखाई जाए, बल्कि सह-अस्तित्व की भावना रखते हुए, इन्हें पूर्ण नागरिक का सम्मान दिया जाए।

सामुदायिक असहिष्णुता की वजह से देश में दंगे भड़कते हैं और जान-माल की हानि होती है तथा तनाव की स्थिति बन जाती है। सांप्रदायिक दंगों की वजह से विश्व के देशों में हमारे देश की छवि भी खराब होती है। हमारे देश के संविधान में भी भारत को धर्मनिरपेक्ष देश कहा गया है। अत: यह दिवस देशवासियों को प्रतिवर्ष यह संदेश देता है कि चाहे हमारी भाषा, धर्म, जाति या सभ्यता अलग-अलग क्यों न हो, हम सब एक हैं, भारतीय हैं।

~~~~❖❖●❖❖~~~~

अंतरराष्ट्रीय विस्थापित दिवस

(18 दिसंबर)

'विस्थापित मनुष्य, करता आर्थिक व सभ्यता का विकास।'

विश्व मजदूर मंडल हमें 18 दिसंबर को प्रतिवर्ष यह याद दिलाता है कि विस्थापित मनुष्यों का अंतरराष्ट्रीय आर्थिक व्यवस्था में महत्त्वपूर्ण योगदान है। यह भी याद दिलाता है कि विस्थापित मजदूर विश्व अर्थ व्यवस्था में भाग लेकर, मेजबान समाज की अर्थ-व्यवस्था के विकास में योगदान देते हैं। इन्हें समान अवसर और समान व्यवहार की अपेक्षा रहती है, चाहे ये स्त्री हों या पुरुष या फिर किसी भी देश से आए हों।

अंतरराष्ट्रीय विस्थापित हर काल में, हर देश में पाए जाते हैं, परंतु इस नए युग में जब संचार के नए-नए तीव्र साधन उपलब्ध हैं, भ्रमण करना और आसान हो गया है। ऐसे हालात में एक देश के लोग दूसरे देश में अच्छे जीवन की तलाश में चले आते हैं। आजकल लगभग 17 से 18 करोड़ स्त्री व पुरुष अपनी पसंदीदा जगह की तलाश में भ्रमण करते हैं। उदाहरण के तौर पर भारत से मॉरिशस जानेवाले भारतीयों की बड़ी तादाद है। यही कारण है कि मॉरीशस को 'मिनी इंडिया' भी कहते हैं।

यह दिवस हमें बताता है कि किस प्रकार विस्थापित पूरी दुनिया में एक राष्ट्र से दूसरे राष्ट्र में जाकर वहाँ की अर्थ-व्यवस्था और सभ्यता को संपन्न बनाते हैं। दुनिया की लगभग 2 प्रतिशत आबादी अपने देश की नागरिकता छोड़कर दूसरे देश में चली जाती है, ताकि उन्हें पसंदीदा वातावरण एवं बेहतर जीवन-स्तर मिल सके और जब कभी वे स्वदेश लौटते हैं, तो ज्ञान और अनुभव लेकर आते हैं।

यह दिवस हमें बताता है कि विस्थापित लोग स्वदेश एवं विदेश दोनों को संपन्नता प्रदान करते हैं। हमें इनका आदर करना चाहिए। यह देखा गया है कि विस्थापित के साथ विदेशों में बदसलूकी, भेदभाव एवं शोषण किया जाता है। यह व्यवहार अनुचित और मानवाधिकार के नियमों के खिलाफ है। विस्थापित दिवस पूरी दुनिया से निवेदन करता है कि उनको सुरक्षा, शोषण से बचाव के साथ गरिमामय जीवन जीने देना चाहिए। उनके मानवीय अधिकारों और सुरक्षित जीवन का ख्याल रखना सभ्य समाज का कर्तव्य है।

~~~~❖❖●❖❖~~~~
~~~~